文芸社セレクション

風の眠る丘

遠藤 哲和

文芸社

一

その手紙と共に小包が届いた時、私の精神状態と健康状態は最悪だった。

その日はあいにく朝から音を立てて雨が降っており、それでなくとも最近寝起きの悪くなっている私が、ベッドから起き上がるのを抑圧するかのようだった。階下から母親が何度か呼び掛ける声が二階の八畳間の寝室まで届いていたが、私はそれを無視し続けた。母親が近ごろ私が昼近くになるまで起きて来ないのを苦々しく思っているのを私は知っており、彼女が郵便物が届いたのを幸いなことに、すっかり生活にこびりついてしまった私の朝寝坊の悪癖を引きはがそうとしていることにも気づいていた。

だが私には彼女の呼び掛けに応えられない、もう一つの大きな理由があった。その時私はベッドの中で自慰をしていて、その絶頂期がすぐそこまで迫ってきていたからだった。そしてその絶頂期は、とうとう業を煮やした母親がミシミシと階段を踏み鳴らして二階へ上って、私の部屋の戸を断りもなく開けると同時に達した。

私はその時、頭からすっぽりと布団を被っていたが、冷たい足先はその端から飛び出していた。母親は一瞥して異変に気づいたらしく、戸口に立ったまま早口で用件をまくし立てると、後ずさりをするかのように来た時と同じく巨体をミシミシと階段で揺らしながら降りて行った。そして降り立った処でようやく思い出したように、早く起きて食事をするようにと怒鳴り声を張り上げた。

私は庭の軒先で暴風雨が過ぎ去るのを待つ仔犬のように、耳を欹(そばだ)ててしばらく布団の中でうずくまっていた。やがて階下の居間でアンティークの掛け時計が十一時を打つのが聞こえ、ようやく私は布団から抜け出して着替えをはじめた。雨のせいで存外暖かく、自慰の達成感もあって、気分は徐々に良くなっていた。

リビングに降りて行くとテーブルの上に一人分の朝食がぽつんと置いてあって、母親は傍らのソファでミカンを食べながらテレビを見ていた。朝からワイドショーをやっており、目まぐるしく入れ替わる光と映像が私の寝起きの網膜を刺激した。ナプキンを取ると、小皿に乗せられたトーストと小さなビールジョッキほどもあるマグカップに注がれたインスタントコーヒーが現れた。申し訳程度に、小鉢にレタスとトマトを盛ったサラダも添えられていた。トーストの上には適当にゆで卵を潰してマヨネーズであえた、得体の知れぬ物体が載っている。母親が最近手っ取り早く朝食を済ませようとする時によく使う手口だ。

私はバナナ吊るしから一本バナナをもぎ取ると、マグカップの冷めたコーヒーでそれを無理やり胃の中に流し込んだ。母親が汁を吸い終わったミカンの皮を片手に出しながら、トーストは食べないのかと聞いた。私は、もともとこうしたゆで卵をマヨネーズでペースト状にあえた代物を載せたトーストは大っ嫌いなのだと答えた。第一、それはかぶりつく端からトーストからはみ出して落下し、皿を汚し、テーブルクロスを汚し、そして指先を汚した。おまけにガリガリに焦がして果物ナイフで焦げ目をこそぎ落したトーストは、もっと嫌いなのだとも言ってやった。母親はちょっと肩をすくめただけで何も言わなかったが、言いたいことは私にはわかっていた。もう何カ月も前から同じセリフと会話のやり取りが二人の間で繰り返され、ほとんど暗記できるぐらいだった。

彼女はミカンを食べ終えると、アンティークの掛け時計を見ながら立ち上がった。朝刊を広げる私の目の端に、グレーの厚手のソックスに包まれた、まるで巨象のような彼女の足首が見えた。近くの地方競馬場の切符もぎりの仕事の午後の部へ、これから出勤するのだった。この競馬場のもぎり嬢の仕事は、私の知らない何か特別の権益がからんでいるらしく、今年五十六になる女性でも相当な稼ぎになるらしかった。そしてその稼ぎで、母娘二人暮らしの我が家の生活は成り立っているのだった。

母親が裏の納戸からきしむ戸を開け広げて自転車を取り出し、それを押しながら公道へと出て行ったのを確認してから、私は食卓に置いてあった小包を恐る恐る開封した。職業柄、私の家には郵便物が届くことは多かったが、小包というのは珍しかった。今では信書はおろか、ちょっとした請求書の類でも宅配便で届いてしまうからだ。

小包は厚さ三センチほどで、持ち上げると手重りするほどの重量感があり、井形に丁寧に麻紐が掛けられていた。私は手にした瞬間から、中身は原稿だなと直感した。しかも五十枚や六十枚ではない。ざっと見積もって三百枚、いや四百枚近くあるかも知れない。重量と、A４サイズを若干上回る大きさと形状、そして何よりも手にした時の微妙なたわみ具合。これは約四年ほど前に私自身の手で梱包し、宅配業者まで持ち込んだ、懸賞小説の応募原稿と何一つ変わるところはなかった。だが、私はあくまで原稿は送る立場なのだ。こうして送られて来るいわれも、理由も（そこに何か逆説的な事情があったにせよ）、私には思い当たる節はなかった。

中から取り出した原稿は、例の右肩を黒い綴り紐で型通りしっかりと結わえてあり、ご丁寧に、二重に重ねたB４サイズの茶封筒に入れられていた。それとは別に、少し大き目の白い封筒に入った手紙が添えられていて、それはそれで相当な厚みを有していた。原稿は表紙だけの一枚目に、「午後の風に乗って」と倍角でワープロで印字してあり、添え書きに「今は亡き緑川町の河村悦子さんに捧ぐ」と普通サイズの文字であった。

私はしばらく迷った末、白封筒の手紙はそのまま脇に置いて、膨大な原稿を手に取ってパラパラとめくってみた。原稿の最後のページには４１３と枚数を表す数字が書き込まれていて、私は思わずため息をついた。四百十三枚……。怠惰が身に付いた私が、どうあがいてみても最近では書き入れたことのない数字だった。

「……その時の彼の顔には、苦痛というよりもどちらかといえば安堵に近い色が浮かんでいた。私は双眼鏡を下ろすと、ゆっくりと踵を返してその場を離れた。丘の上の公園には季節はずれの強い風が吹いていた。それは時として突風となって私のコートの裾を巻き上げた。車に戻ると、私たちは静かにエンジンを始動させた。健二が死んだのはそれから約一週間後、享年六十八歳だった。　　了　」

私は最後の数行に目を通しただけで、静かに原稿を閉じた。そして思わずため息をついた。小さな後悔の念が、私の身体全体を包んだ。もちろん私は、こうした場合一番やってはいけないことをしたのだった。膨大な大部の小説を終末から先に読んでしまうこと。そこに深い意味はなかったが、むろん正当な理由などあろうはずもなかった。私は自分の行為を恥じ、ちょっぴり嫌悪した。四百十三枚——。私はもう一度口の中でつぶやいた。根をつめて読んでも丸二日は要するに違いない。いや、雑事に煩わされると、もっとかかるかも知れない。だが、私はふと気づいた。何を言うか。私に雑事などあろうはずはなかった。雑事とはしかるべき主たる仕事を持つ人の発するべき言葉だった。私には主たる仕事はなかった。いや違う。主たる仕事はあった。ただ私はその仕事をなさなかっただけなのだ。いや、それも違う。私はその仕事をなさなかったのではない、なし得なかっただけなのだ。

二

私が「文英社」の第三十三回新人小説賞の大賞に入選したのは四年前のことだった。当時私は三十三歳、奇しくも賞の回号と年齢とが同じだった。短大を出て、地元の証券会社を皮切りに何度か職を転変し、その賞を貰った時はある食品卸会社の経理をしていた。小説を書くという行為は高校時代から始めたことだったが、本格的に打ち込みだしたのは短大に在籍しながらある四年制大学の文芸サークルに所属した頃からだった。

私はここで、女子学生の部員数の絶対数が少ないのを理由に、ご多分にもれずチヤホヤされて過ごした。実際の能力とはほど遠い次元の尺度が私の価値基準として定められ、私は私で、その基準に異を唱えることなく積極的に是認した。私はいつしかその大学を代表して新聞社や出版社が主催するパネルディスカッションや会合に参加するようになり、私の書く拙い文章は毎回そのサークルが発行する薄っぺらな機関誌の巻頭を飾った。

だが短大を卒業して社会へ一歩踏み出すと、状況は一変した。私に冠せられた価値基準は根底から覆され、私は新たにどこかにそれを求めざるを得なくなった。いつしか周囲のどこを見回しても私をチヤホヤしてくれる存在は見当たらなくなり、私は私自身の周辺社会を動かして行く機構と、それを下支えする苛烈な競争原理の世界に否応なく呑み込まれて行かざるを得なかった。

だが幸いなことに、（いや、今となっては不幸なことにと言い換えた方が良いのだろうか）私の文学そのものに対する情熱は失われてはいなかった。むしろ社会へ出て、いろんなしがらみにとらわれ、根本的な生活の要請に身をさらされることによって自己表現の要求はますます高まり、平凡な市井に身を置く反動が崇高な芸術に対する憧憬（しょうけい）を深めていった。私の手元には片時も離さず小説の下書きを綴ったノートが置かれ、私はそのノートに暇さえあれば拙い文章の断片を書きつらねた。

こうして成った一編が、先にも述べた文英社の懸賞小説に入選したのだった。だが不思議なことに、入選の知らせを受けた私が最初に抱いた感想は、「これは、とんでもないことになった」の一言だった。私はこうした文学少女によくあるように、とてつもない自惚（うぬぼ）れ屋だった。だが反面、私は私なりに自分の才能を熟知していた。私には本来的な意味での才能などはなかった。すくなくとも文学を生業とし、それで生計を立てて行く才覚も才能も持ち合わせてはいなかった。私にあるのは、おこがましくも漠然とした文学と、それが醸し出す周辺世界に対する少女趣味的な憧れと、そして単なる成功願望だけであった。私は物心がついた頃からそうした周辺世界の空気にどっぷりとつかりながら、本質的には何も理解してはいなかった。経験も理解力も断片的で、ただトレーニングを積んだ陸上競技の選手が、普通の人よりも多少速く走れるぐらいの優位性しか持ち合わせてはいなかった。

受賞作はある高校のアメリカンフットボール部に所属する女子マネージャーを主人公にした一種の青春小説で、公正に見れば愚にもつかない作品だったが、なぜか当時扱われた題材の物珍しさと、関西弁の会話の言い回しの巧妙さとが予想以上に評価を得て、選考委員の満場一致で大賞に選出されてしまったのだった。選者たちは公平を期すためか老若様々な階層の作家や評論家たちが名を連ねていたが、どの階層の選者たちにも私の作品は概ね好評で、辛辣と過激な意見が戦わされるので有名な選考会議も、少し「拍子抜け」するぐらい平穏順調に終わったのだという。ある中堅の女流作家は、「この作品はひょっとすると、私たちが目にすることのできる戦後日本語で書かれた小説のうち、十指に数えることができるのではないか」と述べたそうで、またある若手の男性評論家などは、「ついに新たな芸術領域の創出を見た思い」などと一般社会から見ると少し誇張が過ぎると思われるほどの賛辞を贈ってくれたそうである。

授賞式はこうした表彰関係の式典がよく挙行されるので有名な東京のとある会館で行われ、私は前日から近くのホテルに一泊して、和装で式に臨んだ。和服は、亡くなった祖母が母親のためにこうしたフォーマルな儀式に参加するために嫁ぎ先に持たして寄越した特別にあつらえた一着で、ついに母親が袖を一度も通すことなく、私のところへ回って来たのだった。

その日、列席した受賞者は優秀賞や佳作を含めて四人だったが、そのすべてが女性という、ある意味象徴的な構成だった。四十代の主婦が二人、十代の学生が一人、そしてOLだった三十代の私と、年齢も職業もまちまちだったが、何と言ってもやはり当日の主役は三十三回と長い歴史を誇るこの賞で、初めて満場一致で大賞に選ばれた私だった。式典とそのあとに催された受賞記念パーティーを通して、私は他の受賞者三人と私との扱いの違いをつくづくと感じ取ったのだった。私の周囲には常に何人もの人が群がり、その大半がマスコミや出版関係の人たちだった。他の受賞者たちもそこそこに着飾っては来ていたが、時間が経つにつれその存在感は失われてゆき、会が引ける頃には気の毒にも、まったく壁の華の一群のようになって、会場の一隅にかたまるように私語を交わすばかりとなっていた。

私は受賞者を代表してあいさつに立たされ、慣れない着物と熱気のせいで汗びっしょりになりながら、何日も前から練習し、暗記を繰り返してきた答礼を述べた。気のきいたセリフなど入れた覚えはなかったが、私のいかにも素人っぽいスピーチは概ね好評で、場内は好意に満ちた笑いの渦に包まれた。

そうした夢の中にいるような華やかな数週間かが過ぎ、ようやく平穏な日常が立ち返ると、私の周囲には強風が吹き去った後の野面のように、乾燥した寂しさが漂うようになった。一時(いっとき)私をとらえて離さなかった驚愕や賞賛は日を追うごとに減って行き、いつしか私は今までに味わったことのない孤独さえ感じ始めていた。だが実生活の上ではそうした孤独を味わう暇もないほど、私の為すべき仕事は増えていった。賞を受けた作品の出版が迫っており、私はその校正に没頭し、合わせて賞を主催している出版社から月刊誌に受賞後第一作の執筆を依頼され、それを終えるとすぐに連載が始まるというのだ。さらに、受賞記念パーティーで名刺を交換した他の数社からも不定期の執筆を依頼され、私はもうてんてこ舞いの状態だった。

そうして私は、ほぼ一年をかけてそれらの仕事をこなして行ったが、それらの出来栄えは概ね不評だった。過去何作か書き散らしてきたほとんど習作に近い愚にもつかない作品を、あちこち引っ張り出してきてはそれらに当ててはみたものの、学生時代の習作はやはり習作以外の何物でもなく、商業ベースに乗った著名な月刊誌を飾るには何とも似つかわしくない代物だった。受賞作の出来栄えの印象が未だに頭の隅から消え去らぬ編集者たちは、それでもその駄作に何らかの隠された意図や意味合いを汲み取ろうと努力はしてくれたのだが、やがて後続の作品もそうした領域を超えないことを知ると、さすがにいい顔はしなくなった。

「ちょっとこれ、何て言ったらいいんでしょう。本当に先生がお書きになったものなんですか」

入稿したばかりの作品を読み終えた若い女性編集者の一言に、私は赤面するばかりで、返す言葉すら浮かばなかった。彼らの脳裏には、映画化の話すら出てきた先の私の受賞作が、本当に私が書いたものかさえ疑う気持ちすら浮かんだのだった。

だが、もちろん受賞作は私自身が考え、話を展開し、そして完結したものに間違いはなかった。ただその作品に則して言えば、私は当時神がかり的な啓示を受けてそのテーマを得、そして同じく神がかり的なプロットを展開し得たわけで、私のような凡才にはそれ以上の才能も能力も持ち合わせてはいなかったことだ。そしてそのことについては、その作品の生みの親であるこの私自身が誰よりも身にしみてよくわかっていたのである。

私は明らかに焦っていた。だが当時私の置かれていた状況は、焦ってみてもどうなるものではなかった。私はもはや過去の私の作品に頼ることはやめることにした。実際それらの習作ともいうべき作品群の数には限りがあったし、それももうほとんど底をつきかけていた。私は一大決心をし、新たに私自身の手で依頼された仕事に応えようとした。何しろ仮にも「戦後日本語で書かれた作品の中で、十指に数えられる」と、評された私なのだ。月刊誌の連載の二つや三つ、新たな書き下ろしの一つや二つ物し得ないで何としよう。

だが、私にはそれすら為し得なかった。いっぱしの作家気取りで朝夕机の上の原稿用紙に向かうものの、その桝目は遅々として埋まらなかった。それでも呻吟苦行を重ねて何作かは書き上げたが、そのどれもが私自身が気に入らないか、編集者が気に入らないかのどちらかだった。その原因はいくつかあったろうが、何といっても一番大きいのは圧倒的に評価の高かった受賞作の存在であった。私の価値と存在はこの作品によって規定され、私が他作でどれほど力を込めようが、このイメージの呪縛から逃れることはできなかった。

しばらくすると、私はもう一作も書き上げることはできなくなっていた。いや一作というより一枚、一行として書き進むことができなかった。私はつくづく私自身の根源的な才能のなさに思い至らざるを得なかった。しかも悪いことに、私にはあまりにも実社会に於ける経験が乏し過ぎた。作品がある意味社会的な展がりをも要求する現代文学では、複雑な世相や混迷する現代社会に対する的確な描写と洞察が一定程度はどうしても必要で、私には残念ながらそのどちらもが欠けていた。私が体験したことといえば、何の変哲もない平凡なサラリーマン家庭で過ごした少女時代と、不必要にチヤホヤされ通しだった学生時代（私はこの時代に当然体験しておくべき恋愛経験すらなかった）、そして、いくつか職業を変えながらもそのほとんどが「平穏」という二文字に代表される波風の立たない社会人生活であった。そこには人々の目を見張らせるような体験もなければ、社会を裏側からひっくり返して見るような視点もない。あるのは他愛のないＯＬ同士の噂話や芸能人への評価、あるいは少しでも安くておしゃれな洋装店や飲食店の話。そして挙句の果てが上司や男性社員たちへの遠慮や会釈のないこきおろしだ。

　私は手元にあった過去何作か書かれた私の作品を読み返してみた。それは活字となり冊子となって出版されたものもあれば、未だ清書もままならず、鉛筆やボールペンで書き散らしたものもあった。原稿用紙に書かれたものもあれば（まだそれらは良い方で）、大学ノートや何かの紙切れに書きなぐったようなものもあった。それらは量こそそこそこあったものの、どれもこれもが読むに耐えないものだった。

　だが反面視点を変えてみれば、それらの若いころの作品の欠点やアラが理解できること、その稚拙さが目につくこと自体、現在の私の物書きとしての鑑賞眼の高まりと全般的な作家としての資質の向上を示すものではあったが、こと私としては、それを素直に喜んでいる場合ではなかった。私はあくまで作家として世に立とうとする身であり、批評家や評論家になろうとしているわけではなかった。他人が書いた作品や文章を正確に読み取り、その価値（あるいは不価値）を公平な目で評価することは、それ自体文学に携わって行こうとする者にとっては大切で有意義なことには違いなかったが、私の立場はそんな悠長なことを言っている状況ではなかった。

　受賞作はすでに出版されていたが、それはそこそこ評判をとったものの、売れ行きの方は私たちが期待したほどではなかった。選考委員全員から賞賛を浴びて鳴り物入りで世に出されたにしては、書店の平台に積まれて宣伝用の垂れ紙を貼られて置かれた期間もわずかの間だった。運の悪いことに、その年の秋、他社が主催する別の文学賞で現役の国立大学生の書いた受賞作品が空前の評判となり、一時斯界（しかい）をにぎわした私の作品などはいつの間にか完全にどこか片隅に追いやられてしまったのだった。この作品はユーモア小説というジャンル（そのような区分けがあればの話だが）に於いては私の受賞作とほぼ似たような傾向の作品だったが、残念ながら私の作品よりもはるかに洗練された面白いものだった。しかも登場人物に人間的な深みと社会的に克明な背景描写があり、私の薄っぺらな人間観察など足元にも及ばないものだった。弱冠まだ二十一歳だというのに、何と深い人間洞察。そして社会的な仕組みに対する確かな理解力。私は完全に彼とその作品に圧倒され、そしてその作品は、業界も含めて社会全般をも圧倒したのだった。

これは運がなかったと思ってあきらめよう。私は何度もそう胸の中でつぶやいては私自身をなぐさめた。これはもう私がどれほどジタバタあがいてみても、いかんとも し難いものだった。文学作品にしろ美術作品にしろ、発表した時点ですでにそれは過去の作品になってしまう。それがいかに優れた作品であっても、それはすぐに批判という嵐にさらされ、社会の目という手あかに被われてしまう。作品の獲得したある一定の水準は、それがどれほど革新的であっても、あるいは斬新であっても、それから以降の鑑賞眼の単なる基底となってしまう。そしてそれらは乗り越えられ、克服され、そして凌駕(りょうが)されてしまう運命にあるのだ。

現在の日本に於いて年間何万点の書籍が出版され、一日に何千冊世に送り出されるかを私は知らないが、少なくとも日々何点と更新されて行くのは間違いのない話だ。書店に行けば、一番目のつく処に話題書や新刊書のコーナーが設けられ、そのレイアウトとともに何カ月、いや何日間かのサイクルで取り替えられ、補充され、そして追加されて行く。私は今でも書店に（特に大型書店に）入ることを好まない方だが、このサイクルの速さ、多様さ、そしてめまぐるしさにはいつも圧倒されてしまう。そこでは話題の新刊書もすぐに色あせたものになり、ややもすれば古書に近い扱いになってしまう。書店の係の女の子たちによって作られたカラフルな文字のチラシや宣伝用のディスプレイもすぐに埃を被り、やがてそれらは更に刺激的な話題書の告知へと取り替えられてしまう。昨日の話題書は今日には一般書籍同様に扱われ、明日の話題書ですら明後日には旧著の扱いとなる。日進月歩といえば作家としてはあるまじき月並みな表現になってしまうが、現実はそれ以上、いやそれをはるかに上回るスピードで進行しているのだった。

私に与えられた昨今の評価は（もちろんそれは直接私の耳に入って来るわけではなかったが）、私にはわかり過ぎるほど痛々しいものだった。私には私を作家として世に送り出す契機をつくってくれた出版社も含めて、業界関係者の要請にはほとんど何も応えられなかった。期待を込めて頁数を与えられた月刊誌の連載に於いて、私は彼らの期待に応えられなかったばかりでなく、お手並み拝見的に一歩離れた立場で見守る他誌や他社の関係者にも一様に失望の念を与えてしまったのだった。私はこの時新たに書き起こすテーマもなく、悶々とあせりの日々を過ごすあまり、再び例の学生時代に書き始めた何作かに手を入れて提供したのだったが、その不評は目を覆うばかりだった。離婚した一家と衰退気味の動物園という一見何の脈絡もない設定に、私は一種ジョージ・オーウェルばりのメタフィジークを込めたつもりだったが、一般的には酷評を通り越して冷笑に近いものを浴びせられてしまった。特に他誌や他社の冷眼視には一時の私と当の月刊誌が脚光を浴びた反動もあってか、身につまされるものがあった。私の担当となった若い女性編集者はそれでも私の味方に立って、様々な助言やら奮闘を繰り返してくれたが、それも連載が回数を重ねるにつれ徐々に言葉少なく、あきらめにも似た空気に支配されてゆくのがわかった。

そして約四年が経った現在、煩悶と苦悩と失敗をくり返してきた私は、まったく書けない作家になってしまっていた。私への信頼は地に落ち、作品への期待度はゼロをはるかに下回った。ほどなく出身母体ともいえる出版社からの執筆への依頼さえまったく途絶え、時たま来るのは受賞作家記念特集だの、記念エッセー特集だの受賞の回号に穴の空かないようにとりつくろう特殊な場合だけに限られてしまった。ちなみに私の前後の受賞作家は受賞当時はさして評判をとらなかったものの、各々順調に精進を重ね、今では純文学系の伝統誌にも表紙に名前が掲載されるほどの売れっ子作家になっていた。こうして特集を組まれた記念号の目次を見てみると、前後を売れっ子作家に挟まれた私のペンネームは、そこだけが照明が消えたように暗く、書体すら違っているかのようにかすんで見えた。実際、そのペンネームは私の悔し涙でかすんだのだった。しかもあろうことか、私はその与えられた久しぶりのチャンスにも応えられずに、相も変わらぬ愚にもつかぬ空想少女小説を勇んで発表し、またぞろ取り返しのつかぬ失敗をくり返したのだった。今回はさすがに人の良い若い女性編集者も、入稿後のあいさつも寄越しては来なかった。

そうした環境の推移にあって、近頃では、私は真剣に私自身の第二の人生について考え始めていた。苦悩の四年間が私に教えてくれたのは、私に作家として自立して行くだけの才能がないということそのもので、私はそのことに異議を唱える権利を持っていなかった。およそ個人的な才能などというものは、仕事や作品を通じてその本人よりも社会が気付かせてくれることが多いものだが、私自身に関して言えば、私は自身の才能というものを見くびっても、また必要以上に買いかぶってもいないつもりだった。何度も言うようだが、私には才能はなかった。それは何といっても他人ではない、この私が一番よく知っていることだった。第一に、私には作品の土台となる言語、つまりは日本語そのものに関する知識と理解に乏しかった。それは子供や学生の頃、国語の成績が良かったとか悪かったとかいう世界の問題ではなかった。物心がついた時代から読書量の多さではひそかに自負していた私ではあったが、それはそれなりに漢字の知識に関しては人後に落ちないという程度で、実際には何の役にも立っていなかった。私の文章は、後で読み返してもつじつまの合わぬことが多かった。脈絡が合わぬとまでは行かなくとも、人に読ませるには不適切な語法や言い回しが多々見られた。そしてそれは気の利いた表現をしようと思えば思うほど、ますます深みにはまって行くばかりだった。

だが、私はそうした文章のどこをどう直せば良いかを知らなかった。あとで知ったことだが、文章の輪郭全体を目の前にして、その表現の不適切さを発見し、それをどう直せば良いかを知ること自体が才能である、ということにも気付かなかった。私は才能などというものは天から賦与されて生まれつき備わったものと信じて疑わず、努力や研鑽によって後天的に培われて行くものだなどとはつゆほども思ってはいなかった。そしてその先天的な才能や資質は、十分に自分に備わっているものと確信していたのだった。

だが、そうした考えの誤りであったことにようやく受賞後四年余りも経って気付いた私は、その四年間に重層的に肥大化した無用なしがらみと苦悩を払拭すべく、一切の生活を文学から切り離そうと試みた時期があった。文学に携わることは、もはや私にとって苦悩を深める以外の何ものでもなく、ライバル作家の作品はもとより、およそ文章をもって書かれた書籍というものには一切興味を示せないようになっていた。書店は私にとっては最も忌み嫌う場所となり、実際に私は書店の前を通り過ぎる時は、中の様子が目に入らぬよう視線をそらし、まるで逃げるように足早に通り過ぎた。

　私はついに意を決して、作家として生活して行くことはあきらめ、他の職を探しはじめた。実際に私には時折すずめの涙ほど振り込まれてくる処女作の印税と、不定期に出版社から貰うわずかばかりの原稿料以外に収入というものがなかった。それは、今春東京へ出て大学生活をはじめたばかりの、隣町に住む姉夫婦の長女である姪のアルバイト料にもはるかに及ばなかった。私はかけ出し作家としての現在の身分も、四年前華々しくマスコミをにぎわしてデビューした経歴も隠して、何社か事務職に応募したが、一社たりとも私を採用してくれるところはなかった。世は不況の真っただ中で、大した学歴も、資格も、特殊な技能も、そしてさしたる女性としての魅力も持たない四十近い女など、世の中には有り余るほど余っているのだった。

　私はついに、職に就くこともあきらめざるを得なかった。そして、再び机に向かいはじめた。しかるに一度身につけた華やかな経験や異世界の体験は、本来あるかなきかわからぬ私自身の深層の才能の復活への期待をも裏切って、私の現実世界への復帰をも容易にはゆるさなかったのだった。

三

男が書いて寄越した手紙の文章は、その流れるような筆跡の見事さと相まって、強く私の心を打つものだった。

男は、冒頭自らを揶揄（やゆ）するように頭文字で「N・G」と名乗り、年齢は五十代半ばだとしていた。それに続いてざっとした経歴が述べてあり、それはいくつかの点を除いて、不思議と私とよく似ていた。小学校時代から本や読書に興味を覚え、それがいつしか作家願望へと変わり、高校時代から詩作やちょっとした雑文を書きはじめ、大学では文芸サークルに入り、そして社会へ出てからいくつかの文学賞や懸賞小説に応募し続けたというのだ。そしてまたそのことごとくに落選し続けたというのだ。

だが、そうした概略はもちろん男の一面的な側面に過ぎず、本業は何かの研究者らしいということ以外は明らかではなかったが、ただそうした生活を長年送り続けてきたわりには生活に窮している様子はうかがわれず、紙面の背後にもどことなく平穏に妻子を養っているらしいゆとりすら感じさせるのだった。

男の言によれば、彼は過去に七つの長編を含め、十一回も何らかの文学賞に応募したのだが、三次選考まで残ったのが最高で、最終選考まで進んだ作品は皆無だったという。

私は驚いてしまった。七つの長編……。いったい何年こうした生活をして来たかは知らぬが、全くズブの素人に果たして七本もの長編小説が仕上がるのだろうか。そしてそれらはことごとく応募したと言うのだから、すべては完結・完了した作品に違いないのだ。書きかけや書き散らしで放っておかれたものでは決してないのだ。私などは一応プロの作家としてデビューを果たした身でありながら、受賞した処女作を含めまだ二作しかないというのに（あとの一作は短大時代に書き上げたもので、自費出版しようとさえ思わなかった作品だった）。

男はさらに言うのだった。

『……私は結局のところ、私のこうした趣味から出発した作家になりたいという願望は、所詮叶わぬ夢だと悟らざるを得ませんでした。私には才能がなかったのです。いや少なくとも、現代の社会が文学作品に要求しているような意味での才能を持ち合わせていなかったのです。もちろん、これは私の性格や生まれもった資質が影響しているには違いありませんが、私の作風は、（その文章使いとも相まって）ことごとくこの現代にはマッチしないものだったのです……』

そこで男は持ち前の研究心をテコに、洋の東西を問わず過去現在の様々な文学作品を読み漁り、研究し、解析し、それを自作に取り込もうと試みたが、そのことごとくは失敗や徒労に終わったという。

『……要するに学術研究者のはしくれの一人だった私は、そうした作品を研究し、分析し、そして鑑賞する能力には長けていましたが、それを自家薬籠中のものとし、嚙み砕き、咀嚼し、そしてまったくオリジナルなものとして吐き出す能力には欠けていました。……つまり一言で言えば、私には独創性がなかったのです』

——独創性。

それはいったい何なのだろうか。私はまた考え込んでしまった。そしてそれは、文学作品には必ず必要なものなのだろうか。独創性の反対語は何なのだろう。普遍性？　模倣？　いや汎用性？　さっそく辞書で調べてみる。

［独創性］……　模倣によらず、自分ひとりの考えで独特のものを作り出すこと。

結局のところ私にはよくわからなかったが、少なくとも今の私には『辞書』にいう［独創性］なるものは持ち合わせていないことだけは確かだった。先にも述べた通り、独創性なるものが様々な経験や体験を基盤として、そこから派生的に枝分かれして行く過程に於いて、そのプロセスから生ずるものだとすれば、私にはその基盤となる経験や体験が不足していたし、逆説的に独創性が必ずそうした基盤の上に成り立つものではなく、まるで無から有が生じるように、思考回路が活動する上でその蠕動（ぜんどう）のようなおののきから微動が生じ、その微動がさらに共鳴し、干渉し合って、ついには表現という手段をもって噴出せずにはおかなくなるような地下のマグマのような存在であるとすれば、そのマグマたる存在からも私は程遠かった。私にはそのマグマを溜め込む力も、そしてその成長を誘発する根気や持続力も、まったくといって持ち合わせてはいなかったからである。

四

物語は、おそらく昭和三十年代も終わりに近い、ある地方の小都市から始まっていた。

昭和三十年代後半から四十年代の前半といえば、戦後の混乱期もようやく終息期を迎え、世界的には朝鮮動乱やキューバ危機を経て新たな冷戦の時期に入ろうとしていたが、国内的にはこれまでにはなかったような産業も芽生え、様々なインフラも整備され、政治的、経済的にも徐々に国際舞台へと復帰し、ようやく復興期から第一次の高度成長期への萌芽(ほうが)の兆しが見え始めた頃であった。言うなれば、私たちの親世代がベビーブームの真っただ中に生まれ、奇しくもその世代が国家としての若い成長期と歩みを共にはじめた年代であった。

物語はそうした清新の気を背景に、一人の少年がとある地方都市の寄宿学校に入校する日から始まっていた。設定では中・高一貫の私立学校とされるこの学園は、昭和の初期から様々な経済活動を通じて巨万の富を築いたある金満家が私財を投じて設立したものとされ、いわゆる英国のイートンやハローに代表されるパブリックスクールを模した（あるいは目指した）ものらしかった。したがって男子校で、しかも中・高一貫の全寮制という設定には別段違和感も覚えなかったが、ただその在籍する教師の半数以上が外国人で、さらにどうやらどこか小高い丘に点在するらしい敷地のすべてが、まるで監獄のような巨大な石垣の壁で囲まれているというのにはいささか首を傾けざるを得なかった。話の展開上ある程度はそうした特異な環境を設定せざるを得なかったのだろうが、大半の教師が外国人という現実と、まるで牢獄のように孤立した周辺環境という有り様が、私にはどうもピンと来なかったのであった。

　それはともかく、その入校当日から主人公の少年は様々に印象深い出会いや遭遇を経験することになるのだが、それはそれでなかなか面白く、中でも印象深かったのが入校初日に二人部屋で同室となった少年と共に、（この少年は名を大下進といい、自ら『押したら進む』という小学校時代のアダ名を披露するのだが、私はこの段階で早くも吹き出してしまった）入校試験の結果が校舎の壁に貼り出されているのを見に行くくだりで、主人公の少年が百人中三番の成績で周囲から尊敬と嫉(ねた)みの入り混じった視線を向けられたのに対し、大下少年の名がどこを探しても見当たらなかったことで、その場は次の行事を知らせる予鈴が鳴ってうやむやに終わってしまうのだが、後で断然成績トップの少年の名が韓国名だったことにハタと気付いて、その疑問が晴れることだった。

　この大下少年はまるで小学三年生かと見違うほどの小柄で華奢な体格で、しかも知能の発育もどうかと疑われるほどの虚弱児であった。一見すると女の子かと錯覚するほどの優しい顔立ちで、笑うと（『真っ白に生え揃った前歯が生来の色白のせいで、かえって黄ばんでさえ見える』）ほどだった。


　物語は当然この同室の少女然とした少年との交流を中心に様々に目新しい世界が展開して行くわけだが、しばらくするとそこに新たに立花薫というこれまた大下とは対照的にスポーツマンらしい、育ちの良い、見るからに好もしい少年が加わって、この誰からも好かれる少年を挟んで、友情と、離反と、相克の物語が展開して行くことになるのだ。

　そこに描かれている世界はシンプルで、善意と友情にあふれ、当然こうした男の子同士の交際や感情の交流とは無縁だった私の目をとらえてはなさなかった。そして読み進んで行くにつれ、私はまるでこの物語の片隅で生活しているような錯覚さえ覚え、文字通り寝食を忘れてのめり込んで行く自身を発見して驚くのだった。

　こうして私をこの小説に釘付けにした理由はいくつかあったろうが、その大きな要因は、この小説自体に——というよりもそもそもの設定から登場人物の性格、はてはその行動とそれが影響を及ぼす小さな世界の空気まで——底流に横溢するユーモアの精神であった。いや、精神といえば少し堅くなるかも知れない。では何と呼べば良いのか、私は適当な言葉が見当たらないが、要するにこの物語世界が醸し出す雰囲気というのだろうか、自然に流れる大気というのだろうか。どれほど深刻な話題が語られようが、どれほど悲惨な出来事が出来しようが、それは常にユーモアという、とらえようもないが、一面では人間の生活になくてはならない根源的な要素がフィルターとして掛けられ、オブラートとして包み込まれ、まるで耐えきれない悪夢から自らを解放して安堵した時のような救いとなって流れているのだった。これはもちろん作者の本来的な性格に拠るところが大きいには違いなく、読み進むうちにこの物語に深く傾倒して行きながら、一方ではこの作者に対する共感と興味が日増しに募って行くのもまた事実だった。

もう一つの大きな要因は、何といってもこの物語の根底を流れるスポーツ精神で、（いや、この言い方も正しくない。私の悪いクセで、何でも「……精神」とすぐ帰結させてしまうところがあり、本来的にはスポーツの有する根源的な面白さ、楽しさと言い換えるべきなのだろう）我が主人公たちはあろうことか、ことごとくラグビー部に入部することとなり、以降は良きにつけ悪しきにつけこの勇壮で華々しいスポーツを軸に進行し、切っても切れない関係を築いて行くのだった。

考えてみると、この展開は決して私とは無縁ではない。前にも述べた通り、私が四年前に受賞した処女小説が高校のアメリカンフットボール部の女子マネージャーを主人公としており、ここでのあまり日本ではなじみの薄いスポーツの醸し出す世界が、この拙い小説の欠点を補って余りあるものがあり、そしてその練習風景や試合の描写がおそらく未体験の読者に斬新なイメージを与えたことは間違いなかった。ちなみに、私は女子高時代に当時は珍しい（おそらくは今でも）タッチフットボールというアメリカンフットボールの練習用の簡素化したスポーツのクラブに一時所属していたことがあり、（これは過去現在を通して、私が経験した唯一の本格的なスポーツ体験だった）この時の体験に大学時代に知り合ったアメリカンフットボール部の男子学生に聞いた話をもとにそのバックボーンとしたものだったが、この「午後の風に乗って」に表されるラグビーはそんな生半可なものとは違って、きわめて本格的なものだった。ある意味それは一種のスポーツ小説としても面白く読めるものであり、そこでの肉弾相撃つゲームのすさまじさや戦略、かけ引きの多様さ、そして練習の過酷さはまるで現代人が冒険小説を読む時のような異世界を垣間見る興味深さに溢れているのだった。だが、もちろんそれは一種のエピソードとして小説に深みを与えるための情緒的なものに過ぎず、決してそれが本質とはなり得ないのだが、この小説の中ではそれがものの見事に活かされていて、平面的な紙面と立体的な物語世界との垣根を取り払うために、（それが作者が意図したものかどうかにかかわらず）大いに役立っているのだった。

話を先に進めよう。

こうしてスポーツ大会や、学校行事や、日常生活に於ける多様なエピソードを通じて、主人公たちは様々に友情を深め合い、あるいは反面その関係のはかなさに悩んだりしながら次第に年月を重ね、やがて上級の高等部へと進んで行くわけだが、この頃になるともはや三人の友情関係は維持されてはいるものの、当然のごとく各々それぞれに確固とした自我の世界を築き上げつつあって、今度はその確立した世界と旧来の友情関係との相克、あるいは自我との両立に悩むようになる。

我が主人公は、（うかつにも私はまだ紹介していなかったが、この少年は名を高村健二という）ラグビー部ではそこそこ活躍したものの、本来的にはその器でないことを悟り、高等部へ上がると同時に部を退いて勉学に打ち込むようになり、（彼は若手法曹人として活躍する叔父の影響を受けて、かねてより弁護士志望であった）逆に立花少年は中等部よりの活躍を認められて、ますますラグビー部での存在の重きをなすようになり、今や次代の学校代表選手と目されるまでにのし上がって来ていた。一番困った存在だったのが、勉学、スポーツともに中途半端な大下進（後に彼は、自ら公言して朴陽進と韓国名を名乗るようになる）だったが、彼は彼なりに思うところがあって、いつしか遊び半分で生徒会室に出入りするうち、世代交代の波に乗って、裏で生徒会を操る黒幕とまで噂されることになる。

　つまりは三者三様、それぞれに努力した甲斐や運の手助けもあって、それぞれの「小さな世界」でのいわゆる「偉い人」となり、将来を嘱望される地位にまで上って行ったわけである。

　ここで気を付けなければならないのが、この小説は実のところ今縷々と述べてきた通り、青春小説とも、スポーツ小説とも、またその両方を掛け合わせたものとしても面白く読めるのだが、実際はそうではなく、もっと根源的な、人間的な臭みのある、大げさな言い方をすれば究極の深層心理小説となっているのだ。そしてそれは三人が揃って学窓を巣立ち、やがて様々な分野を志して社会へと出て行き、そして最終的に悲惨な結末を迎えることとなる第二部へと読み進むうち、次第に明らかとなって行くのだった。

　したがって、第二部は一部と違って、（おそらくそれは、読み方によっては全く別の小説と言った方が良いかもしれない）そうした学窓生活を共に過ごした三人が三様、それぞれに全く違った社会生活を送ることになるのは当然のことだが、驚いたことに、このそれぞれに社会的地位を得、それぞれに成功を収めた三人の中でも、特に法曹の世界へと歩んだ高村健二に物語は集約して行き、以降はほとんど彼とその周辺世界を中心に物語が展開して行くことだった。これはむろん第一部から主人公と目される人物であって、作者も当然それを是認しており、一面では無理からぬところでむしろ当然のことと言えるのだが、読む側とすれば少し（というよりも、大いに）面食らうことになる。いくら主人公が定まっていて次第にその周辺に話の展開が特化して行くのが当然だとしても、これではあの心温まる清々しい中、高生時代を描いた第一部はいったい何だったのか、（少し口を尖らして言えば、いったいどうしてくれるのだ）と、抗議の一言も発したくなる。

作者もむろんこの辺りが気になったのか、時折場末の酒場で三人を会わせたり、家族同士の薄っぺらな交流を描いたりはしているが、それはあくまでもこの一部と二部では全く別の小説と読まれることを懸念した作者の辻褄合わせに過ぎず、実際には数多くあるエピソードの一つに埋没してしまっている。

これは困ったことになったと読み進むが、だが実際はここからがこの小説の真骨頂ともいうべきもので、第一部は全くこの第二部を導入するためのイントロデュースにしか過ぎず、うがった見方をすれば作者の頭の中には一部と二部という全然違った物語が並在していて、そのどちらもが捨て難く、ついにはその双方を一編の小説に集約させるという離れ業をやってのけたというべきなのだろう。そしてそれがこの小説の中ではむろん成功しているとは言い難く、むしろ煩雑と戸惑いの原因ともなっているのだが、ここではそうした評論家的な感想はさておき、（実際にそうした偉そうなことを言える立場の私ではないのだから）私の読者としての目はすぐにこの第二部に引きつけられることとなった。

第二部では話の煩雑を避けるためか、（あるいは作者が大きなテーマを前にしてその進行をあせったのか）話はいきなりすでに法学者として一家を成した主人公高村健二の学会での討論会場の描写からはじまっている。これは一面では戦後の詩壇、文壇、論壇で重きを成したある高名な作家の長編小説の冒頭を連想させないこともなくはないが、それはさておき読み進めて行くことにする。するとすぐに、この冒頭の学会の論争らしき激しいやりとりに読者は面食らうことになるが、同時にそこで交わされるやりとりの真剣さにはからずも傾聴させられてしまうことになる。

ここでは主人公の高村健二はすでに某有名私立大学の教授という地位にあり、それだけに限らず法曹界の、（特に刑法学の）一翼を担う大家という設定になっている。そしてある重要な論争で二分する学界の一方の旗頭として、権威ある教科書を何冊も執筆しているほどの重鎮なのだ。対する論争の相手というのが、某国立大学の助教授から昨年教授に昇格したばかりの新進気鋭の学徒で、つい最近新たな学説を立てて高村らに挑む、学界がこぞって期待を寄せる壮年学者田崎誠であった。

田崎らの学説はこれまで定説であった学界の常識を根底から覆そうとするもので、数年前まだ助教授だった田崎が自らの大学の教科書として執筆した著作に初めて発表し、以後若手の研究者を中心に徐々にその支持と賛同を広げ、今では司法試験の問題でも両論併記、あるいはそのどちらかを選び取らせるほどの有力な学説となっているのだった。

だが、これまで紙上や誌面上での批評（あるいは批判）が交わされたことはあるにはあったものの直接両派の間で論争が闘わされたことはなく、今回学会の特別行事として法学関係の書籍出版で著名な某出版会社がスポンサーとなって、公開討論会が開催されることになり、件の冒頭シーンは大家と評される学者から新進の研究家、あるいは学生や斯界の動きに関心を寄せるマスコミ、そして一般人の傍聴者まで含めて、あふれ返らんばかりの公衆の面前で行われたのだった。

もちろん、これは公開討論会といっても学会が主催し、その道の碩学が聴衆となっているわけだから、ズブの素人である私たち読者にとってはその闘わされている学説の中味にしても、乱れ飛ぶ法律用語にしても難解きわまりなく、（というよりも外国語を聞くよりももっとチンプンカンプンで）一言で言えば取り付く島もなく、頭の痛いやり取りが続くわけだが、一面ではその理解しがたいやり取りの中にふと人間臭さが垣間見られ、アカデミックな論争の中にもしばしば上品と諧謔（かいぎゃく）に満ちた揶揄が散りばめられていて、これはこれで結構面白いものであった。特にすでに我が国を代表する法学の大家となっている主人公の高村が、あくまで自説を掲げて食い下がろうとする田崎を休憩時間にやんわりと優しく諭す場面などは、高村がすでにアカデミックな世界だけでなく、幅広い教養と人生経験を積んできたことがよく表れていて、読んでいる方が何だか身内を誉められているようで、嬉しさと気恥ずかしさと、それでいてどことなく誇らしささえ感じてしまうのだ。

論争は究極のところ、どちらに軍配が上がることなく終わるのだが、この結着の付け方もいかにもこの世界にはありそうなことで、妙に納得させられてしまう。お互いに相手の説の良いところは認め合って、だからといって自説は屈することなく、曲げることなく、これからもことあるごとに対立するのは火を見るよりも明らかなのだが、それでも相手の研究姿勢とその熱意には互いに敬意を表し合って、落とすべき落とし所を探ってゆく。どこにでも（特に政治の世界などに）あり得そうな話なのだが、まったく未知の世界で、しかもアカデミックな雰囲気に包まれて、やれやれ無事決着がついたと門外漢としてはホッと胸をなで下ろすと同時に、不思議な陶酔感にも似た感覚にひたされてしまうのだ。

これは我々が例えば、今流行の医療過誤の世界を取り扱った小説を読むのとほぼ似通った作用を示すのだが、一面それともまた違った感覚があり、学術社会という平常ではほとんど体験することのない遠い世界にいる私たちにはすべてが新鮮で、また強烈なインパクトを与えずにはおかない。

さて、こうしてこの主人公が属する社会への理解と共感を与えられた私たちは、こうした知識と下地をベースにさらに読み進んで行くわけだが、これより先はまたまったく別世界が新たに開けて行くのに、しばし唖然とも呆然ともさせられてしまうことになる。

そこでは冒頭に描かれていた知的で高尚な世界などはいつしかどこかに消し飛んでいて、我々がそこで培った予備知識や身構えなどは何の役にも立たなくなる。以後展開される世界は虚構と欺瞞と喧騒と反道徳に溢れ、これがあの冒頭の小説の続きなのかと、我が目を疑ってみたくなるのはおそらく私だけではなかろう。

ここでは主に主人公の高村とその周辺——特にその家族と他者との交流関係を中心に話が進んで行くわけだが、この家族関係の希薄さと情のはかなさには、驚かされるというよりもまったく頭を抱え込みたくなる。その無関心と乱脈ぶりといったら、同じ一個の屋根の下に生活する血のつながった家族でありながら、まったくもう呆れるぐらい、てんでバラバラなのだ。同じ屋根の下というなら、それこそ身分も、階層も、職業も違う他人同士が暮らすいわゆる世間一般でいうところの共同住宅の方が、まだ少ないながらも交流や秩序がありそうだとつくづく思うぐらいなのだ。

一家は都会（おそらく東京周辺だと思われる）に二世代も前から建つ旧家に裕福に暮らしていて、生活には何の不自由もない。家にはすでに隠居の身となった父母が二人、高村とその連れ合い、息子が一人、娘が二人、高村の実の妹で十年前に実家に出戻った女が一人、その息子と娘が一人ずつ、そして若いお手伝いさんが一人と、都合十一人もの人々が住む大家族で、その各々が離れや、二階や、三階とそれぞれ居住空間を異にしながら個々に生活を営んでいる。そして母屋に三十畳を超す広いリビングを有しながら、ここで一家全員が顔を揃えることはめったとない。盆や正月、各人の誕生日やその他入学、卒業、就職等のお祝い事がある時でも全員が顔を合わせるなどということは五年に一度もないのだ。

とはいえ、これは高村自身等主だった者が周到な準備を重ね、綿密に日取りを調整すればまったく不可能というわけではないのだろうが、誰も提唱する者も、行動を起こそうとする者もないのだ。それはあたかも一個の共同体が自ら統一された行動を目指すことを拒否しているかのように見える。というよりも、誰もが共同体の他者によって自らの生活を束縛されることを嫌い、また干渉あるいは影響を及ばされることを拒絶しているのだった。特に高村夫婦の三人の子供たちはもうてんでバラバラ、自由奔放で、（悪い言葉で言えば、わがままそのもの）親を親とも思わず、祖父母を敬わず、兄姉妹を兄姉妹と認め合うこともない。それぞれが尊重するのは友人であり、ガールフレンド（あるいはボーイフレンド）であり、毎月両親から分不相応に貰う多額の小遣いの一部を分け与えることによって何でも言うことを聞く子分であり、そして時々大人の見知らぬ世界を垣間見させてくれる世慣れた先輩や、習い事の先生であったりするのだ。

そうした一家であるから、高村夫婦がそれぞれ不倫相手を抱えて家庭内別居同然なのは今さら驚くに当たらないが、刮目（かつもく）に価するのがその両親である離れに住む老夫婦が奇しくもそれと似たりよったりの生活状況で、なんと、八十歳を超えた役人上がりの老父でさえ手伝いに通う婦人（家政婦とはまた別人）の後を追いかけ回したりしている有様なのだ。

こうしてみると、先に述べた私の好きな詩人が戦後すぐに描いた大河小説とますます似てくるが、一つだけまったく似ていないのが、この小説がこうした共同体の中の個の確立といった古くて新しい普遍のテーマを扱おうとしているのではなく、あくまでその題材は副材として、真に描こうとするのはもっと別地点にあるということろだ。複雑な小説のテーマを、ある限られた題材の下に包括的に集約するようなことはあってはならないことだが、ここではまさにその危険性を孕んでいるものと言えよう。

それは小説を読み込んで行くうちに徐々に明らかになって行くのだが、我々はまたここで、テーマの変節によるギヤチェンジを自らに課さなければならなくなる。それはまるで小説がオートマチック車なのに比べ、我々が乗る追思考という名の車がことごとくマニュアル車であることを思い知らされるようなものであった。

一言で言えば、これら多岐にわたる生活の実相を基盤として、テーマはようやく収斂（しゅうれん）されて行くように見える。そして第二部の前半の後段あたりからいよいよテーマは絞られてきて、読者はついにこの広大な通俗小説の真に作者の言わんとすることを把握することになる。

物事の帰結はすぐに明らかとなる。要するにこの小説はある意味観念小説で、そしてまた一種の精神小説でもあり、そしてわかりやすく言えば、ある一人のすでに世間的にも社会的にも名を成した知識人の魂の記録なのである。つまり、そこに描かれている不倫だの、裏切りだの、出世競争だの、愛憎だのの通俗部分はあくまで本筋を支える大道具、小道具、あるいは音響、照明、効果にすぎない。主人公はあくまで我が国を代表する刑法学者である高村健二その人で、この小説はその滲み出るような魂の変節の記録、というよりもその心底の雄叫びを正確に記録しようとしたものと言わざるを得ない。

高村は一言で言えば、犯罪者であった。こう言えば一部の読者は早合点して、彼の社会的地位や名誉に対して最も対極をなすところの、いわゆる逆説的な受けを狙ったものとして作者の意図を曲解する者があるかも知れないが、それは違う（主人公が著名な刑法学者という設定からして、それはある程度無理からぬことだろうが）。

彼は一種の変質者で、いわゆるpedofilia（幼児性愛者）なのであった。

そしてこの性癖はいつから始まったかは定かではないが、注目すべきところは、この性癖あるいは傾向が、今も、五十代も半ばに達した現在も消え去らぬまま、脈々と彼の根源的な精神世界を支配し続けているという事実だった。だが、この事実は我々を驚かせはするが、究極的に絶望させることはない。扱われている現実は恐るべきものだが、大半は彼の脳裏に湧き起こった幻想、すなわちよく口にされるところの妄想であって、五十を超した彼が現在も現実としてその犯罪に関わっているという証拠はないからだ。だが若いころはそうではなかった。

現実問題として、彼はその尋常ではない欲望を発散させる手段として過去幾度か見ず知らずの幼女と接触し、誘い、そして度々いかがわしい行為に及んでいる。そして過去のそうした行動の記憶が、世に名を成して、財も成した彼の後半生を苦しめ続けているのだった。あろうことかあるまいことか、世に名高い刑法学の権威が、遠い過去のこととはいえ罪もない幼子たちをほしいままに（法律用語にはよくこの『ほしいままに』という語法が出てくる。欲望の趣くままに、あるいは本能の命ずるままにでもいう意味であろうか）凌虐に及び、恥行を重ねる。この本来的な性癖と蛮行が現在の自分と対極にあるが故に彼は苦悩し、悔悟の念にさいなまれ、そしてそのことが今さら償いようのないという現実によってさらなる苦悩を産んで行くのだ。

これは例えていうならば、宗教上の聖職者が過去に忌まわしい強姦の経験を有しているようなものである。職業上の倫理観と対極をなす過去の行為が、生涯その者の重い心の〈枷〉となって苦しめ続ける構図はまったく同じだ。だが、聖職者であればひたすら神に祈ることができる。そのことで彼の罪が消えるか否かは別として、少なくとも魂の救済を求める対象がある。これはその救済の対象が日常的にすぐ身近にあるということで、逆説的に彼の苦悩を深めるという見方もできないことはないだろうが、それは違う。そのことによって彼が反語的に罪を深く認識することはあっても、彼は少なくとも魂の救済者のすぐ身近にあり、その魂の命に従うことができる（その要求がどれほど過酷なものであってもだ）。

だが高村健二は違う。彼の場合は対極的な立場は何ら変わることはないが、魂の救済者はいない。ひたすら祈りを捧げる対象もない。彼の場合は、むしろ逆説的な立場に立った現在の自分の身を呪いながら、ひたすら内奥する自身の魂と対峙して行く以

郵　便　は　が　き

料金受取人払郵便

差出有効期間
2021年6月
30日まで
（切手不要）

1 6 0-8 7 9 1

141

東京都新宿区新宿1－10－1

(株)文芸社

愛読者カード係 行

ふりがな お名前		明治　大正 昭和　平成　　年生　　歳
ふりがな ご住所	□□□-□□□□	性別 男・女
お電話 番　号	（書籍ご注文の際に必要です）	ご職業
E-mail		

ご購読雑誌(複数可)	ご購読新聞 新聞

最近読んでおもしろかった本や今後、とりあげてほしいテーマをお教えください。

ご自分の研究成果や経験、お考え等を出版してみたいというお気持ちはありますか。

ある　　ない　　内容・テーマ（　　　　　　　　　　　　）

現在完成した作品をお持ちですか。

ある　　ない　　ジャンル・原稿量（　　　　　　　　　　　　）

書　名				
お買上 書　店	都道 府県	市区 郡	書店名	書店
			ご購入日	年　　月　　日

本書をどこでお知りになりましたか?
1.書店店頭　2.知人にすすめられて　3.インターネット(サイト名　　　)
4.DMハガキ　5.広告、記事を見て(新聞、雑誌名　　　)

上の質問に関連して、ご購入の決め手となったのは?
1.タイトル　2.著者　3.内容　4.カバーデザイン　5.帯
その他ご自由にお書きください。
(　　　)

本書についてのご意見、ご感想をお聞かせください。
①内容について

②カバー、タイトル、帯について

弊社Webサイトからもご意見、ご感想をお寄せいただけます。

ご協力ありがとうございました。
※お寄せいただいたご意見、ご感想は新聞広告等で匿名にて使わせていただくことがあります。
※お客様の個人情報は、小社からの連絡のみに使用します。社外に提供することは一切ありません。

外に道はないのだ。

　こうした思いは日常的に彼の心の隅から立ち去らないのはいうまでもないことだが、彼を疲弊させ困惑に陥れるのは、何か人生の節目に、あるいは成功裡の陰に、必ずといってよいほどこの思いが顔を出してくることだ。入学、卒業、結婚、出産、学界での名声の獲得、著作の出版、新聞などマスコミの取材、テレビ出演など、そのどの時点でもこの思いは様々な顔をして彼の脳裡によみがえってくる。『そんな幸せそうな顔をしながら、そんな偉そうな口吻で自説を論じながら、いったいお前は過去に何をしてきたのだ。どれだけ罪もない者たちに悪逆非道の限りを尽くしてきたのだ……』

　もちろん、こうした声が常に大きく聞こえるわけではない。そうした慶事の喜びや獲得した栄誉が大きければ大きいほど相対的にその声は小さくなって行くが、一旦その慶びなり幸福が収まってしまうと、今度はその慶びや幸福の大きさに反比例してより強く、より大きく彼を襲ってくるのだ。こうして絶頂期にある自分が、果して過去に何を行ってきたのか。こうした眼前にそそり立つ金字塔は、どうした行為の積み重ねによって現在屹立しているのか。そうした思いは自分が獲得した業績や名誉が大きければ大きいほど、彼の精神に打撃を与え、彼の魂をさいなむのだ。

　こうした思いは、先の大戦でアジアの各地に派兵され、現地の住民を殺害し、凌虐を加え、そして困窮のどん底に陥れた旧日本軍の兵士の心境と一脈相通ずるものがあるかも知れない。彼らは復員し、それぞれ困難の裡に職を得、国を復興し、そして自らもささやかではあるがそれなりの幸福を勝ち取ってきた。だがそうした幸福を実感する日々にも、ふとしたことで脳裏によみがえるあのいまわしい経験。人を人とも思わず、残虐行為に走った他ならぬこの我が身。罪もない民間人を容赦なく殺戮し、その家族を断絶、離散に追い込んだ記憶。こうして立派に復興した国で、愛する家族に囲まれてぬくぬく暮らす自分も、かつては命の尊厳すら歯牙にもかけぬ地獄の鬼と化したこともあったのだという自責の念。

だが、構図的には似通ったところがあるかも知れないが、それとこれとでは断然、根本的に違う。——と、少なくとも高村健二は思っている。つまりは旧日本兵の場合は仮にその残虐行為がまったく自己の意志でもって（いわゆる地獄の鬼の心でもってして）なされたとしても、それは国家自体の非道という前提に覆い隠されてしまう。平時では思いもよらぬ行為が、国策の遂行という関与のもとで否応もなく増幅され強調されてきたからだ。だが高村の場合はまったく違う。彼の場合は戦時でも変事でもなく、平穏な普通社会に於いて自身の性向に左右され、性癖という名の都合のよい傾向に支配され、そしてそれに打ち克つ方策さえ見出せないまま、漫然とその潮流に流されてきたのだった。

彼の苦悩は深い。そしてなお一層悪いことには、こうした彼の苦悩は彼自身はもとより、友人や家族はもとより、その相敵対するライバルや、国家や、一般的に心のよりどころとされる魂の救護施設――いわゆる教会や、寺院や、神社などの宗教施設等に於いてもなぐさめられ、精神の安らぎを与えられ、そして頼れることはないのだ。

さらに話を進めよう。

こうした高村自身の目に見えぬ苦悩をよそに、彼の家族やその周辺世界は実に活発に動いて行く。元から家庭内別居同然のそりの合わない女房は、近年没頭していたある宗教団体の役員の男と抜き差しならぬ関係となり、あやうく財産の大半をお布施という名目で巻き上げられそうになり、（この場合はさすがに高村の旧知の弁護士が介入してうまく収めたが）長女は長女で、ある男友達の不良グループに引き込まれそうになり、あやうく薬漬けにされるところを別のグループの男友達に救ってもらったりする。長男は三年も前から引きこもり状態で、もう二十七にもなるというのに定職にもつかずブラブラしていて、一日中唯一の趣味であるプラモデル作りに没頭している。幼子を連れて出戻りしてきた妹は、いつの間にか一回り年下の作家志望とかいう青年をちゃっかり三階の居室に住まわせて半同棲の生活を送っていたが、この青年というのが家の内外にかかわらず下着一枚でウロつき歩く変わり者で、やっかいこの上ない。唯一一家の中でまともらしいのは高校二年生になる下の娘だったが、これはこれで病弱の身を抱えており、年がら年中救急車だの病院だのの世話になっていとまがない。

とまあ一言で言えば喧騒と、怠惰と、好き勝手が混沌とないまぜになった地獄のような家庭なのだが、不思議なことにこれが今一歩の処まで来ながら崩壊の道をたどらないのである。これは一家の当主である高村が偉いというよりも、（実際に彼は何もしない。ただ黙って各人の行動を見ているだけである）各々がそれぞれ破綻の一歩手前まで来ながら最後にはこの広大な家の魔力に魅せられたように戻ってきたり、また復活したりするのだ。それはもちろん高村家という圧倒的な富の存在が大きかったには違いないのだが、結局のところは大きな水滴が小さな水滴をすっぽりと吸収するように、それぞれの落とし処をそれぞれが見つけて、無意識のうちに自助努力を惜しまなかったからに違いない。

こうしてながめてみると、この小説は煩雑と、混沌と、難解をきわめた、ある意味で特殊な家族の瓦解とその復活を描いたクロニクル小説のように読めるが、もちろんそうではない。最後に残る重要なテーマはやはり何と言っても高村健二自体の精神生活の変遷であり、その崩壊（あるいは救済）過程を通して、一個の人間の生き様をその歴史から克明に抜き取るといった試みなのだ。

　高村はようやく晩年を迎えようとしていた。先の学会での論争で田崎にさんざん手こずらされたとはいえ、彼の学説が論破されたというわけではなかった。むしろ若い論者の挑戦を避けることなく、正々堂々と正面から対峙することによって論点は明らかとなり、他の研究者たちからも概ね好評をもって迎えられた。学界の頂点に立って論敵を抑え、司法試験の委員まで勤めた彼には残されたところは世俗的な地位だけだったが、去年の春、周囲から推されて母校の私立大学の副総長に就任している。そしてその充実ぶりに合わせたかのように、家庭生活の方もようやく収束とまとまりを見せ始めてくる。新興宗教に貢いでいた妻はやっとその愚かさに気付いて脱会し、通いの介護女性にうつつを抜かしていた高齢の父は一年前に亡くなり、引きこもっていた長男はボランティアの助けを借りて次第に社会へと関心の目を向け始めるといった具合である。中でもとりわけやっかいだったのが母屋の三階で独立生活を営む妹とその内縁の夫であったが、その内縁の若い夫が街でチンピラやくざと喧嘩になり、その時負った傷がもとで不慮の死を遂げてしまう。そしてそれを機に、妹と二人の子供は郊外に小さなマンションを買い与えられて、ささやかながらも平穏な生活を送ることとなった。

　つまりは、さすがに混沌と退廃のるつぼであった高村家にもようやく春が訪れ、平安がよみがえってきたというわけだ。通常ならば何とも見事な幕引きで、ようやくしかめっ面をして読んでいた読者もほっと胸をなで下ろすところだが、もちろんこの小説はこんな大団円では終わらない。この小説に一貫して漂うテーマ、つまり社会的に何の不足もない勝者となり、表面的な成功だけではなく、精神面でもはるかに優れた人格者として、あるいは教育者として、この上なく尊敬に満ちた目を向けられる人物が、内面的にはおそるべきコンプレックスを抱え、過去の自分の行為を忌み、そしてあろうことかその傾向性が未だ少しもおとろえていないことに恐れおののく、という首尾一貫した主題に少しも揺らぐことはないのだ。

彼は休日の午後、閉じこもっていた書斎からようやく階下に下りて、今では献身的に尽くしてくれる老妻とともに飼い犬の散歩に出るが、その川原の土手を下校してくる女子中学生のまだ初々しい細っそりとした足に自然と目が吸い寄せられている自分に気付く。公園に立ち入ると、そこで遊ぶ小学生の女児の短いスカートに目が奪われて、犬のフンの後始末どころではなくなる。そしてついには、スクールバスを降りて母親に手を引かれて帰宅の途につく、幼稚園の少女の後ろ姿をもついふり返ってしまうのだ。

こうして彼は何一つ不自由なく老境に入りつつある一個の人間が、一皮むけばとんでもない獣心を秘めた悪鬼であることに改めて気付き、自覚させられるのだ。どれほど聖人君子さながらに偉そうなことを言っても、どれだけその優しさと知性で人々から尊敬され賞賛されようと、その実体は人の皮を被った狼と何ら変わるところはないのだ。時折脳裡に浮かぶいまわしい光景。幼いゆえに、自身の身の上に何が起こっているのか理解すらできないあどけない顔の群像。行われている行為の何たるかを覚知せぬまま、不安と好奇心に大きく見開かれた邪気のない瞳。

思い返せば、その記憶の一つ一つが自分を後悔と絶望の奈落に落とし込み、そして今ではどんな方法をもってしてもその罪を償うことができぬという厳酷な事実へとつき当たる。彼自身は一個の法学者である。しかも、とりわけ刑法学の大家である。彼自身の犯した罪がどれほどの構成要件に該当し、どの方面の犯罪を形成するかは痛いほど熟知している。そしてどれほどの刑罰に相当し、どれだけの刑期が加重されるかも詳知している。いや、というよりも、むしろ彼はその刑罰の正当性や刑期の妥当性を根本から支え、規定する側に立つ人間なのだ。刑法や刑事訴訟法の改訂や、新たな立法に於ける学者としての彼の意見は重い。最高裁に於いて最新の判断が下される場合でも、司法は同列の問題に対する学界（——すなわち高村ら高名な刑法学者たち）の意見や指摘を無視し得ない。つまり彼は下世話な喩えでいえば、あくまで「お白洲」の壇上に立つ側の人間で、玉砂利の上に茣蓙（ござ）を敷いて正座させられる立場では永遠にないのだ。何という皮肉な事実。何という逆説的な齟齬。そして、何という不当な構図であることか。

彼の属している世界では彼の罪はもはや問われることはない。刑法や刑事訴訟法でいうところのいわゆる公訴時効の要件を満たしていて、立件する余地もない。というよりも、罪の対象となる被害者の特定もままならず、(今ではそれらの者たちが生きているかどうかさえ判然としない)実際にそうした犯罪行為があったかどうかさえわからないのだ。

だが、このことは決して彼の苦悩を軽減することにはならない。むしろ、そういうもはや罪にも問われることはないという意識上の立場こそが、彼を苦しめる元凶なのだ。この世のものならぬ罪深い我が身でありながら、もはやついにその罪を償うことすらできないのだ。

こうした思いは年々募り、ついに彼は徐々に精神を病んで行くに至る。そしてここに至って、ようやく息詰まる緊張と救いようのない精神の葛藤に身をつまされてきた読者は、なぜか肩の荷を下ろしたようにホッとするのである。こうした神にも救い得ないような魂の葛藤は、一方当事者(つまりは主人公)の精神に変調を来たすか、その存在自体が消えてなくなってしまわない限り、解消されることはないことを知っているからであった。

結論から先に述べると、精神を病んだ彼はついにすべての呪縛から解放されるかのように逃避への道を突き進んで行く。そう、つまりは妻ソフィアとの相克にさいなまれたトルストイが最終的に出奔の道を選んだように。そしてすべてを隠して、とある地方の児童障害者施設に補助的な職員として採用され、そこで晩年を過ごすことになる。そこでの生活は現世とは隔絶された想像を絶する過酷なものだったが、彼は何ら不満や不平をもらすことなく、身元もわからぬ同じ精神に支障を持つ仲間の一人として迎えられたのだった。そして何年か経ったある日、まったく何の罪の意識もない一人の少年によって農作業をしていた山道から谷底に突き落とされ、その怪我がもとでついには六十八年の生涯を閉じてしまうことになるのだ。少年と老人は互いを親子とも呼びかわすほどの仲の良さで、事故もそうした親近感を表そうとした少年が軽い気持ちでふざけかけた末の出来事だった。むろんその少年も心に深い病を負った入所者の一人であったことは言うまでもない。冒頭に掲げた巻末のシーンは、病弱の身を克服して独り立ちした彼の末娘が、ようやく探し当てられた父高村健二の施設でのつましい葬儀に参加するラストシーンであった。

五

　私は原稿を読み終えて、しばらく動けなかった。今までに味わったこともなかった情動が身を包み、全身が痺れたようになっていた。だがしばらくすると、その反動のように心の中に様々な感情が渦を巻いて湧き起こってきた。同意、反感、嫌悪、納得、反発、肯定、否定……そしてそれらを最終的にまとめ上げるように、再びよみがえる身につまされるような情動。

　読了したのは真夜中の一時をまわっていた。家の中はひっそりとして音もない。階下ではすでにベッドにトドのように横たわった母親が、深い寝息を立てて眠っていることだろう。

　部屋は南に面した窓から漏れ来る街灯の光が差し込んで、ことのほか明るい。最近市の建設局がこの界隈の街灯をすべて新式のに取り替えたお陰で、熟睡しようとすればかえって厚手のカーテンを引かねばならぬぐらいだった。街灯の明かりもさることながら、もうどうにも寝付けないことはわかっていたので、私はデスクの卓上灯をつけて、しばらく起きていることにした。

　気になるのは、やはり何といっても原稿に添えられた男の手紙だった。私はそっとベッドを抜け出すと、生暖かい空気の漂う階段を縫うように下り、暗い台所で母親に気づかれぬよう湯をわかした。そして、インスタントコーヒーの瓶とティーカップとポットを盆に載せると、二階の自室へと引き返した。ドアを閉めてコーヒーを一口すすり、煙草に火をつけると再び熱い情感が胸を駆け上がってきた。薄手のカーディガンをパジャマの上から羽織り、カーテンを隙間なく引き寄せた。深夜の二時にもなって、まだ寝もやらで起きているということが、何だか世間に対して顔向けできないことをしているように、ふと感じたからだった。いっとき近隣を騒がした時の人が、定職にもつかずブラブラしている様を人に見られることを、いつしか私は極端に恐れるようになっていたのだった。

「……結論から言えば、この作品は貴女に差し上げます。献上します。いや誤解のないように言うと、それはこの作品の権利を譲るとか、著作権を移転するとかいった、そうした次元のことではありません。所有権がどうのこうのという問題でもありません。私はこの作品を貴女にもらって欲しいのです。もちろん対価云々という話は論外です。差し上げるといった以上、それは無論その意味そのもので、何らかの見返りを求める気持ちも、そこから何かを得ようという気持ちもありません。おこがましいようですが、金銭なら私には身に余るほどの蓄えがありますし、今でも生活に困らない以上の稼ぎがあります。また、この作品を献上する行為を通して何らかの邪推を抱かれるようなことがあれば、それも心外の極外の極みです。私には長年つれ添った愛する妻がいますし、それを裏切ったり悲しませたりするような気は毛頭ありません。第一、私の周辺には年若でそれぞれに魅力を持った女性が何人か居て、私がそれらの人々以外にその方面の目を向けるなどということも現実にはあり得ないことです。

――中略――　先にも述べた通り、私にも何年か前までは文学を志し、いわゆる世に出てそれを生業にしたいと真剣に願っていた時期がありました。そして、それを目指して悪戦苦闘してきたことは先にも書いた通りですが、ここに至って、とある事情（今はそれについて詳しく述べることは残念ながらできませんが）によって断念せざるを得ませんでした。ですが、この作品をほぼ完成していた私にとってはいかなる事情があるにせよ、この作品を世に埋もれさせるということはまさしく断腸の思いでした。過去幾度となく様々な文学賞に応募し、そのことごとくに敗れ去った私ですが、この最後の作品にだけは不思議と自信がありました。ついに埋もれていた才能に火が点いた。私は満足感の裡にそう狂喜したものです。だが今述べた通り、私にはもはやこの作品を世に送り出す立場にはないのです。もちろんそれは、過去何年と文学という魔物と対峙してきた者にとっては言葉には尽くせぬ思いがありますが、今となってはそれを後悔してみてもいたし方ありません。
――中略――　今、読み返してみて、（少し時間をおいて）私はやはりこの作品にも過去何度も文学賞に挑戦して敗れた原因、あるいは傾向が抜け切っていないことを認めざるを得ません。あなたにはそのことにはもうお気付きかとおもいますが、これはもうどうにもいたし方のないものです。今さらこの傾向を捨て去ることはできませんし、不可能なことです。こうなれば、この傾向が受け入れられる世になるまで待つしかないのですが、私にとってはそれすらもうどうでも良いことになってしまいました。

そうした頃、たまたま私は貴女の存在を知りました。貴女が見事大賞を射とめられた第三十三回『文英賞』に、恥ずかしながら私も応募していたからです。もちろんその応募作はこの作品とはまったく別の愚にもつかないものだったのですが、例によって二次選考にも残りませんでした。作品自体は作者が言うのも何ですが、そう力の入らない、応募することだけに意義を持たせたようなもので、ショックすらなかったのですが、私にとっては印象深いものとなりました。もちろん今回も（過去何度もそうしたように）選考結果の掲載された回号の月刊誌を購入し、そこには例の如く受賞作品の抜粋がありました。

私はその選評と作品の抜粋を見比べて、『何じゃ、これは』と思いました（言葉が悪くてすみません）。その抜粋された掲載作品に比べて、何と選者たちの評価の甘いことか。まるで我が子が書いた作品を親が口をきわめてほめちぎっているようではありませんか。ある選者などは、『……この作品は戦後わが国で書かれた日本語の小説の中でも、おそらく十指に入るのではないか……』ですと。私は正直わが目を疑いました。そして何度もその冒頭の抜粋を読み返しました。ですが、私にはどうしてもこの作品が『十指に入る』とは思えませんでした。そして当然の如く晴れぬ疑問を胸に残したまま、受賞作が書店に並べられるのを心待ちに購入しました。そして読み終わったあと、私の考えは根源的に間違っていたことにようやく気付いたのです。

作品は中段、後段に至るにつれて興味が増し、同感を呼び込んで、気がつけば一気に読破していました。さすがに長い歴史を誇る文学賞で、選者たちが口を揃えて褒めたたえるだけのものはあると、一応は納得させられたのでした。私は冒頭の数節を読んだだけで作品をこき下ろした自分の不明を恥じました。

だが、私はこうも思いました。作品は確かに先に進むにつれ面白く、息もつかせぬ展開もあって一気に読ませる力はありますが、そのわりには何か納得のゆかないものが残る。格別美味しいディナーをいただきながら、食後にふと口中に何か後味の悪いものが残っている。この上なく面白い映画を観終わったのに、なぜか映画館を後にした時に、連れの友人と肩を叩いて素直に共感を分かちあえぬものがある。それはいったい何でしょうか。それは言うなれば、これほど選者の好評を得ながら、作品自体の売れ行きが思ったほどではなかったことと相通ずる何かがあったのではないでしょうか。

――中略――

気になった私はさっそくもう一度読み返してみましたが、驚いたことにその答えはすぐに見つかりました。つまりあなたの作品は、（ここからはおそらく作者であるあなたにとっては読むに耐えないような辛らつな言葉が並ぶと思うのですが……それも真相の追究のためとご容赦ください）私の作品が陥ったと同じように、時代の要請にそぐわない、底の浅さの抜けきらないものだったのです。表現は古く、言葉づかいにデリカシーがなく、そして話の展開に整合性が欠け、そして何より主人公の行動に必然性がないということです。これを一種の『大人向けのおとぎ話』として提供するとしても、読む方としては戸惑ってしまいます。電子機器や通信機器が発達し、表現方法が実に多岐にわたって整備され、提供されつつある現代の文化的世相の中で、何をもってこうしたメタファーに彩られた寓話ともいうべきものを紙数をこらして読む必要があるのかと。

作品の成功はたまたまの好条件が重なったものとしか言い様がありません（私にも経験がありますが、何か一つの物語を追求して行くうち、ふととてつもない偉大な力を得て、能力以上のものが出現して仰天することがあります）。つまり、たまたまの偶然が好条件を得て、一個の鉱物を宝玉に変じてしまったというわけです。賞の選者はそうした経験があるにしろないにしろ、それぞれに忙しい自分たちの仕事を抱えて、そこまで踏み込んで考察する時間はありませんし、またその必要もありません。彼らは作品の印象を表層的に述べるだけで、その成り立ちや作者の情況、立場などとは無関係だからです。しかし、ここにこそ作品が高評価を与えられながら、さほど読者には受け入れられなかった秘密が隠されているように思えてならないのですが、今はそれを深く追究している暇はありません。

――中略――　結論から言えば、私は貴女には才能がないと断ぜざるを得ませんでした（誤解しないで下さい。これはあくまでも貴女がこれから作家として世に出て行くという意味での才能であって、個別に貴女が作品（とりわけ受賞作のような）の中で見せる、ふと瞠目（どうもく）に値するような才能のことを言っているのではありません――そういう意味での才能なら、貴女には十分あります）。

おそらく貴女はこの受賞作に匹敵するような作品はもう二度とは書けないだろうし、いわんやこの作品を凌駕するような……つまりは貴女をさらに高名な作家として世間に認めさせるような作品は、どう転んでも物し得ないに違いないと結論するに至ったのです。

それから約四年。まったく残念なことに私の勘は当たり、私の危惧はことごとく適中いたしました。失礼ながら貴女の書かれた文章、著作の類は私の目の届く限り、日記的なエッセーから本格的な連載まですべて目を通させて頂きました。そして次第に私は、改めて当初抱いた漠とした印象を確信にまで高めて行ったのです。すなわち、貴女には作家としてこれから世を渡って行く才能はお持ちでないと。しかもその酷薄で冷厳な事実には貴女自身もようやく気付いておられるとも。貴女には才能がない――いや、そうではありません。才能はあります。才能のない人間なんていません。ただ、残念ながら貴女に欠けているのは、十分にあるその才能をことペンの先から噴出させ、原稿用紙の桝目を埋め、行間を進め、そしてその物語に何らかの意味と生命を吹き込み、みごとそれを完結させ、ピリオドを打つ能力です。

おそらく、貴女は今現在、物書きとしては数ページも先へ進めない状態にあるのではないかと思います。当初、受賞の喜びの余波で、それでも多少の生彩を放っていた貴女の文章は、歳月を経て、回号を重ねる度にその輝きも薄れ、次第にその勢いは弱まり、近頃では（特に最近では、私のようなストーカー的な文献ウオッチャーの目にも留まらぬほど、貴女の文章を目にする機会は減ってはきていますが）何を書かれているのか、素人の目にも戸惑うばかりです。

――中略――

ふとしたことがきっかけで、こうして貴女を知った私は、これはもう他人事ではない思いがいたしました。こうしている間もどこかで様々なプレッシャーと闘いながら呻吟（しんぎん）しているかも知れない貴女に、同情の心がふつふつと湧いてきました。そうした貴女の苦境に、一つ間違えば私が立たされていなかったなどとはどうして言えるでしょうか。幸いなことに、私にはそうしたチャンスもピンチも訪れることはありませんでしたが、その椅子に座らされているのが私ではないということに、私は安住する気には毛頭なれなかったのです。

――中略――　今回お送りした一編は、私の最も自信作ともいえるものです。自分で言うのも何ですが、先ほど述べたように、『ふと、とてつもない偉大な力を得て、能力以上のものが出現して、仰天させられるほどの出来栄え』だと、秘かに自負するものです。

これを貴女に差し上げます。もちろん。これはどの文学賞にも投稿する目的で書いたものではなく、どの出版社の編集者にも、また他人と名のつく私以外の誰の目にも触れさせたものではありません。家族でさえ、この作品を私が書き上げたことすら知らないのです（家族はひたすら毎日あくせく生活の糧を追い求めている私が、こうした方面の趣味を持っていることにさえ気づいてはいません）。

この作品をどうお使いになろうかは、ご自由です（もちろん、冷笑とともに放擲（ほうてき）なさるのもご自由です。――ですが、おそらくはそうはならないことに、私は変に自信を持っています)。

　形体や方向性を指示する立場に私はありません。もちろん今すぐにというわけでもありません。ですが、将来きっとこの作が、貴女にとって何らかのお役に立つことは固く信じて疑いません。そして希むらくは、この作が広く世に出て、数多くの人々の目に触れることをも願っています。ですが、その際にはその著者名は貴女であるのです。誤解がないように私はくり返します。この作の作者はあくまで貴女であって、私ではないのです。そして、それは私の深い希望でもあり、心から願っていることなのです。　──後略──」

六

手紙を読み終えて、私が腹を立てたのは当然だったろう。何という侮辱。何という高慢。そして何という一人よがり。そして、究極何というお節介。

貴女にこの作品を差し上げますだと。ご自由にお使い下さいだと。将来きっとこの作が貴女のお役に立つことを信じていますだと。そして言うにこと欠いて、「今回私がお送りしたのは、私の最も自信作とも言えるもの」、「ふと、とてつもない偉大な力を得て、能力以上のものが出現して、仰天させられるほどの出来栄え」だと。

一体、この人は自分を何様だと思っているのだろう。ぶしつけにも初めて送る手紙にさんざん相手をこき下ろしながら、自分をまるでゴッホかピカソのように、世紀の大芸術家のように思っている。そして私の現状と将来を心配して、この作品を献上するから私の名前で世に問えという。ふと、ある意味精神の異常を私は疑ってしまう。この男の頭は正常に働いているのだろうか。もし正常だとすると、一体何を考えているのだろうか。単なる変人なんだろうか。それとも偏執者なのか。いや、極度のストーカー傾向が高じて、誇大妄想に陥っているのだろうか。

「この作品を差し上げます」といって、ペットの仔犬を受け取るように、はいそうですかとにっこり笑って貰えるわけなどないではないか。少なくとも四百字詰め原稿用紙で千枚（A4ワープロ書きの一枚は、四百字詰め原稿用紙で約三枚に相当する）を超す大作である。差し上げるだの貰うだのという次元の話ではないはずである。この男も千枚もの大作を書き、しかも本人が言うように七本もの長編小説を物するほどの、いわば小説家の卵ともいうべき存在なのだ。他人が書いた作品に自分の名前を冠して世間に発表するなどということが、どういうことかぐらいわかっているはずである。それは盗作などという生易しいものではない。筆一本、あるいは腕一本で実力を問われる世界に於けるまったくの欺瞞行為なのだ。作中の主人公が所属する世界（それはすなわち、作者の拠り所とする世界であろう）の刑法学の立場からいえば、まったくの詐欺行為に外ならないのだ。

偽りの芸術、虚構の文学をもってして、果して世を渡って行けと言うのか。そうしたことが許されるとでも思っているのだろうか。

つまるところ、これは一種のストーカー行為なのだ。いろいろ思考をめぐらしてみて、私はそう断定せざるを得なかった。そうだ、まさしくこれは一種のストーカー行為以外の何物でもない。手紙を読む限り、男は私が文学賞を受賞した時からその存在が気になっていたという。そしてそれ以来、私が様々な媒体で発表する文章や作品を追ってきたのだともいう。それはつまり、単なる愛読者とはいえない、またファンとも呼べない、ある種の異様な行為なのだ。そして彼は私の窮状を察し、仕事の進み具合を看破し、さらに今後の展開までをも予測しているのだ。それはある意味で家族（今は競馬場のもぎり嬢をする母親しかいないが）にも知られていない、また仕事上の関係者などにも漏らしたことのない、究極の私の内面上の問題なのだ。様々な葛藤が煩悶を呼び、さらにその煩悶が苦悩を呼びさますといった、一に私的な精神世界の現場なのだ。

その深遠な世界に他人が土足で入り込むことは許されない。ましてや、不安におののく魂を素手で鷲摑みにされるいわれもない。いわゆる文章をあやつり、言語を媒体として様々な思索や思想を表明するのが作家というある種の芸術領域の提供者であるならば、この最低限のルールはとうに承知のはずではないか。それとも男は、そうしたルール破りのギリギリの線を踏み外してまで、言語表現という領域に頼らざるを得ない特殊な事情を抱えているとでもいうのだろうか。

気づけば、いつしか夜が白々と明けようとしていた。センサーが働いて街灯の灯が消え、そのことが覚知できないほどに光が厚みを増しつつあった。

私は睡眠不足でおぼつかない足取りで、階下へ下りて行った。奥の八畳の座敷で、デパートの通信販売で買った簡易ベッドの上で寝ていた母親は、まだ夢の世界をさまよっているようだった。私はしばらく何をするというでもなく、台所のテーブルの椅子に腰かけてボンヤリしていた。窓の外で小鳥たちの呼び交わす声が次第にはっきりと聞こえだし、私は立ち上がって、ほとんど何年ぶりかに郵便受けから朝刊を取って戻ってきた。卓上ポットの水を入れ替え、小鍋をガスコンロにかけるとゆで卵を作った。冷蔵庫から取り出したキャベツを千切りにし、トマトの皮をむいた。トーストを焼き、バターとピーナツクリームを塗った。

一人で自分だけの朝食を済ますと、私は母親用に取り分けた分にナプキンをかけ、もう一度二階へと戻った。母親が寝ぼけ眼で食卓を見た時の、驚いた顔が目に浮かぶようだった。私はまるで、書店の棚にレモンを一個載せて戻ってきた大正時代の作家のような気持ちになって、再びベッドにもぐり込んだ。一睡もしなかった眼はさすがに重く、まるでベッドの底に五体が吸い込まれて行くようだった。ふと階下から母親の驚きとも喜びともつかぬ叫ぶような声が聞こえたのを合図に、私は深い眠りに落ち込んで行った。そして薄れて行く意識の最後に、なぜか目覚めた時にふと、その棚に残したレモンのせいで、唐突に私の住む世界がすっかり変わってしまっているような、不思議な予感に打たれたのだった。

七

それから二カ月の間に、私は二社に対して四本の短編を書き送った。これは、なまけものの私としては珍しいことだった。だが、これらの作品もご多分にもれず、あちこち書きかけては散じていたものを四苦八苦して寄せ集め、書き足し書き直して何とか完結させたもので、お世辞にも上等といえる代物ではなかった。案の定、出版社からの評判は良くなかった。だがそのうちの一編は学生時代からの思い入れのこもった題材で、自身としても相当に自信のあったものだったので、私の受けたショックは大きかった。編集者は、だがその変な思い入れが良くないのだと言う。

「先生のお作の場合は、そうした妙な思い込みが功を奏するどころか、逆効果を招いてるようなところが無きにしもあらずのような気がするんです」

その年若い編集者は、婉曲な表現ながらも、ずばりと私の作品の欠点を言い当てた。

「例えていえば、しゃべくり漫才のＭ－１のコンテストに、一組音曲漫才がまぎれ込んだような、そんな違和感があるんです」

　つまりは私の作風も、発想も、表現力も現代にマッチしていないと言いたいのだ。何を小しゃくな。ネイルアートばかりに凝って、爪に垢して働いた経験もない小娘に何がわかる。と、言ってやりたいところだが、私は何も言えなかった。この年若い女性編集者にしても、私のような愚にもつかない駆け出し作家に担当として付いたばかりに、思いもよらぬ苦労を強いられているのだ。いらだたしさとその胸の苦衷は、いやというほどよくわかる。

「……それで、こんなことを電話でお話しするのもアレなんですが、先生から頂戴している別冊の連載は、この秋の号で一応完結をみていきたいという風に先の編集会議に出まして。いえ、私もそれじゃあまりにも尻切れトンボで、変に違和感が残るんじゃないかって抵抗したんですが……」

　つまりは連載ストップ。パソコンなら強制終了させようということだ。当初約束だった本にして出版するという話も、当然雲散霧消したということだろう。もちろん、こうした話は抵抗してしかるべきだ。契約違反とまでは言わないまでも、約束が違うと抗議の一つもすべき問題なのだ。だが、私は何も言わなかった。いや、何も言えなかったのだ。人のよい編集者は、当然会議では私に代わって抵抗してくれたに違いないのだ。

私にはネイルを傷つけないよう机を叩きながら、顔を赤くして抗議する女性編集者の様子が目に浮かぶようだった。この娘は、ところ構わず辛らつな言葉を発し、興奮しやすいバカな娘だったが、常に私の味方で、人のよいところがあるのだ。私はその娘の期待を裏切りつづけてきたのだった。しかし、私はその人のよい彼女の弁護にいつまでも頼って行くべきではなかった。彼女とその周辺の恩情には、もはや限りがあった。私にはしたがって、どこかでその恩にむくい、彼女たちの喜ぶ顔を見る必要がどうしてもあった。

私は正直いって途方に暮れた。正真正銘、私には頼るべき下地はもうなかった。四本の短編は、まさに最後の切り札ともいうべきものだったのだ。だが、その切り札ともいうべきものをも私は失ってしまった。私は、調子に乗って短期間に四本もの作品を書き送ったことを後悔した。小出しにしておけば、まだ私の命運も尽きることはなかったかも知れない。だがそうしたところで、将来の展望が開けるわけではなかった。ただ少し、作家と出版社という小さく偏狭な世界でのかけ引きの中で、多少は時間が稼げるというだけの話だった。

だが、今回の手詰まり感は、かつてないほどに深刻なものだった。私の乏しい過去の蓄積はもはや払底してしまい、引き出しの中はカラッポだった。だが構想そのものがなくなったわけではなく、現に、今現在も違った種類の短編を二つ並行して書き続けているところだが、そのどちらにも私は自信というものがなく、したがっていつ完成を見るかも知れぬ、やっかいな代物だった。

ついに、私は行き詰まった。つくづくとそう断ぜざるをえなかった。それはある意味、あちこちでローンやクレジットを借り歩く多重債務者が、ついに自転車操業もままならず、ローン会社から今後の一切の融資を断たれた姿に似ていた。私には担保もなく、保証人もおらず、頭の先から足先までがんじがらめに契約という目に見えぬ枠に閉じ込められ、身動きもままならぬ状態なのだ。このまま行くと私は、いずれ風俗嬢にまで身を落とし込め、やがては角膜や内臓まで切り取られてしまう運命なのか。

編集者と電話のやり取りのあった後、私はボンヤリとそんなことを考えながら、ふと机の上を見た。レースのカーテンを下ろした窓際の本立ての横に、例の男が送りつけてきた厚手の原稿の束が無雑作に置いてあった。これをこうして引き出しの中などに格納しないで、投げ捨て状態にしてあるのにはわけがあった。男が「差し上げる」といって寄越した物をどこかに仕舞い込むのは、すなわち私が受け取ることを納得したことに外ならないように思えたからであった。私はあくまでも男の申し出に納得したわけではなく、無視した格好を装いたかったのだ。

だが私は今、おそるおそるその原稿に手を伸ばそうとしている。そう、まるでにっちもさっちも行かなくなった多重債務者が、最後の手段として過払い利息の返還を求めて、弁護士事務所や司法書士事務所の電話番号の載った電話帳を手に取るように。

私はまず、表紙のついた原稿の上に載っている厚手の封筒を取り上げ、中から便箋の束を取り出して、今回で二度目となるその手紙に目を通しはじめた。久しぶりに目にする男の特徴ある文字は、ある種のなつかしさを私に覚えさせた。それは、まるで大昔に送られてきた恋文を読むような感覚にも似ていて、少なからず私の疲れた胸を刺激した。

「……やっと、戻ってきてくれましたね……」

便箋いっぱいに広がる男の丹念な文字が、そういって喜んでいるかのように私を迎え入れた。

私は小半時もかかって、ようやくその手紙を読み終えた。前回ざっと目を通した時と違って、今回はいろんな発見があって、その度に私は目を見張らされる思いがした。もちろん一度読んだということで警戒心は薄れ、その分文章に没頭できた点はいなめない。前回見逃していた点を重点的にふり返ると、男の言わんとしていることがまるで初めて読むように理解できるのだった。

　こうして改めてながめると、男の文章は思いのほかよく整理され、だからといって要点をはずすわけではなく、見ようによっては一種の名文とも言えるものだった。ただ言い回しが少し回りくどく、比喩や暗喩がいたるところに散りばめてあって、そのことがこうして枚数を必要以上に多くする原因ともなり、また出来の悪い生徒が古文を読むような印象を読む者に与えているのだった。

　だが文章の内容自体は概ね好意に溢れており、前回警戒心の元凶となった悪意はどこにも読み取れなかった。むろんこれは、今回私がやむにやまれぬ必要性と関心をもって読み進めたためであって、読了後の満足感は幾分割り引いて考える必要はあった。

　そして、結局のところ私の出した結論は、もう一度この大部の小説を丹念に読み返してみようということだった。私にはもうあまり選択肢も時間も残されてはいなかった。が、それでも逡巡と躊躇の気持ちはまだまだ心の奥底に根強く残っていたのだ。

　今回再読するにあたって、私が最も注意を注いだのが、この小説をたとえ（それはまだこの時点では「たとえ」であって、あくまで予定ではなかった）、よしんば、仮に、私の名で発表するとして、果してそれが素直に、違和感なく、（つまりは、何の疑いもかけられずに）世間に受け入れられるかどうかであって、要点はそのことに尽きるといってもよかった。

私は再び男の小説を読みはじめた。私は今回それ以上になすべき仕事はなかった。四編もの短編を出荷してしまった今となっては、私の手元に在庫はなく、また当分はそれを補充する予定もあてもなかった。手がけはじめた二編の短編も仕掛り品というにもほど遠く、仮に何とか出荷したとしても、不良品の烙印を押されて、返品の憂き目に遭うことは容易に想像のつくことだった。私の小説製造工場はもうそれほどに老朽化し、疲弊していた。今の私には何もなかった。地位も、名誉も、財産も、仕事も、友人も、本当に何もなかった。だが、焼跡の灰燼の奥底に、かすかに熱を帯びた消え残りの火種は残っていた。私は何もないと信じていた漆黒の闇にひそむその火種の存在に気づいた時、思わず戦慄のうめき声をもらした。その火種は、消え残りなどという生易しいものではなかった。再び火がつくと、それは炎を噴き上げ、黒煙を巻き起こし、周囲を焼き尽くし、そして最終的には私自身をも巻き込んで、骨も残らぬまでに燃焼し尽くす恐れがあった。一旦火がつくと、それはもう消し止めることは叶わず、ただその火の手をながめるか、逆にその火に油を注いで成り行きをながめるしかないのだ。

だが、私にはもはやそれを恐れる気は毛頭なかった。骨をも残さぬというなら、むしろその方がサバサバする。私の住んでいる土地が、有史以来どんな変遷をたどって現在の家屋が残されているか知らぬが、何がしか過去の人物の痕跡や骨が出土したなどという話は聞いたことがない。だが男の小説は残すべきなのだ。世に出すべきものなのだ。それほどに値打ちのあるものなのだ。男がそれを成し得ないというなら、誰かがそれを成せばよいのだ。たとえそれが少女小説作家上がりの、いまだに二編の長編しか成し得なかった駆け出しの作家の卵であってもだ。要は、男のこの作品を世に埋もれさせてはならないのだ。

そして、ことここに至った今、すべてはそれに尽きる。

八

「先生、読みましたよ。もう、びっくりしました」

　受話器の向こうから息をはずませた女性編集者の、興奮に上ずった声が聞こえた。陳腐なあいさつは一切抜きで、いきなり本題に入るこの人の癖は今でも抜けていない。年が変わって二月の初頭、みぞれ混じりの冷たい雨の降る明け方のことだった。

「びっくりしたのは、こっちよ。今、何時だと思っているのよ。あなた、もう出社してるの？」

　私は、枕元の置時計がようやく七時を廻っているのを確認して、寝ぼけた声を出した。寝ぼけた声は一種の擬態で、一声彼女の声を耳にした時から、私にはすっかり事情がのみ込めていたのだった。

　およそ二週間前に私は出版社宛にワープロ書きの原稿を郵送し、それが何人かの手や目を経て、ある一定の評価や感想がまとめ上げられる、それが私の計算ではちょうど昨日、今日という見当なのだった。

結局のところ、煩悶と逡巡をくり返した私であったが、一度結論に達するともう迷うことなく、私は手元の男の小説に再度目を通し、私自身の手による修正と加筆を施していった。そしてあらためてその芸術性の高さと物語の構成の巧みさに舌を巻きながら、迷いに迷ったあげく、この膨大で雄渾な小説を一部と二部で切り離し、それぞれまったく別個の小説として取り扱うことにしたのだった。すなわち、主人公が中学入校とともに寄宿舎生活を送り、高校を卒業するまでの学園生活を描いた一部と、その主人公が学窓を巣立って社会に出てから法学者として名を成し、社会や家庭の荒波に惑導されながら終には悲劇的な結末を迎える二部とを、完全に分かつことにしたのである。

結論からいうと、これは正しかったようである。男はもちろん、この大作を連綿と続く統一的なクロニクルとして設定し、一部と二部に分けたのは、便宜上主人公の精神形成過程と社会での実生活者としての立場とをはっきり区別させるために設けたのであって、深い意味はなかったようである。

だが、私はこの小説を何度か読み返すうち、これは古典から現代に至るまでいくつかあった大河小説のように、重層的な繋がりを持たせるのではなく、はっきりと「別物」として扱うことの方が違和感を生じないことに気づいた。というのも、一部と二部では同じ主人公を取り扱いながら、そこには何の脈絡も見られず、（実際に前にも述べた通り、二部に登場する一部の登場人物はほんのわずかで、しかも、そこにはあまり必然性は感じられない。ただ、あえて一部と二部の繋がりを強調せんとするがためのようにすら思える）読者が一部で感得した印象を二部に持ち込むことも、あるいは二部の様々な事件の渦中で、過去（すなわち一部）をふり返ってみる必要性も感じられないのである。そうであるなら、一部はさわやかでちょっぴり感傷的な学園小説とし、二部は男の生き様と苦悩を基にした観念小説ともいうべきものに区分けして考えた方がよい。

それが、私が下した結論であった。そして今回出版社に書き送ったのは、その一部に手を加え、私なりの技巧や特徴を加味した『午後の風に乗って』であった。幸いなことに、一部はスポーツを中心とした学園生活の実相と日常を取り扱ったもので、主人公の性別の違いこそあれ、私が五年前に受賞した作品と系統としては何の違和感もない。むしろ、前作に社会的な広がりと思念的な深みを増したものとして、自然と素直に受け入れられるに違いなかった。

正直いって、二部は現在の私には重荷であった。主人公の精神的苦悩は読み進むにつれ深い情念と感動を呼び起こすが、それを自家薬籠中の物として消化することは今の私にはできない。一部と違ってこの二部は、話の展開からいっても、その設定の複雑な構造からいっても、社会的経験の深さからいっても、まるで幼稚園と大学の差ほどもあるのだ。

だが、私はすでに河を渡ってしまったのだ。もはや引き返すことはできない。一部を世間に発表する以上、いずれはこの二部にも手をつけないわけには行かない。そして、この一部の発表がもし何らかの成功を収めたとしたら、それは必然的に私の両肩に重くのしかかって来るのだ。

その覚悟を思い知らせるように、今朝の早朝に電話が鳴ったのだ。それは、これからの私の運命をも左右せずにはおかない、まさに試合開始のゴングに外ならなかった。

だが一度ゴングが鳴った以上、私は決してこの試合に負けるわけにはゆかないのだ。


翌日の午後、私は呼び出しを受けて久しぶりに文英社の編集室へと向かった。ここを訪れるのはほぼ一年ぶりだったが、私の胸はまるで初めて訪れるかのように緊張にうち震えていた。二月も終わりに近く、世間ではスキー場便りから梅の開花情況へともっぱらその関心が移っていた。

ここ数日暖かい日が続き、つい先週まで豪雪で東北や北陸の都市が雪に埋まっていたなど信じられない陽気で、午後の街を歩く人々もようやくおっかなびっくり、脱いだ防寒着を思い切って家に置いてきたかのような軽装が目立った。ことに若い女性たちは、厳寒の頃から恐る恐る試していた全身の露出の封印を解き、今や色とりどりのタイツやストッキングに包まれた美脚を、そして身体の線がそのまま浮き立つようなニットのセーター姿の上半身を惜しげもなくさらけ出して街中を闊歩していた。街へ出るたびに、私はこうした風俗の開放に目を見張るのが常だったが、今年は特にこうした流行に置き去られた自分を、今さらのように発見して驚くのだった。

編集室に着くと、そこには珍しく月刊誌の編集長が顔を見せていて、私はすぐに応接室へと通されたが、驚いたことに、そこには私が書き送った「午後の風に乗って」のゲラ刷りがテーブルのあちこちに置かれていて、今の今まで何らかの会議が開かれていたことが一目瞭然だった。そしてそのことに気づくと、久しぶりの外出で解放された私の気持ちが、まるで戦闘態勢に入ることを命じられた、外国人の傭兵のように引きしまるのだった。

「いやあ先生、お久しぶりです。急に呼び出したりして申し訳ありません」

銀髪に赤ら顔の編集長は、こうあいさつして私を迎え入れると、女の子に命じてその辺りを片づけるように言い、ついでにコーヒーの出前を言いつけた。

「ちょっと今、会議室を二つとも改装していましてね、失礼しました。ところで先生、やりましたね。今度のお作はグーですよ。私もつくづく感心させられました」

そうですか、ありがとうございますと、私は素直に彼の差し出した握手に両手で応じた。どうやら、今の今まで月刊誌担当の編集者が集まって会議を開いていたらしかったが、編集長自らがその席に加わるのは異例のことだった。会議の俎上に上ったのはもちろん私の新作で、それぞれがゲラを各部署に持ち帰り、あるいは自宅に持ち帰って、下読みして参集して来たのだった。

　編集長はそれからもニコニコ顔で私の作品を誉め続け、しゃべるだけしゃべってしまうと、

「じゃ、あとはよろしく」と言って、三人の部員を伴ってさっさと席を立って行ってしまった。あとに残されたのは、受賞作以来私の担当となった女性編集者の山崎さんと、構成担当の野口という年齢不詳の青年だった。

「先生、どうして黙ってらしたんですか」

　運ばれたコーヒーに砂糖やミルクを添えて配分しながら、山崎は不服そうに流し眼を送って寄越した。この人の年齢も私にはよくわからない。だいいち、担当の編集者といえども、仕事以外にはあまり親しく話したこともないのだ。実際のところ、私は彼女が結婚しているのかどうかさえ知らなかった。私の家に来る時はいつも黒い上下のパンツスーツ姿で、自宅の台所で部屋着にエプロン掛けで立ち働いている光景などは、およそ想像もつかなかった。

「先生ったら、いつも私たちがお願いするたびに『できない』、『書けない』なんておっしゃるもんだから、本当に私たち心配していたんですよ」

本音だろう。そして、ついに私は「一発屋」の烙印を押され、十把一絡げの創作予備軍としてグループ分けされかけていたのだ。

「だって、適当なことを言うと、すぐにあなたたちは夜討ち朝駆けしてくるじゃない。私はそういうのが嫌だったのよ」

「そんな、夜討ち朝駆けだなんて。ただ私たちは先生のお立場も思って……　むろん会社もそうなんですけど。でも、私だって先生のことを心配して、どれだけいろいろと……」

「あの……」と、その時、野口が恐る恐る声をかけた。

「そろそろ本題に入っていいですか」

放っておくと、女同士の入り口論が延々と続きそうなのを見かねたのだった。

野口は一通り出版までの作業と日程を説明すると、最後に構成、装丁を今売り出し中の何某にお願いする予定だと言った。そしてつけ加えるように、文英社の広告枠を使って、日刊紙に何度か大々的に宣伝を打つつもりだとも言った。

「その時は先生のお写真も頂戴しますので、近々カメラマンを連れてお伺いします。その節はよろしくお願いします」

「え？　写真を撮るんですか」

私が驚いて言うと、「もちろん」という風に、野口はニンマリ笑った。

「先生のようなお美しい方を、放っておくって手はありませんからね。背景をボカして、憂いを含んだ目で遠くでも眺めてもらえば、ヘタな宣伝文句なんかよりよっぽど効果があります」

「冗談ばっかり」

だが、二人の編集者は本気だった。山崎の口ぶりでも、本当にそうした案でまとまっているらしかった。

「これを二カ月に一度ずつ、五大紙に載せます。うちとしては異例の企画ですよ。宣伝文句も専門のコピーライターに外注済みで、関東圏と関西圏の主だった書店員のモニターには、すでに読後評の依頼でゲラを送ってあります」

野口はこう平然と言い放ったが、私には驚きだった。この人たちは、こうして世にベストセラーと呼ばれる作品を送り出しているのか。だが果して、私の作品がそのベストセラーなるものになり得るのだろうか。

「ひとつお断りというよりも、まずは内聞ということでご理解いただきたいのですが」

そうした私の危惧を察したかのように、野口はつけ加えた。

「今回のこの作品は、すでに販売部数が五万部を突破したことになっていて、五大紙の広告にもそれは謳われます。意味はおわかりだと思うのですが、念のため申し添えておきます」

つまりは作品に箔をつけるため、そして販売に勢いをつけるために、架空の売上げを計上しようというのだ。私が目を白黒させていると、野口は、

「なに、ご心配いりませんよ。五万なんて、ごく控えめな数字です。私たちの予定では、この作品ではその十倍は見込んでるんですから。正式に流通ルートに乗れば、実数はすぐに上回ります」

野口は、「心配いりませんよ、楽しみにしていてください」とくり返して、もう一度ニンマリと笑った。年齢も不詳だが、気の置き処もよくわからない不思議な男だった。

話し合いは終わって、前祝いに一杯どうかという、編集長からの誘いの伝言に丁寧にお断りして、私は出版社を後にした。

私は相当に疲れていた。久しぶりに電車やバスを乗り継いで街中に出た疲れもあったが、それ以上に、まるで水中で全身を包み込まれるような、得体の知れぬ重圧を感じていたのだ。その私の疲れは、ある意味で何かの試験か、オーディションの面接でも受けた時のような疲労に似ていた。

話に出てきた「五万部突破」という言葉と数字が、暮れなずむ大通りを様々な目的と予定を携えて行き交う人々の群れを、ボンヤリとながめる私の頭に去来した。

本当に、五万部なんて突破できるのだろうか。数字はもちろん、他愛のない努力目標に近いものだろうが、〈虚妄〉であることには間違いなかった。だが、私にはその〈虚妄〉を咎める資格はなかった。私が、男が送りつけてきた原稿をパソコンで打ち直したこと自体がすでに〈虚妄〉であり、表題の横に私のペンネームを記したことが〈虚妄〉であり、そして、その原稿を出版社に持ち込んだうえに、さらに、こうして発表と宣伝の段取りを相談しに来ることこそ、〈虚妄〉以外の何物でもなかった。

私は、すでに歩みはじめた。その歩みは、もう誰にも止めることができなかった。唯一それを止める権利を持っている人物は、私の知らない男だった。そしてもう一人、それを止め得るのは私という人物だったが、今となっては私はその人物をもよくは知り得なかった。

家を出た時とは違って、帰路をたどる私の足取りは限りなく重かった。

九

それから約二年。私は良きにつけ、悪しきにつけ、文学、小説、出版というそれぞれの社会的ジャンルにおける〈寵児〉となっていた。

「午後の風に乗って」は文英社の宣伝企画が功を奏したのか、発売以来版を重ね、今では百二十万部を優に突破していた。八十万部を越えたところで、作品は今年度の「日本出版大賞」を獲り、百万部で「読者が選ぶベスト作品賞」、そして、半年前の五月には「宮沢賢治文学賞」にノミネートされ、そのまま勢いでその賞もいただくことになった。

去年の暮れには映画化の話が持ち上がり、それはそれで、その年の掉尾を飾る大きな話題となった。主人公高村健二を演じる主演の少年に、二年前モントリオール国際映画祭で新人男優賞を受賞した浅川和也が配され、これがまさにうってつけのはまり役だった。彼はデビューから三年、すでに大学一年生になっていたが、小柄なうえに童顔で、屈託のない中学生から、少し大人になりかけて翳りのある横顔を見せる高校生まで、見事に演じ分けた。観客は少年の持つ初々しさと、優しさと、微妙に揺れ動く心理の複雑さに魅了され、まるで実際に自分の息子、弟、友人が動き、笑い、泣き、苦悩しているような錯覚を覚えたのだった。そしてその脇をかためる立花薫と大下進の役どころも見事で、その自然な演技は主人公以上に賞賛に価するものだった。その役達者な少年たちをベテラン、中堅どころの女優や男優たちが陰から支え、話題性に落ち着きと現実味を与えていた。

映画は、惜しいことに国際映画祭の選にはもれたが、国内の主要な賞を総なめにし、観客動員数も上映期間も記録を更新する勢いだった。

私は原作者として、当然あちこちの劇場や授賞式に引っ張り出されたが、何しろ映画そのものの話題性が先行し、その取り扱いはむしろ地味ともいえるもので、生来華やかな舞台が苦手な私としては大いにたすかったものだった。

私は映画のラストのキャスティングの字幕が流れるシーンで、最後の最後に原作者としての自分の名前が小さく流れるだけで満足を覚え、その下に（「文英社版」）と出版社名が付されるのを妙に誇りに思った。そしてふと、この原作を私に送って寄越した真の原作者である男が、この映画を見てどんな感想を抱いたろうかと思った。そして、最後に原作者名が流れるシーンに関してはどうかとも。

だが、私はそのことに関しては、もう深く考えることはなかった。男が送って寄越した原稿の作者名に私の名を刻印してから、私はすでに一般人であることを止めていた。いや、すでに人であることすら止めていたのだった。私はもはや人間ではなかった。人間の皮を被った悪鬼だった。いや、そんなことも今はどうでもよい。人間であろうが悪鬼であろうが、事はもう始まったのだ。矢は放たれ、砲弾はその筒先から空中に飛び出したのだ。矢がどこに突き刺さるか、砲弾がどこに落下するかはもはや計り知れない。だが、少なくともその矢を放ち、砲弾を打ち出したのは他でもないこの私なのだ。私はこれから起こることのすべてに責任を取らなければならない。私の心は、すでに鬼の心をも凌駕していた。

一連の騒動がようやく一段落したころ、見回せば私の周囲は一変していた。私がデビュー作で文英賞を受賞した時とは比べものにならぬほど、私は有名人となっていた。連日のように押し寄せるマスコミの取材で、私は自由に外出するのもままならなくなり、一時期短期間ではあったが、駅一つ隔てた親戚の家へと避難せざるを得なかった。家には郵便物があふれ、電話は一日中鳴りっぱなしだった。

いつの間にか、私には県や市の文化推進委員だの、青少年愛護育成委員だの、女性問題参画会議顧問などの身に覚えもない肩書が付され、そうした会議や集まりなどのため、私のスケジュール帳は一流タレント並みに真っ黒になった。講演の依頼は、私が一度も足を運んだことのない遠隔地からも寄せられ、それらをすべてこなそうと思えば、私は私以外に五人ものクローン人間が必要だった。

そうした中で一つ驚いたことは、いつのまにか私の出身校が、私が短大時代に出入りしていた四年制大学にされてしまっていることで、もちろん私は訂正を要求し、抗議を行ったが、総じて徹底されたとはいえず、そのまま既成事実のように世間では通ってしまったことだった。さらに驚いたことには、四年制大学側もあえてそれを否定することなく、黙認してしまったことだ。実際に私は、当時聴講生として登録しており、単位もいくつか取得していて、学歴詐称などという大げさな問題でもなかったろうが、出身校と言われるのは違和感が残り、面はゆかった。この一事に限らず、こうした問題は数多く私の周囲にわき起こったが、私はある段階からこうした問題にムキになって対処することはやめようと決心した。ある程度こうした問題が惹起することは、作品が版を重ね、映像化が決まった時点ですでに想定されたはずであり、いくら目先の問題を解決しても今後も大なり小なり続くことは容易に想像されるからだった。

そうした経緯の中で、我が家の経済事情が一変したのもまた大きな事実だった。東京で大学生として暮らしている姪のアルバイト料にも満たなかった私の年収はその数倍、いや数十倍、いや時によると、もう一ケタ違う額に膨れ上がっており、私の貯金通帳には様々な名目で様々なところから、信じられないぐらいの金額が振り込まれて来た。競馬場のもぎり嬢をしていた母は仕事を辞め、私たちは毎年少なからぬ修繕費のかかる老朽化した家を出て、郊外にささやかながらもちょっぴり贅沢なマンションを買って、そこに移り住んだ。

だが贅沢といえばそれぐらいで、あとはそれほど生活に変化はなかった。私などは自分の使えるお小遣いが少し増えたぐらいで、旧式のパソコンを新しいのと取り替え、人前に出た時に恥ずかしくない程度の服を買い揃えると、あとはもう何もこれと言って欲しいものはなかった。

ただ、年来の関節痛が悪化の一途をたどり、競馬場まで自転車で通勤するのが苦痛となっていた母を救ってやれたことが、何よりの慰めだった。彼女はもう以前のように階段を上って私を起こしに来ることもかなわず、体重はますます増えて行くばかりだった。

そうした意味からすると、私の稼ぎは、本来的には私の稼ぎであっても、私のものではなかった。マンションを買って、母を楽にさせてやれたことで私は十分過ぎるほど満足で、元来が男の手元に入るべきものを、あだやおろそかに使うわけにはゆかなかった。

一方で、そうした金銭や見返り抜きで、私には様々な名誉や役職が与えられようとしたが、私はそれらのものを丁重に辞退した。これらの名誉や称賛も本来男が受けるべきものであり、私に与えられるものではないと自覚したからであった。

こうして、「午後の風に乗って」で大成功を収め、一躍著名人の仲間入りを果たした私だったが、こうした一連の騒動や賑わいがある程度落ち着きを取り戻すようになってくると、私はまたしても身につまされるような孤独と憂愁を味わうようになった。

それは、前回デビュー作が文英賞を受賞した時にすでに大なり小なり経験し、味わったことなので今さら驚くには当たらなかったが、今回はすべてに於いて規模が違っており、私自身の置かれている環境も一変していた。

私はもう駆け出しの作家ではなく、押しも押されもせぬ中堅女流作家として、その言動や作品はことごとく注目されるようになっていた。

私はその注目に、新たな作品で応えねばならなかった。だが、私の「書けない作家病」は相変わらず深刻だった。「午後の風に乗って」の発表以来、私への仕事の依頼は格段に増えていたが、私には依然としてそれに応える自信も能力もなかった。私はそれらの依頼をどうしても断り切れぬ義理あるものを除いて、大半をお断りした。

こうした仕事の依頼を断るなど、売り出し中の職業作家の身としてはあってはならぬことだが、私はそうせざるを得なかった。実際に「書けない病」もさることながら、何か書いて、そのことで下される評価の方が私にはおそろしかった。前回味わった屈辱が、私を必要以上に臆病にさせていたのだった。

だが幸いなことに、著名人の端くれに名を連ねることとなった私には、執筆依頼を断る理由には事欠かなかった。

時の人となった私の繁忙ぶりや周囲の喧騒は誰もが知っていることであり、私は一流タレント並みに予定の詰まったスケジュール帳をかざして、丁寧に理解をもとめた。

そして断る理由としてもう一つ掲げたのが、執筆中の「長編の次回作」という存在であった。仕事仲間の間では、私はすでにある長編の執筆準備に入っていることになっており、それはすでにこの業界では誰一人知らぬ者はないほど有名な既成事実となっていた。

もちろん私の頭の中にあったのは、言うまでもなく「午後の凪に乗って」の第一部に続く第二部の存在だった。しかもそれは続編といいながら、その中味はまったく違った様相を呈している。私はその第二部をほぼ一と月かけて、まるで大学入試の現代国語の問題文を読み解くように、克明に読み進めて行った。そして、一度読んだことのある作品ながら、あらためてその扱われている内容の切実さ、奥深さに驚嘆の吐息を漏らすと同時に、再び身を焦がすような感動を覚えたのだった。そこに扱われているのは、人類がこの世に誕生してからあまたの文化、芸術によって表現されようとし、また解明を試みられた人生の、いや人間が人間としてあることの本来的な懊悩であり苦衷であって、それらが時として肉親との関係として、あるいは仕事上の成功談もしくは失敗談として、あるいは人間と神の関係として、離合、集散、生と死を根底に据えながら、巧妙かつ精緻に表されている。そこには不信、失望、反目、嫌悪、憎悪……およそ言語表現の可能なあらゆる熟語で言い表される負の感情が意識の流れの下に底流を成す。だが、不思議なことにはこの作品全体を通していわゆる暴力、残酷の二熟語だけはどこを探しても感知できない。これはもちろん、作者の根源的な精神生活が大いに影響を与えているのは間違いなく、そのことが一方ではこの作品を方向づける基となり、また一方で少し物足りなく感じさせる所以ともなっているのだが、ただこの二熟語を目に見えぬ形として人々の活動の根源として捉え、またその結果として感じ取るならば、それはことさらこの作品から排除されているのではなく、むしろ積極的に看取することが可能だといえないこともない。いや、むしろ表面には直接表されないこうした感情こそが、作者の最も表現したいことと言っても差支えないのかも知れなかった。

枚数はA４のワープロ打ちで二百四十枚、四百字詰めの原稿用紙に換算すればおよそ九百枚、製本すればかろうじて上下二巻に分けないですむギリギリの線だ。これを今から私はパソコンで打ち直し、「私自身」の作品として書き上げるのだ。私は元来が機器の操作に堪能な方ではない。習い始めた初心者に毛の生えた程度だ。何カ月かかるかわからない。いや、何年かかるかも知れない。そして、時折作品に（私らしさを出すために）字句を修正したり内容に変更を加えたりすると、さらにいつ終わるともはかり知れない。

だが、私には躊躇している暇はなかった。考えている時間はなかった。賽はすでに投ぜられ、河に架かる橋はすでに切って落とされているのだ。予定している出版会社からは矢のような催促が寄せられている。私はもはや後には引けなかった。だがそうと決意を固めた後でも、しばらくの間、私は自室のテーブルの上に積まれた、男が送って寄越した原稿を前に、出るのはため息ばかりだった。私に、本当にこの作品の著者となる資格はあるのだろうか。私は本当にこの作品を最後まで仕上げることができるのだろうか。そして、いよいよめでたく完成して世に問うたとして、果して世間は、人々はこれを受け入れてくれるのだろうか。いや、そもそもこの難解で重厚な作品を、私が書いたものと認めてくれるのだろうか。根幹の出発点は同じでも、先に発表した「午後の風に乗って」とは傾向も内容も方向性もまったく違っている。これが続編だなどと言って、誰が信用してくれるだろうか。

そうした疑問に関して、私は否定的にならざるを得なかった。それはまさに、梅の木に桜の木を接ぎ木したよりもっと違和感があるに違いなかった。

そうして煩悶を繰り返したのち、私が最終的に出した結論は、この第二部を第一部と切り離して、まったく別の小説として扱うことだった。つまりは、この作品を「午後の風に乗って」の続編とはしないということだった。元来が一読して、第一部と第二部にはほとんど脈絡というものがない。少年時代と壮年時代。その繋がりには何の必然性も感じられない。ただあるのは、作者の胸の裡で成長した姿を描いたという感覚だけで、そこに深い意味を見出すのは容易いことではない。そうであるならば、この一部と二部はむしろ積極的に別世界の物語として取り扱った方が作品としてはわかり良く、理解も得られ易いに違いない。

「午後の風に乗って」の主人公の高村健二たちのその後が気になるなら、あるいはその成長の姿を垣間見たいという欲求が読者の間で強いのなら、それはまたそれで純粋な続編として改めて稿を起こせばよい。そしてそれは続編として、本来の意味での「第二部」として、まったく別の小説になるはずであった。そして今現在の私なら、その続編ともいうべきものは存外さしたる苦労もなく描けそうな気がしたのであった。

私が成した、この作品を完成させるにあたっての工夫はもう一つあった。それは思い切って主人公高村健二の首をすげ替えることであった。この作品はあくまで「午後の風に乗って」の第二部として書かれたものだから、当然一部も二部も主人公は高村健二である。だが先に述べたように、これをまったく違う物語として提出するならば、主人公が別の人物であっても何の違和感もない。いやむしろ、そうである方が自然である。そうすれば読者の方でも、変な先入観や複雑な人間関係に囚われずにすむ。続編の人間関係や事象を確認するために前編を引っ張り出して読み返す、などということはおよそ多忙な現代人にはそぐわない。前編の基盤をすべて捨て去るのは勇気のいる仕事には違いないが、あえてそれを成し切らねばこの作品の成功はおぼつかない。この作品はそうした前提や基盤の上に立たなくとも、十分にその光彩を保ち続けて行ける作品なのだ。過去の基盤や礎石は作品に深みを加えるかも知れないが、冗長と煩雑に堕する恐れがまったくないとは限らない。

そして、（これこそが、本当の理由なのだが）現実問題として、この作品を独立したものとして発表する段において、今まで少女小説や少年小説を書き続けてきた私が、いきなりこうした重厚な本格小説を書いたという事実を世間がどう見るかという、根源的な恐れがあったのもまた事実だった。

そこに何か違和感が生じないだろうか、何か秘密が隠されているのではないかと妙な詮索を受けないだろうかと。ある意味これは、今まで軽音楽のピアノを奏でていた者が、いきなり大観衆の前でフルオーケストラの指揮棒を振るようなものである。あるいはドタバタ漫才を生業としていたひょうきん者が、にわかに国立劇場で歌舞伎十八番の主役を演ずるようなものであった。

そうして私はいろいろ考え抜いた末、主人公とは別に作品全体の語り手として私とそう年齢の違わない一人の女子大学院生を設定することにした。このおぞましい愛憎劇を語らせるには三人称は不向きで、ましてや当の主人公に語らせるのは酷であった。いきおい少し離れた視点から、事件や事変を冷静に見つめる目が必要で、しかもそれは女性の目でなければならなかった。実生活や創作活動を通して、私は世間の目が女性の視点に甘いことに気づいていた。どれほど酷薄な話でも、どれほど残虐な事件でも、そこに女性の語り口を挟めばそれはまた相当に色合いの違ったものになってくる。私は今回もその経験則に頼ろうとしたのだった。そしてそのことは、喜ぶべきことに、今回ではものの見事に当てはまったのだった。

次に私が成したことといえば、法律に関する基本的な解説書を買い求めることだった。何といっても主人公高村健二（先にも述べた通り、今回の作業ではすでに峯村壮太と姓名が変わっている）は日本を代表する刑法学者である。冒頭の学会での公開討論会のシーンから耳慣れない法律用語がそれこそ嫌というほど出てくる。いわく「構成要件」だの、「一事不再理」だの、「動機の錯誤」だの、「観念的競合」だの、私にはまったく理解できない用語が、まるで外国語を初めて聞くように頻々に飛び交うのだ。そしてそのことがこの難解な小説をさらに難解たらしめ、だがしかし、一方では冗長と平凡に堕するのを防ぐ役目をも果しているわけだが、一般人としては実にやっかいな代物である。作者もそのことを気遣ってか、時折第三者の口を借りて用語の平易な意味を解説したりしているのだが、あまり役に立っているとはいえない。というのも、当の作者自身がまるでパジャマでも着ているように日常的に法律用語をあやつり、またそれらを浴び続けているわけだから、ついその難解な語法が周囲に漂う空気と同じように、無意識のうちに当然と感じてしまっているからだ。

だがその難解な法律用語はこの小説では避けては通れない。小説は功なり名遂げた著名な学者の内面的な苦悩を第一義的なテーマとしていることは間違いなかったが、それを日常的な生活や活動から拾い出そうとすれば、どうしてもその職業としての研究者と対比させる必要があるからだ。著名な刑法学者が実は過去における重大な犯罪者で、そしてそのことが彼の内面的苦悩をさらに押し広げる一因としてあるならば、その研究者としての実態を正確に言い表さなければこの作品の本来的意義が損なわれてしまう。そういう意味合いからしても、この問題は決してないがしろに扱うわけにはゆかないのだった。

私が購入して手に取ったのは、（実を言うと、私は何年ぶりかに私自身のお金で書籍なるものを購入したのだった――作家としてはあるまじきことだ）ポケットサイズの法律用語辞典と、初学者向けの刑法学の入門書だった。そのどちらもが司法試験でも目指そうとする者からするとお笑い草にでもなりそうな初歩中の初歩であったが、その方面のまったくの素人である私にとってはそれでも相当に難解であった。特に刑法の入門書の方は初学者向けとはいえ、ある程度の基礎知識を前提として書かれており、その基礎知識さえ持たない私にはチンプンカンプンだった。だが、苦労しながらもそれらを通読してみて私が抱いた感想は、「意外に面白かった」であった。

　久しぶりに学生に返った気分でアカデミックな空気に触れた私は、学問としての「刑法」の斬新さにいつの間にか目を奪われたのだった。そして、そうしてある程度法律用語が理解できると、この小説は俄然その内容に深みを増し、興味が倍加するのだった。特に主人公「峯村」の生涯のライバルである田崎らとのやり取りを読む段においては、この付け焼刃的な知識でさえどれほど役に立ったか知れない。二人が生涯をかけて論争し合う内容が初学者の私にも多少なりとも理解できるということは、やはりこの作品をより高い見地から見据える大きな下支えともなるからだった。

　それと同時に、この小説の手直しが完成し、いよいよ出版された後のことを考えると、今ここで勉強しておいたことが後日様々に役に立つ場面が出てくるに違いないとも私は思った。もし仮にこの小説が評判となり、人口に膾炙（かいしゃ）することにでもなれば、当然作者はどこでこうした難解な法律知識を身につけたかという素朴な疑問が湧き起こってくるのは自然であり、当然予想されることだった。過去少年少女小説やスポーツを題材とした小説によって名をはせてきた私が、にわかに難解な法律用語を駆使した小説を仕上げるなどということは、違和感よりも先に疑問を抱かせるに違いなかった。そしてそれは読者ばかりではなく、仕事仲間や業界、友人、家族など身近な世界からも押し寄せられてくるに違いなかった。

私はそれらの疑問に答えてゆかねばならなかった。あるいはことによると、何かの折にこの小説の成功を前提に、ある程度法律知識のある者として、時の裁判で話題になった犯罪や社会問題に対して、意見や論評を求められることがないとも限らなかった。

「今回の最高裁第二小法廷での死刑判決について、少年法との関係から先生はどうお考えですか」だとか、

「この度の汚職事件では一事不再理が問題となっていますが、それについて何か一言コメントをお願いします」

などという質問が寄せられ、あるいはインタビューを求められることもまったくないとは言えなかった。それに対し、私は、「さあ、私にはさっぱりわかりません」だとか、

「私には難しすぎて、何をご質問なさっているのかもわかりません」

などと答えるわけにはゆかないのだ。あるいは極端な例をとれば、

「先生の小説の主人公峯村壮太なら、刑法学の権威として、今回の事件に関してどのような判断を下していたと思われますか」

というような意地悪な質問もないとは言えない。こうした時、すでに一家言ある者として、（その知識がにわか仕込みの付け焼刃であったにしても）私は堂々としてその疑問や質問に答えてゆかねばならないのだった（むろん、こうしたことは今回が初めての経験ではなく、前回「午後の風に乗って」を発表する段に於いても、私はラグビーというスポーツに関する知識を得るため、関連した書籍を図書館から借り、テレビ中継をビデオに撮り、挙句の果てには近所の高校のラグビー部の練習をこっそり見学に行ったりもしている）。

こうした努力は、一面ある意味で私にむなしさを感じさせたが、私は真剣だった。人の創出したものを我がものとして発表するなどと、一種の犯罪行為ともいうべき所業にすでに手を染めていた私は、いわゆる「毒を食らわば皿まで」といった犯罪心理学上の典型的な精神状態に陥っていたのだった。

だがこうした勉強はその目的や方法にもかかわらず、私には結構面白く、私はさしたる苦労もなく刑法学に対する知識を自然と身につけていった。そして時にそれは必

要性と知識欲を伴って、民法や商法、あるいは憲法の一部にまでも押し広げられて行くのだった。特に刑法では小説の中に出てくる峯村（高村）と田崎の論争に類似した学説上の争いというものが実際にあり、その違いを正確に理解しておくことは、この小説を論ずる上においては避けては通れなかった。

面白いことに小説上の論争は主人公峯村（高村）らと対峙する田崎らの学派に有利なように展開しつつあり、私はこの小説の作者である男が、（もし彼が私の想像通り法学者の端くれであるならば）まぎれもなく田崎派に加担するもの、あるいは田崎本人そのものと疑わざるを得なかった。

こうして私は一方で基礎となる知識を一から習得しつつ、しかも徐々に男の原稿をパソコンで清書し、それに私なりの味付けや技巧を施しながら稿を起こして行くといった、難解な作業に次第に没頭して行った。だが、そうした牛の歩みのような遅々とした作業の中にも一定の着実さを実感していた私ではあったが、ある事件を境にパソコンを打つ手がまったく動かなくなってしまった。

それはある晩秋の早朝、我が家に配達された一片の新聞記事によってであった。その記事によると、あるアジアの一国（今はその国名は伏せておく）で幼児誘拐団が警察に摘発され、その主犯一味が逮捕されると同時に、多数の少女や幼児が救出されたというものだった。少女や幼児たちは何の前提や脈絡もなく、世界各地から狩り集められてきたもので、上は十五歳から下は四歳に至るまで、もちろん大概が大人の身勝手な性的欲求に供せられるためのものであった。彼らはほとんどが誘拐同様の手口で集められ、劣悪な環境の下で辺鄙な田舎の一屋に閉じ込められていたという。

この短い記事だけを読むと一種の朗報だが、私の筆はこれを境にピタリと止まってしまった。私は世界のどこかにこうした闇の世界が歴然として残っていることに少なからずショックを覚え、これが私が描こうとしている小説世界の題材そのものだということを改めて深く認識したからであった。

小説の主人公峯村（高村）は一種の病的幼児性愛者である。もちろん、その事実と今回の事件とは直接には何の関連ももたない。一方は架空の小説の世界で、もう一方は現実の世界の話である。しかも一方はある意味内面の世界であるのに対し、もう一方は明らかに犯罪行為である。いわば、机上の論理と実験室での結果ほどの差がある。だが、果してそれを空想の世界と現実の事件として区別し去ることができるのだろうか。こうした犯罪行為がなされる裏にはもちろんそこにそうした性癖の人間が存在するからであり、そしてそれがある程度の需要をともなって一種のビジネスとして成立するからだ。需要がなければ供給が生ずることもない。それは何も経済学の初歩的な教科書を見なくとも明らかだ。そしてその需要を形成する側に、私が描こうとする主人公峯村が立脚しているのだ。

私の手が止まったのは、何もこうした犯罪行為を是認する、あるいはその存在を認める、もっと突き詰めて言えばある意味加担することになることを恐れたからではない。だが冷静に考えて、こうした明らかな犯罪傾向的な性癖を持つ人間の内実の叫びなどというものを、私の拙い筆で拾い描いて行けるのだろうか。小説のテーマは何といってもこの国でも名だたる知識人である主人公がその外面とは裏腹に悪魔の内面を持ち、それが時として発露しそうになる心の矛盾と闘いながら、苦悩を深めて行く様を描こうとするところにあった。だが私は、果して主人公の（言い換えれば、作者である男の）真に苦悩する心情を理解できていると言えるのだろうか。この小説のテーマの本来的な意味を理解していると言えるのだろうか。

小説の中には恣意的に意識の流れに抗うように、主人公の頭の中に去来する架空の世界とも現実の世界ともつかぬシーンが度々登場する。その時、主人公の頭の中にあるのは難しい法律学上のテーマでもなければ、果敢に論争を挑んでくる宿命のライバルの顔でもない。そこにあるのは主人公好みの全体にバランスのとれた年格好の少女の後ろ姿であり、その「わずかばかり細い足首を被う、白い木綿のソックス」なのだ。

これは、とうてい私の世界ではない。少なくとも私の描き得る世界ではない。いや、と言うよりも、真の作者以外の誰もが容易に表現し得る世界ではないのだ。

一週間あまり、私のパソコンを打つ手は止まったままだった。私はその間様々なことを考えた。

まだどうとでも染まる色に順応する子供時代の頃、小さな世界なりに華やかだった学生時代の頃、そして肉体的にも精神的にも貧弱だった社会へ出たての頃の私、そして、ようやく何らかのキッカケを摑んで世に出ようとしている私。その錯綜する思考はしかし、私には何ももたらさなかった。突き詰め巡りめぐって戻ってきたのが、他人の下書きを基に一つの小説を書き上げようとする現在の私の姿だった。

私に残されている道は他にはなかった。後悔しようが、反省しようが、私はすでに前作を書き上げ世に問うているのだ。そしてそれは予想以上に成功を収め、私は映画化された原作の作者として、日本アカデミー賞の発表会場のテーブルの片隅にまで席を占めているのだ。

私は再び歯を食いしばるようにパソコンを打ちはじめた。私に残された道は他にはなかった。私の弱い気持ちはほとんど臨界点に達していたが、私はそれにムチ打った。そのくじけそうになる心が臨界点を越えさせないためには、私はとにかく作品を書き上げて、それに〈了〉という最終の文字を打ち込むしかなかったのだ。

作品がようやく完成を見たのは、年も明けて三月のことだった。その間実に様々な事象が世を賑わせ、多くの話題が人々の口に上ったが、私はそれらとはまったく無関係だった。文学の世界でも大なり小なり様々な出来事がわき起こり、また消えて行ったが、それらの現象にも私は無縁だった。

私はその間、ひたすらパソコンを打ち続けた。それはまさに寝食を忘れるという言葉すら当てはまりそうな状態だったが、私自身ですら私のどこにそのような勤勉さとひたむきさがひそんでいたかと疑うほどだった。もちろんこれは、世間の雑事から耳目を遠ざけるための一つの方便という側面もあったが、その多くはこの意義深い小説のテーマから少しでも離れることによって、再びその本筋に復帰する困難を実感し、そのわずかな時間の浪費をも恐れたためであった。

この間、私は旧知の出版社からのどうしても断りきれない二、三のエッセー風の小品を除いて、短編や掌編の類といえども一切の小説を書かなかった。不器用な上にもとから才能の乏しかった私は、他の作家のようにいくつもの作品のテーマを頭の中に同居させておくなどという器用なまねはできなかった。

作家は、(もちろん、他の芸術領域に於いてもそうなのだろうが)作品を発表していくらの存在である。いわゆる大家といわれる作家でもこのジレンマはまぬがれない。作品を発表しない私は当然徐々に世間から影の薄い存在になって行くだろうが、私はまったく気にしていなかった。業界内でももとから「書けない作家」として定着していた私は、今さらそうしたことを悔しがっても仕方なく、今はもうただひたすらこの作品の完成を目指して歯を食いしばるしかなかったのであった。過去にこうした私の仕事ぶりを目にしていた「文英社」はそうした私にはことさら理解を示し、私の次作を静かに何年でも待つといった姿勢を保持してくれたことは、私にとっては有難いことだった。編集者には（前作時の女性編集者は結婚につぐ妊娠ですでに退社しており、今はまた別の若い女性編集者に交代していた）おおよそのテーマは伝えてあり、今はその重厚なテーマがどう完結するか固唾をのんで見守っているところであった。

作品は予想を越えて四百字詰めの原稿用紙に直して千二百三十一枚に達し、当初目指した一巻に収めることはかなわず、上下二巻に分かれることになった。題名は「錯誤の庭」。（何日もかけて男の意向や気持ちを勘案しながらようやく考え出したものだったが、後になって編集部の意向として、「錯綜の庭」と変えられることになってしまった）。私の作品の題名としてはやや硬すぎるきらいもなくはなかったが、前作「午後の風に乗って」のような軽やかな題名をつける気にはとうていなれなかった。

作品を文英社に手渡してしまうと、私はいつもそうであるように、しばらくの間一種の虚脱状態に陥った。それは何年も受験勉強に没頭した受験生が晴れて大学に合格した時や、建築家が長年苦労して建設した建造物をやっとの思いで施主に手渡した時の感慨に似ていたが、しかしまたそのどちらとも違っていた。それは手塩にかけて育てた我が子を里子に出すようなもので、私は作家になって初めて自分の作品を手離す喪失感をひしひしと味わったのだった。だが出版社は私が受賞作でデビューして以来の古い付き合いであり、信頼の置ける会社であった。我が子を託す里親としてはこれ以上の存在はなかった。そしてそのことが、過去に例のないほどの喪失感に陥った私のなぐさめともなり、また一方で希望ともなった。

私はそうした虚脱感を癒すために、ちょっとした小旅行に出ようと決心した。仕事や講演で何度か都会を離れたことはあったが、まったくの遊びで旅に出るなどということは、ここ何年も記憶にないことだった。旅行には思い切って母を伴うことにした。二年前に還暦を迎えた彼女は近年ますます出不精になり、肥満と高血圧を抱えた身体ではほとんどこれが最後の遠出になるかも知れなかった。

行く先を金沢と決め、宿泊を和倉温泉と定めた私たちは、まるでせき立てられるかのように出立したが、この小旅行はおおむね大成功だった。宿泊先こそ日本でも有数の名旅館に泊まることはかなわなかったが、三月も半ばというのに訪れた兼六園は時ならぬ純白の雪に被われており、私たちは北陸の早春の清気に身も心もすっかり洗い流される思いだった。

　その園内の茶席で供されるお茶の種類を問われて、母は思わず抹茶ではなく安い方の煎茶を頼んでしまい、あとあと後悔と笑い話になったのも良い思い出となった。母も私も何年来の貧乏根性が抜け切れず、世間では豪邸と呼ばれるマンションに住むようになった今でもこうした赤面や苦笑を伴う行為は日常茶飯事なのだった。


　旅先から戻ると、それを待っていたかのように文英社の主だった顔ぶれが我が家を訪れた。その中には社内でもナンバー2と目される取締役までが含まれており、少なからず私を驚かせた。その取締役は応接間に通されるなり、紅潮した顔で深々と頭を下げた。

「先生、ありがとうございます」

　彼は立ったままそう言うと、しばらく絶句した。その向けられた視線には異常な熱と力が込められていた。

「前作もそうだったんですが、これでわが社も安泰です」

　私はすぐに合点した。文英社は出版社としては大手であったが、その経営形態はあくまで独立を貫き、マスコミや印刷会社を系列として持つ他の出版社とは一線を画していた。経営方針も文芸路線が主体で、週刊誌やアニメやインターネットなどに注力する現代の業界の中ではことさら異彩を放っていた。いきおい経営の基盤は盤石とは言えず、経営陣の内紛までが囁かれるなど、近頃ではあまりいい噂は聞かなかった。そして一説では、日本アカデミー賞の候補に上るほど映画化に成功した私の作品が、その傾きかけた屋台骨を支える大きな力となったというのである。こうした陰口や噂がどこまで本当なのか私は知らなかったが、総合的に判断して、あながち根拠のないものとは言い切れないようだった。

しばらくしてすっかり打ち解けた取締役は、前祝いにとわざわざ持参した外国製のワインに頭の先まで赤くなりながら、こうした良くない噂や評判を否定したり抗弁したりしたが、私にはそんなことはどうでもよいことだった。私はあくまで取締役の手前陽気に振る舞っている編集長や担当編集員の様子が気になったが、彼らの表情はどちらかというと硬く、能天気に騒ぐ取締役とは好対照であった。だが何にもまして作品の出来栄えの良し悪しをふと気にした私だったが、それは後でまったくの取り越し苦労だったことが判明した。

彼らは作品も読まずに周囲の評判だけで浮かれ騒ぐ取締役と違って、その職業柄作品をじっくりと精読した上での来訪であり、その胸の裡には作品の持つ重厚なテーマがしっかりと満たされていたのだった。彼らは前作以上の手応えを取締役ほか上層部に伝えると同時に、この作品が社会全般に及ぼす影響の大きさや、巻き起こす波紋の多様さにすでに思いを馳せていたのであって、そうした思いが一方で成功の予感に心を躍らせながらも、その表情を複雑なものにしていたのだった。

その後、今後の展開に一様に期待の念を込めた言葉を発しながら一行は引き上げて行ったが、母とともに後片付けをする私の心中は複雑だった。編集者たちの期待に満ちながらも一抹の不安を抱えた眼が、この作品の持つ重い意味を私に知らしめたのだった。そして、その問題作をこの私自身が発表したという重い事実に、私は改めてその認識と覚悟を自覚せねばならなかったのである。

「なんか、今度の小説は大変そうやね」

後片付けを手伝いながら、さすがに場の雰囲気を察したのか、母親が抜け切らぬ関西弁でこうつぶやくように言った。彼女が私の仕事上のことに口を出すのは珍しいことだった。

「うん。ちょっとね、色々と」

私はことさら気のない返事をした。だが、その語尾は自分の思惑と違って、おかしなぐらい震えていた。

私は明らかにこの時点で後悔していた。他人の作品を自分の名で発表するということ。幾度となく煩悶をくり返してきたそのことの重大性に、私は今さらのように気づいたのだった。私の目は、重大性の認識よりもはるかにその先の成功と栄光に向けられていたのだ。そのあるまじき行為に正当性がないことを知りながら、その影響の大きさと波紋の渦中に積極的に身を投じたいという欲望に、ついに打ち克てなかったのだ。

だが、私は同時にふと気づいた。私がこうして罪の認識におののきながらも、ついにその達成感や欲求に打ち克てなかったことと、いわゆる犯罪者がその欲求に打ち負けて犯罪を犯してしまう心境とにどれほどの違いがあるのかと。そして、究極その心理的葛藤と犯罪を遂行する過程は、小説の中で高村が自問してきた過程とどれほどの違いがあるのかとも。

私はここに至って、ようやく「私の」小説の主人公「峯村」の心情を理解し得たような気がした。だが私は、果してその同一性を喜ぶべきなのかどうかわからなかった。私はもう何もわからなかった。しかし、私の壊れそうな心の中で、一方で何者にも破壊し得ない強固な核心のようなものが形成されつつあった。それは「私の」創出した主人公「峯村」の心情を誰よりも理解し得るのは今となっては私しかいないという事実だった。作者が主人公の心情に深い理解を抱くのは当然のことだろうが、今までの私にはそれは不十分だった。私の後悔は徐々に吹き払われて行った。

「あれあれ、こんなようけ飲み残して」

母親が、女性編集者が口をつけなかったワインを、おぼつかない手付きでボトルに戻そうとしていた。

「こらもう、飲んでしもうた方が早いわ」

　でっぷり太った彼女は後片付けだけでも重労働で、すぐにソファにそっくり返ってチビチビやり出した。医者からは飲酒は固く禁じられていた。

「お母さん」

　私はそんな彼女に、血の繋がった者同士にしかない言い知れぬ同調を感じて、思わず声をかけていた。ふり向いた彼女の顔がみるみる曇って揺れだした。

　母は何も言わなかった。ただ、ぼやけた輪郭の顔がじっとこちらを見ていた。

「ううん、何でもない」

　一粒落ちかけた涙をふり払うように、私は母の前のソファに座って元から私のものだったワイングラスを手に取った。半分ほど残っていたワインを一息にあおると、まるで今流した涙のようにそれは暖かく、酸味に満ちていた。

十

文英社の編集者たちのうかぬ表情の本当の原因を知ったのは、それからしばらく経ってからのことだった。ゲラが仕上がって、第二回目の校正を終えた原稿はもうほとんど印刷を待つばかりとなっていて、あとは装丁や規格、製本のこまごましたことを残すだけとなっていたが、その相談に訪れた企画担当の野口の口によってであった。

「実を言うと、今度の出版にはいろいろと異論があったんですよ」

母が出したお茶菓子にも手をつけずに、野口はそう声をひそめた。

ほぼ午前中いっぱいかかった相談事は順調に片付き、それはそれで満足の行くものだった。私は前回にも増して我儘な希望を出したのだが、野口はそれをうまくまとめ上げ、機敏に応じた。相変わらず見かけは風采の上がらぬ男だったが、仕事に関しては一流だった。彼は無事仕事を仕上げた安堵感からか、めずらしく饒舌だった。

「異論といえば語弊がありますが、まあ様々に議論が頻発したというわけです」

野口が言うには、まずもって今回の作がすばらしいのは誰一人として疑問を差し挟む者はいなかったという。というより、処女作の受賞の選評で誰かが言った、「……戦後日本語で発表された小説の中で十指に入る……云々」の大げさな称賛の言は今回のこの作品にこそ与えられてしかるべき、という意見でもほぼ一致を見たのだという。そしてひょっとすると、映画となって大当たりを取った前作以上に日本全国にセンセーションを巻き起こす可能性がないとは言えない、とも。

だが――、と野口は言う。

作品の良し悪しを論ずるより先に、この作品の持つ根源的な意義をもう一度問い直してみた方が良いのではないか、と誰かが言ったのだそうである。つまりは、作品の題材そのものの特異性である。

この作品はいうまでもなく様々なテーマを取り扱っている。読み様によっては家族の崩壊とその再生を描いたものとも、実社会に於けるある種の成功談とも、そして、学術の世界の異質性と多様性を刻したものとも読めるのである。もっと下世話にいえば、高齢者の不倫を取り扱ったものとも、階層社会の実相をあばいたものともいえなくはない。だが、この作品に一貫して流れているのは幼児性愛者の心の闇という、普段平穏な市民生活を送っている私たちにはめったに関知し得ないテーマであり、そしてそれがすべてである。

しかし、このテーマは魂の救済という問題や、神との関わりという深遠な命題を抱えているとしても、多分に重過ぎると野口は言うのだった。

「一見自由で、何でもありの世界のように見えるんですがね、我々の属するこの世界は。でも、もちろんこの何でもありの世界にも、タブーとされるものは十分存在するんですよ」

と野口は言う。

「それはつまり、古代王朝の出自の問題だったり、未だに解き明かされていない闇の部族の歴史であったりするわけですが、今回のこの先生の描かれた幼児性愛というテーマも立派にそれに該当するわけです」

つまり野口の言わんとするところは、この幼児性愛の世界はそれが趣味や性格的傾向の段階に収まっているうちは良いが、いずれ必ず事件性を伴うものとなって表れてくる。そしてその対象が何の罪も自覚も持たない幼児である以上、その悪質性と社会に及ぼす影響は重大であり、その結果は深刻である。

現実社会に於いて、こうした性向の犯罪は予想以上に多くあるはずであり、しかもそのほとんどが表面に出て来ない。社会の認識が低いのか、大人たちが子供の将来を思いはかるのか、あるいは目先に表れる現実の被害としてのその凶悪性が乏しいためか、とにかく闇から闇へと葬り去られてしまう。その多くが医師の治療を要したり、身体的な修復を要するものではないから、時間の経過とともに忘れ去られるものとして暗黙の裡に処理されてしまうのだ。

だが、事はそう簡単に収まるものではないと野口は指摘する。

「こうした事例は、日本全国どこでも発生していると思われます。ある新聞によると、女子中学生や女子高校生のうち約三割が電車の中で痴漢の被害にあったことがあるとの調査結果がありますが、おそらくそれに近い数字で幼少時にこうした被害を経験した女性がいるものと推測されると指摘する人もいます。これは一見どうとでもない数字に思われ勝ちですが、実は非常に高い確率です。つまり、現在専業主婦として家に居る女性も、あるいは丸の内界隈を颯爽と闊歩して歩いているＯＬのうちでも、その三人に一人が子供のころに何らかのこうした体験を抱えて生きているというわけです。もちろんこれらの被害状況は千差万別で、それこそ深刻な被害から単に後をつけられたり声をかけられた程度の軽微なものまで様々でしょうが、実態は我々の予想をはるかに越えるものです。これをどう評価するかは人によって様々でしょうが、問題はそうした被害に遭った女性が例外なくトラウマを抱えているということにあります。もちろん、これもその態様や程度によって違いはあると思いますが、残念なことにこうした犯罪の場合は実態がつかみにくい。したがって、今はやりの犯罪被害者同盟などというものも形成されることはない。国家も実態の把握がなされていない以上、本腰でその救済に乗り出そうとはしない。つまりは、相当数の女性がこうした被害やトラウマを抱えながらほとんどが泣き寝入り状態なわけです」

　野口の饒舌は止まるところを知らなかった。私はその一つ一つに理解と共感を覚えながらも、何か釈然としない、わり切れないものを感じていた。彼の言にはそのどこかにある種得体の知れぬ、情念のようなものが隠されているような気がしたからだった。

「我々はこの点について様々に議論しました。この先生の作品が持つ社会的な問題性と、その結果として引き起こされるであろう、そうした被害女性たちの受ける感覚についてです。むろん、それは被害者自身に限らず、その家族や周辺に与える影響も勘案してみる必要があります。そして相当カンカンガクガクやった結果として、やはりこれは、つまりこの作品は堂々と社会に出して、その評価を世に問うべきだとの結論に達したのです。今さら言うのもおこがましいのだけど、この作品の価値はそんな薄っぺらなものではない。一種の異常心理の世界を描いたものだけど、その卑近なテーマにだけ絞ってこの作品を論ずるのは、喩えて言うならスパゲティーの中に入ったニンニクの塊だけでその料理そのものを敬遠してしまうに等しいと――」

　ここで、思わず私は吹き出してしまった。何とユニークな比喩の仕方であろうか。その時、野口はなぜかふとはにかむように顔を赤らめた。それで私は、この称賛すべき比喩がその議論の場に同席していた野口自身の口から発せられたものと理解したのだった。

私は少しホッとした。少なくとも野口は私の味方だったのだ。

「結論を言いますと、そうした懸念や問題はあるにせよ、この作品は堂々と世に出して多くの読者の目に触れさせるべきだということでした。全体を通してこの作品のレベルは非常に高い。駆け出しのミュージシャンのくだらぬエッセーに力を注ぐぐらいなら、この作品に全力を傾注するぐらいの意気込みを示した方がいいじゃないかと。――すみません、これは私の個人的な意見だったんですが――、とにかく、そうしたいろいろな経緯があって、今回の作品の出版にGOサインが出されると同時に、それほどの思いでこの作品を世に送り出すなら、いっそのこと社運を賭けるぐらいの気構えでやろうじゃないかってことになったわけです」

野口はさすがに長広舌に気が引けたのか、最後はまるで英語の疑問文を発音するように軽く収めようとした。そして、ふとため息をつくと同時になぜか再び赤くなった。

「ありがとう」と、私は野口に言った。

この世知辛い世の中で、今の今まで変人だと信じて疑わなかった野口が、強力な私の応援者だとわかったことが素直にうれしかったのだ。

だが、私の気分は晴れなかった。野口はそれからすぐに辞去したが、午後からの私はまるで死んだ魚のように憂鬱に沈んでいた。気晴らしに散歩に出てみたが、かえって気分は重くなる一方だった。近所の公園に行く道すがらのマンションの中庭でも、たどり着いた公園の遊具や砂場のいたるところにも邪気なく遊ぶ幼女の姿を見かけたからだった。

その見慣れた光景は、今ではまったく違った風景に私の目には映った。幼い手で小さな黄色い花びらを摘むその指先にも、スベリ台を逆に駆け上ろうと踏ん張るそのズック靴の踵にも、私は昨日までとは違う印象で眺めていた。

私は、今回この作品を世に出すということがどのようなことなのか、ようやくわかりかけてきた気がした。と同時に、この目の前の風景、私の目に映るすべての世界を私は敵に回そうとしていることにも気づいた。私はこの何もない世界、事を起こそうとさえしなければ何事もなくすべてを受け入れてくれるこの平穏な世界に、あえて挑戦しようとしているのだった。それは果して本当に私が望んだことだったろうか。私は実際にそこまで覚悟を決めて、作家になろうと考えたのだろうか。

私は念のため着込んできた防寒着のポケットから煙草を取り出して火をつけた。喫煙の悪習はあてにならぬ禁煙の誓いを何度か破って、つい最近また復活していた。今回の作品の執筆を始めた辺りから、私のストレスは強固な禁煙の誓いをもはるかに簡単に上回り続けたのだった。

　だが、私にはもう残された道はなかった。前作、男の作品で成功を収めてしまった私にはもはや選択の余地はなかった。私の脳裡にその時ふと疑問が横切った。この原稿を送りつけてきた男は果して、この作品の周辺でそうした議論が巻き起こることを予測していたのだろうかと。こうした騒ぎになることを見越していたのだろうかと。答えはすぐ出た。男にはもちろん、当然こうした疑義や懸念が発生することは予測できたはずであった。

　男がもしこの小説の主人公高村（峯村）に近い立場の人間であるとするならば、（私はもはやそのことに疑問を差し挟む余地はなかった——男は当然主人公の周辺に居る人物か、それとも主人公そのものであるはずであった）こうした事態は易々と予想できるというよりも、確信に近いものを持っていたに違いなかった。そしてそのことが最終的にこの小説を自身の手で、あるいは自身の名で発表することをためらわせた大きな要因であり、根本的な理由の一つであるはずであった。

　つまり、少年時代から作家志望であった男が、その本業である学術研究者としての仕事を立派にこなして行くかたわら数々の作品を書き上げ、ついに名を成さぬまま最後の作品として手を染めたのが件の小説で、その出来栄えには満足しながら、扱った題材があまりにも問題を含むものであり、自分が現在生活している世界に近いものであり、裏を返せばつきつめたところ男そのものの存在が如実に浮かび上がる懸念すらあったのだ。

　男は、本業の裏に隠された自身の作家願望の強さを自覚しながらも、その実世界での成功と名声を捨て去るまでの勇気と覚悟を得るまでには至らず、忸怩（じくじ）たる思いで作品を手元に置き続けてきたのだが、ある時ふと私の存在と境遇を知ることによって一つの計画に思い当たり、その解決法を見出したというわけだった。そして、つまるところ私に原稿を送りつけて、出世作以降喉から手が出るほど次作に飢えていた私を利用して、すでにこの自分には手の負えない存在となっていた小説の発表法を思いついたのだった。男にとって、この作品は何にも増して愛着を抱かせる存在だったに違いない。そしてそれはもう執着とさえ呼べるものに近かったに違いない。自分自身の手でこの作品に永遠の封印を施すなどということはそれこそ彼にとっては断腸の思いだったのだ。

　こうして考えて行けば、男は先に私がこの大部の作を二段に切り離して、その一部をまったく別の小説として取り扱って発表したことをどう思っているのだろう。しかも、この作品は運の良いことに世間に好評をもって受け入れられ、相当に人口に膾炙し、映画化もされてさらにそれがアカデミー賞の何部門かにノミネートされるまでになった。いったいこの事実を男はどう評価しているのだろうか。

男は――　少なくとも私の理解している男は、この作品をこうして分割され、その一部が先行して世に出たことに理解を示すに違いなかった。男がもしこの小説の主人公である高村その人であるならば、その頭脳の明晰さは今さら言うまでもない。彼ほどの明解な頭脳の持ち主ならば、私があえてこの作品を分割して発表しようとするその意図を、さほど違和感なく理解するに違いなかった。そしてもっとうがった見方をすれば、男はこうしたこの作品に対する取り扱いについて、逆に目からウロコが落ちた思いを抱いたかも知れなかった。

まるで鬼っ子のようなこの作品に手を焼いた男は、ようやく自分の元から手離してホッとしたはずだが、その取り扱いと動向にはやはり相当な興味と関心を抱いていたに違いない。そしていかに手を焼かされ躾に困った子供でも、それが正しく養育され、立派に社会へと巣立って行った様子を垣間見て、その成長ぶりを素直に喜んだに違いなかった。私は、そう信じて疑わなかった。

言うなれば、私は男の子供たちの代理母であった。

男の精子によって受精せられた胚は正しく私の子宮に吸着し、私は約一年の歳月をかけてその胚を育て、そして満を持して出産した。ただ男の予想外だったことは、胚は母親の意志によって二つに分割され、それぞれに手足や器官を得て、二卵性双生児として世に送り出されたことだった。

男からは、その後一切の連絡はなかった。言うなれば、子供たちの父親は失踪したも同然だった。刑法を勉強するついでに齧った私の貧弱な民法上の知識でも、失踪して七年も音信が不通なら死亡者扱いになるという。というよりも、最早今では子供たちの真の父親が誰なのか知らぬと言い張ることもできる。これは私の産んだ子なのだ、私が自らの腹を痛めて呻吟の挙句出産した、まぎれもない私の子供たちなのだと。だが、父親はわからぬと。

もちろん、こうした考えは比喩好きの私の頭脳が生み出した一種の妄想に過ぎなかったが、私はこうした考え方がひどく気に入ってしまった。子供は、何といっても私の子供なのだと。偉い学者か何かは知らないが、父親は養育を拒否してすでに私の元から立ち去って行ったのだ。そして、一片の連絡さえ寄越さないのだ。そこに何の権利がある。父親であることの義務さえ果そうとしない男に、何を主張する権利があるというのだ。

ついに私はこの父親と子供たち、そして生きながら別れた夫婦という設定に一方では困惑を自覚しながらも、なぜか満足感さえ覚えはじめていた。そしてその権利関係や相関関係にまで思いを致すと、まるでかつて私と男とが実際に夫婦関係にあったような錯覚さえ覚えるのだった。私は幼い子供を養育するために必死で家を守り、仕事をし、そして嫌な会合にも、義理で塗り固められたような空疎なパーティーにも出席しなければならないのだ。そんな私や家族を放ったらかしにして、父親はどこか安全で堅固な物陰に隠れて、秘かに我々の動向をうかがっているのだ。だが、そんな父親でもかつては愛し、愛され、いや、何といってもこの子供たちのまぎれもなく血の繋がった父親なのだ。ああ――。とうとう私は気が狂ってしまったのだろうか。

十一

　そうしたさ中の折から、私の手元に久しぶりに男からの郵送物が届いた。ある日、外出先から戻ると母は不在で、その不在の言い訳をするかのように、約五年前送られてきたものと同じ形状の小包が玄関先に置かれていた。

　その特徴のある梱包の仕方から見て、私はすぐに男が送って寄越したものだと気づいた。形状からして中味が原稿であることも明らかだった。私は先に手洗いや着替えなど何くわぬ顔で済ませたが、内心は津波が襲ってきたように動揺していた。つい先日、公園のベンチで男とその作品について暗喩に満ちた妄想をたくましくして来た私である。それを見透かしたような現実の出来事に、私の心臓は激しく波打ち、鼓動の高まりで息苦しさを覚えるほどだった。

　私は玄関先に戻ってその包みを取り上げ、そのまま自室に持ち込んだが、ドアを閉めてからも動悸の乱れは容易に収まらなかった。手にした感覚からも最早中味が原稿であることに疑いはなく、前回送られてきた時とややその分量に差はあったが、形態はまったく同じだった。

　私は梱包を解かぬまま小包を仕事用のデスクに置き、しばらくじっとそれを見つめていた。言い様のない不安が私を支配した。公園での比喩で言うならば、これは何年も前に失踪して、すでに死亡者扱いとなっている夫からの実に久しぶりの便りであった。その権利関係の復活などというややこしい問題はさておき、そういった意味では私は今、本来なら最もなつかしい物を目の前にしているはずだった。場合によっては秘かに関係者を呼び集めて、固唾を飲んで取り囲むべき一個の品物なのだ。

　だが、私の不安は募る一方だった。そしてそれは、やがて底知れぬ不信感へと取って代わって行った。誓って言うが、前回男が原稿を送りつけてきてから、ただの一度も連絡らしきものはなかった。簡単な手紙一通、葉書の一枚も届いたことはなかった。もちろん電話がかかって来たこともない。

　その間、私は男の言葉通り作品を自分のものとして扱い、すでにその一部を発表し、そしてそれは思いもかけぬ成功を収めて、世間で評判を取った。男がその間、こうした動きを何も知らないはずはなかった。無関心でいられるはずはなかった。いろいろと抜き差しならぬ事情はあったにせよ、男は真に自分の希望通りの行動を私がとり、そして分身とも言うべき自身の作が世に出るかどうか、相当な関心をもって眺めていたに違いないのだ。

私は男が一連のこうした結果にどういった感想を抱いたかは知らない。満足しているのか、不満を抱いているのかさえわからない。だが、私にはある種の確信があって、男がこうした結果を喜ばないはずはないと踏んでいた。それは何より五年を越す歳月の間、男が何も言って寄越さなかったことに如実に示されていた。

もし彼が何か不平や不満を抱いたなら、必ずその意思の伝達をはかろうとするはずであった。直接間接を問わず、必ず何らかの連絡の方法をとろうとするはずであった。そうしてみると、男の寛大さ、寛容の深さはまさしく称賛に値するものだった。約五年にわたる一連の推移を眺めながら、男がその間何も考えるところがなかったということはあり得ない。きっと何かを感じ、何かを思い、そして何らかの感想を抱いたに違いないからである。

私は一度、すべての目の前の仕事や作業の手を止めて、真剣に男の考えを探ろうとした時期があった。だがその作業は何の結果や結論を与えるでもなく、また私に何の安心感をももたらさなかった。思考は堂々巡りをくり返し、費やした労力に価する集約点には終に至らなかった。その徒労感は何のなぐさめにもならなかったが、しかし私はその一方で、かすかな満足感も覚えていた。男の本心は摑めなかったが、そこに私はわずかばかりの希望の光が見えたような気がしたからだった。

男は明らかに満足感を抱いている。いや、少なくとも不満は抱いていない。男の目的が自分では発表しづらい作品を世に送り出すことと同時に、この世にもあわれな「書けない」駆け出し作家の救済にあるならば、そのどちらにも男の目的は達成されたに違いないからだ。そして忘れてならないのが、男が作品を懸賞小説の応募という、精神的に最もきつい部分を割愛して衆目に供することができたという点で、これは過去の私の経験に照らしても（もちろん男の投稿者としての経験上からも）有難いことには違いないはずであった。

つまり男は、自身の身分や存在を知られぬよう作品を発表すること、娘のような年齢のあわれな駆け出し作家の窮状を救済すること、そして文学賞の投稿という神経をすり減らすような手続きを迂回できたこと、この三点で当初の目的は十分に達成し、しかもそれぞれに相当な満足感を得たに違いなかったからだ。それが男をこうして五年間も沈黙を守り、一切の接触を断ち続けさせた大きな理由だと私は理解していた。人は神ならぬ存在である以上、何らかの不平や不満を感じたならば、それを相手に（あるいは世間に）知らしめたいと思うのが普通である。すっかり諦めの境地に立つというのならば話は別だが、少なくとも人から良く思われたいという普遍的な人間の願望を持つ以上、それはほとんど不可能といってよかった。

私は机の上に置かれた男の小包をにらみながら、長い間考え続けていた。そして、まるで人生の半分を費やしたような、まさに激動の連続だった凝縮された五年間をふり返ってみた。その五年という歳月の間に、私はまさに天国と地獄の間を何往復かし、そして終には適当な居場所を見つけてそこに定着したのだった。そこは足許のぐらつく、何とも座り心地の悪い居場所所には違いなかったが、ともかくも私はその地を踏み固めた。そこは虚構と欺瞞に満ちた、まさに崖の腹に刻み込まれたような小道であったが、私には崖に手をつきながらそろそろと歩いて行く、その得体の知れぬ道しか残されていなかったのだ。ひとつ間違えば足許の土塊もろとも谷底に突き落とされる恐怖と、落ち行く先にどれほどの深遠な奈落が待ち受けているかも知れぬ恐怖とを味わいながらも、そこにしか住む場所を見出せなかったのだった。

一時涙でかすんだ机の上の小包は、やがてレースのカーテン越しの午後の強い日差しを浴びて、その輪郭をはっきりと表していた。私は注意深く椅子から立ち上がると、恐る恐るその小包に手を伸ばした。私の涙はすでに乾きかけていた。

小包を手にしてその量感に触れると、その涙はもう私の目から二度と流れることはないことを私は確信した。

送られてきた原稿は二編の中編小説であった。分量はどちらもほぼ等しく、前回私が二分割して発表した「午後の風に乗って」に近い枚数であった。手紙は添えられていなかった。そして不思議なことに、二編の小説には題名がつけられていなかった。例によって作法通り右上隅を丁寧に綴り紐でとじてあったが、表紙となる一枚目はどちらも白紙であった。ただ前回と違うところは、今回の原稿はワープロの印字が克明で、ずい分読み易くなっていることだった。前回は同じワープロ書きでも所どころ文字がつぶれていたり、不鮮明な部分があったりしたが、今回はまるで下ろしたての教科書を開くように鮮明な文字が並んでいた。これはもちろん、男が新しくワープロ機器を買い替えたことを示していたが、それが歳月の経過を表していることを思うと、私には面はゆさと同時に感慨深いものがあった。

小説は、二編とも大層面白かった。

一つは一種の恋愛小説で、初老の大学教授がふとした災害に巻き込まれ、その時に出会った自分の教え子の女子学生の下宿が崩壊したのを契機に同棲を始めるという物語で、（この辺りは、例の南アフリカを舞台にした有名な小説を思わせる）もちろん最後は悲劇に終わるのだが、その不倫関係の行く末もさることながら、おそらくは阪神淡路大震災と思われるその地震災害の克明な描写がすさまじいの一語で、読みようによっては、これはこれで十分に「災害小説」として興味深く読み進めることができるのだった。その描写には災害を実際に体験した者にしか書き表せない臨場感があり、(喩えて言うならば、犯罪学上の「実際にその犯罪を犯した者にしか叙述し得ない、いわゆる『秘密の暴露』」がなされてあり)その迫力と相まって、ちっぽけな人間の生命の営みに対する自然の絶対的な力の存在に圧倒されてしまうのだ。

もう一編は、それとは打って変わってある種の経済小説とも呼べるもので、小さな町工場に勤める初老の男が、とある事件がキッカケとなってその会社の経営の一翼を担うことになり、実質経営者であった義弟の過去の不正や不実によって傾きかけた会社の再建に奮励する話だが、その過程に於いてはその驚くべき義弟の不正や悪事を暴き立てることは避けて通れず、創業者であった老父母や義弟の家庭との関係もあって、会社の再建と秘密の溶出との間に立って様々な葛藤に悩み苦しむ姿を描いたものだった。

こうして文章に表すと、何の変哲もない企業再建小説のようにも読めるのだが、そこには甘っちょろい恋愛小説などにはない、人間が日々食べて行くことにどれほどの努力と苦労と辛酸を要するかが克明に描かれてあり、ユニークな登場人物の活躍や銀行や債権者との息をのむような交渉の連続に、一度読み出したら頁を繰る手は止まらない。最後はやはり例によって悲劇に終わってしまうのだが、私は今回のこの小説だけは悲劇に終わらせたくないと、強く願わずにはいられなかった(ということは、つまり、もし先例のごとく私がこの小説を男から貰って転著するということにでもなれば、私はこの作品を大団円の裡に終わらせるに違いない、ということだった）。

私はこれら二編の小説をたったの二日という猛スピードで読んでしまうと、ほっとため息をつく暇もなく、改めて男の才能の豊かさと多岐に亘る知識の豊富さに舌を巻かざるを得なかった。そして、前作によって私がイメージした男の身分や階層、職業といった属性を改めて疑ってみる必要をも感じたのだった。

前作によって私がイメージしたのはもちろん男＝主人公高村＝著名な学術研究者というある意味安直なものだったが、今回の二作ではそのかけらも存在しない。唯一災害を扱った方の小説で、主人公が初老の大学教授という設定で、何らかの関連や手掛かりがなくもなさそうだったが、この教授の専門は何と「スポーツ生理学」だそうで、まるで取り付く島もない。しかもこの教授は、プロ野球の選手がその選手生活を引退後母校の大学院に入り直して、そのまま教員として居すわったという異端児で、そこには前作に横溢していたアカデミックな匂いの一片もない。

「経済小説」の方はこれはもう論外で、そこに描かれているのは債権・債務の移動や日々の金銭のやり取り、いうなれば騙し騙され、借財の返済とその穴埋め、資金繰りに日々奔走する姿であり、アカデミックなどとはほど遠い世界である。

こうしてものの見事に私の前提は崩され、私はますます混乱の渦に巻き込まれて行ったが、そうした混乱の中で、ふと私は一つの印象深い考えにつき当たった。それはむろん前作で作者（つまり男）＝主人公という構図が崩れ去ったという認識の前提に立っていたが、果して本当にそうであろうか、というものであった。ひょっとすると、それは一種のカモフラージュのようなものなのではないだろうか。例えば、仮に男が前作で私が推理した通りの著名な学術研究者であるとしたならば、その作者の存在を秘匿するという彼の絶対の条件は危ういものになってくる。現に、実際問題として私のような勘の働きの鈍い、頭の悪い女にも易々と見抜かれたことになるのだから。

小説がその方面の知識を駆使して描かれたものであり、そのアカデミックな立場を強調すればするほど、憶測と推理の範囲はますます狭められてくる。もちろん小説の内容としてはその一点に尽きるわけではないが、作者である男としては、ある意味後悔の念にかられているのではないか。つまりは、作者の何者たるかを知られてしまうという懸念の点に於いてである。そうだとするのなら、男が前作でひけらかした専門知識の漏出を悔い、それを打ち消そうとするのは当然である。

そこで男は、今では最も身近でしかも危険な存在となった私の認識を一変させようと、ある種の企てを図ったに違いない。いうなれば、作者＝主人公＝著名な学術研究者のくくりを何としても避けたかったのだった。そこで、その強固な憶測の一線を切り崩すために、あえて前作とはまったくカテゴリーの異なる二編をカモフラージュとして送り付けてきたのではあるまいか。二つの中編はそのどちらもが見事という外はない出来栄えで、ここでも作者＝主人公の短絡的な思考は維持されそうである。男はその辺りの効果まで見据えた上で、今回のこの行動に出たのに違いなかった。

こう考えてくると、私が当初抱いたイメージの、作者＝主人公＝著名な学術研究者という推測はほぼ間違いのない水準であるに違いないと思った。才能もない駆け出しの作家である私が言うのもおこがましいが、小説や物語などというものは何の予備知識や経験もなく、まったく新しい未知の世界を描こうとしても絶対に無理なことであった。例えば誰かがふとしたアイデアを摑んでブラスバンドの世界を描こうとする。だが、もちろん楽器の名前やその役割、演奏法等は書籍や経験者からの話その他である程度の知識を得ることは可能だが、実際に舞台に上がっての臨場感、照明の当たり具合、そして指揮者と演奏者との呼吸のやり取りなどは実際に自ら体験してみないとわからないものだ。あるいは幼稚園での場面を描写しようとしても、実際に青鼻を垂らした幼児に抱きつかれて、下ろしたての一張羅を汚された者でないと、その実際の感覚はつかめないのと同じだ。

つまり、私の下した結論としては、男は送り付けてきた三編の小説とは、そのどれとも実際に深い関わりのあった人物だということだった。要するに男は前作を改めて読み直して、これではいかんという危機感にとらわれたに違いなかった。筆の勢いが余って、不必要なまでの「秘密の暴露」がなされていると後悔したに違いなかった。このまま放置しておけば、現実に真実の自分の身分は露呈してしまうと、あせりの気持ちすら抱いたのだった。

こうしてみると、男の本職はやはり何といっても学術研究者（中でもとりわけ法学に関係の深い）であろうことは間違いなかった。むろん、彼が現在どこかの大学で教鞭をとっているのか、そして社会的に著名な存在であるかは知らぬが、その点はもはや動かし難い真実として認定してもよいだろう。つまり、頭脳明晰な彼としては珍しくミスを犯してしまったのである。一つの真実を隠蔽しようとして持ち出した別件の証拠物件が、かえってその真実を補強する証拠として採用されてしまったのだった。しかもその証拠は、意外な事実を認定する呼び水ともなった。

裁判官である私は、ついに断を下した。要するに、男は法学者である。これはもう疑う余地はない。しかも（ここが一番肝心なところだ）、世に名の聞こえた法学者である。しかも過去に民間の会社に勤務した経験があって、例の大震災の折には直接その惨状を目撃する立場と位置に居た存在であり、一方でラグビーに代表されるスポーツ全般にも造詣が深く、実際にそれらの運動の体験者でもあった。そして何よりも忘れてならぬのが、過去にいまわしい犯罪行為に手を染めて、未だにその幼児性愛の傾向のさめやらぬ自身の資質に日々悩む、究極の変質者なのであった。

こうして男の存在を確定する作業を進めて行くうち、私はかつて味わったことのないような不安に囚われていた。

二編の原稿はそれぞれ混じり合わないように、私の机の上にあった。そしてその横には文英社の野口から送られてきた「錯綜の庭」の表紙デザインのカラーサンプルがあった。例によって、今回も凝りに凝って野口の頭脳と手をわずらわせた、「とんでもない」代物だった。濃いセピア色の路地を小走りで走り去る人影を描いたそれは、硬質ビニルに凹凸を施して、目の不自由な人たちにも認識できるという、我が国ではおそらく初めてという変わった趣向が凝らしてあった。様々な議論や試行錯誤をくり返して、結局最終的に二巻になるべきものをかろうじて一巻に押し止めたその書物は、小学生以下の子供ならおそらくは片手で持ち上げられないほどの重量になるはずで、その重厚な装丁は、手に取る者にはまるで大英博物館の書庫に眠る百科辞書のような印象を与えるに違いなかった。

私はその荘重な書籍が、書店の平台にまるでバベルの塔のように積まれている様子を想像してみた。国会図書館に、大学の図書館に、町の公民館に、そして好事家の書斎の蔵書の中に、それぞれ居場所を得て収まっている姿を想像してみた。それは一種おごそかな郷愁のようなものを私に呼び覚ましたが、胸の隔壁にこびり付いたような不安は一向に収まらなかった。よるべなき仕事、よるべなき結果、そしてよるべなき栄光。そうしたものの織りなす様々な影響が今の私にどうして必要なものと言えるだろうか。これから先、私の仕事は、私の将来は、そして私の人生はどうなって行ってしまうのだろうか。

私は立って行って、ほとんど決せられたも同然のその奇抜な装丁の表装のサンプルを燃やそうと思った。すべてを振り出しに戻すのは今しかなかった。ここで断固たる拒絶をしなければ、私の一生はそれこそもう二度と平穏を取り戻すことはないのだ。

だが、実際に手にしたライターで火がつけられたのは、一本の煙草だった。私はその煙草の煙を今までになかったほどに深く胸の奥に吸い込んだ。ほとんど吐き出されなかった煙に代わって出たのは涙だった。震える手で摑んだ表装のサンプルがおもしろいほど激しく揺れていた。私は涙で濡れるのもかまわず、そのサンプルに頬ずりをした。そして強く唇を押し当てた。

私は決して離すまいと思った。これは私の作品なのだ。誰が何と言おうと私の作品なのだ。真の作者が誰であろうと、これはまぎれもなく私が産んで育てた、私の宝なのだ。

　私は背表紙を折り曲げて、それを空中に翳してみた。ちょっとしたコンパクトな外国語辞典並みの厚みをもたせたその背表紙には、著者名として間違いなく私のペンネームが刻印されていた。

　私の涙はすでに乾きかけていた。私は携帯電話を取り上げると、電話帳の画面を開いた。そして野口の電話番号を探し出すと、意を決したようにそれを押し込んだ。ついい先ほどまでの予定を変更して、私は野口の持ってきたデザインの最終案に当然のようにオーケーを出したのだった。

十二

「錯綜の庭」はその年の五月末に出版されたが、少々私たちが予測していたものとは違う、意外な展開となった。前作「午後の風に乗って」の時ほど華々しい宣伝を打たなかったものだから書店での扱いも小さく、当初は並の売れ行きに毛の生えた程度だったが、そのうちぽつぽつとあちこちのメディアで取り上げられるようになり、著名な評論家が書評を書いてくれたりして、（その中にはまったくの酷いこきおろしも含まれていたが、それはそれで議論の一端に火をつけるという重大な逆効果をもたらした）次第にその存在が世に知られて行くようになった。だが、その動きは前作を百とすれば五か六、ジェット機のスピードに対して自転車ほどの差があった。もちろん、これはあくまで空前のベストセラーとなった前作との比較に於いての話であって、売れ行き自体は地味ながらそう悪くはない、と野口などは慰めてくれるのだった。

そうして、長い間くすぶり続けた火種にようやく炎らしきものが立ち上がったのは、意外な方向からだった。

　欧州のとある一国で、たまたま日本に出張して来ていた出版関係者の一人がこの作品に目をつけて翻訳本を出版し、それが思わぬ評判を取って徐々に国内に広がっていったのであった。そしてその評判が隣接する国々を通してじわじわと欧州各国に浸透して行くのにそう時間はかからなかった。気づけば海を隔てた英国やカナダの一部にも飛び火し、静かなるブームさえ引き起こしたのだった。イタリアではイタリア文芸家協会がその年に外国語で発表されたフィクション部門の第一位に選んで下さり、そのうちにはあろうことか英国のブッカー賞の対象を英語圏の作品にだけ限るのはおかしいといった議論が巻き起こったとかまでいうまことしやかな噂までが流れてきて、私は恐縮というよりもただただ驚くばかりだった。

　もちろんこうした動きに世界の文化と芸術の盟主を自任する米国が無関心でいられるはずはなく、全米図書賞を管轄する組織がなぜこうした動きに無関心でいられるのかと、ニューヨークタイムズを始めとする多くの新聞がその学芸欄で取り上げる事態にまで発展したのだった。

　そうした海外での評判に引き換え、国内での人気の高まりがもう一つだったのは、やはり理由があるようだった。西欧での長い芸術としての文学というものに対する評価基準が、人と自然の関りや人類とキリスト教に代表される精神世界との相克、あるいはその前提を形成するところの民衆と国家との葛藤に重きを置く傾向があるのに対して、日本の場合は民衆の中に於ける個の存在、あるいは個と個の関りに於いて全体を論じようという違いがおぼろ気ながら浮かび上がってくるが、私の今回の小説が果してそのどちらにあてはまるのかを私は知らなかった。もちろん、こうした輻輳する膨大な世界を何らかのカテゴリーに分別しようとすること自体正しくないことなのかも知れなかったが、企画担当の野口などは、

「仕方ありませんね、今回の先生の作品は暗い。しかも重たい。日本の読者に受け入れられるのは、まだまだ時間がかかりますよ」

と、言うのだ。私がどういう意味かと尋ねると、

「いいじゃありませんか、海外であれだけ評価を得たんだから。僕たちはある意味満足してますよ」

と、そっ気ない。私がさらに食い下がると、

「いいですか、日本の読者——いや、評論家と称する人やマスコミ関係なんかも含めて、みんなバカなんですよ」と、言う。

彼に言わせると、日本の読者は究極の付和雷同型の典型なのだそうで、まったく自分の意見や感想をあてにしていない。その道の権威やら偉い人の意見に迎合し易く、

場合によってはそれらの声高の評価を自分の意見として納得してしまうところがあるのだそうな。

「考えてもみて下さい。先の先生の『午後の風に乗って』だって、先行して日本全国の書店員の感想を集めたからこそ、あれだけの評判となって部数を伸ばしたんじゃありませんか。日常的に出版物というものに慣れ親しんでいる人たちが称賛するのだから、その評価として信頼して間違いはなかろうと思うんです。しかも幸いなことにすぐ映画化の話があって、われわれとしては非常に仕事がし易かった。映画化決定ということは映像として残しておく価値があると、すなわちそれだけ面白い作品だということを大々的に世間に公表してくれるようなもんです。自分の考えよりもまっ先に周囲の思惑や評価を気にする日本人にとって、しかもその評判に乗り遅れまい、いや、ことによるとその評価の発信源に自分を置きたいと思う人々にとって、これほど安心して肩入れできる存在はないわけです」

なるほど、と私は思った。彼の言う通りかもしれない。自分の身に則して考えてみても、そうした傾向がまったくないとは言えない。

「ですが、そういった意味では、今回はまったく違った展開をたどりそうです」

少し浮かぬ顔になりかけた私の心配をなぐさめるように、野口はさらに続けた。彼の言によると、今回の「錯綜の庭」はひょっとすると日本の国内ではある意味期待はずれに終わるのではないかと言う。鳴かず飛ばずなどというようなことにはならないだろうが、（現に今のこの時点でもそこそこの部数の伸びはあるのだそうな）前作のような爆発的なブームにはなりそうもない。小説のタイプ自体がそういった類のもので、それはもういたし方のないものではないか。

ただ、こうした小説の場合は瞬間湯沸かし器型に人気を博するタイプと違って、本格的なロングセラーになる可能性はある。つまり、文学史に残るような名作、あるいは時代を代表するような名著となって後世に引き継がれてゆくことになる可能性がないとは言えない、というのである。そして彼はその二つのタイプに属するものとして、それぞれにいくつか著名な作品名を例として挙げてくれたが、その中には思わず私が手で口を押さえたくなるような、誰もが知っている有名な作品がいくつか含まれていて、にわかには信じがたい思いだった。

本当にこの人は私の今回の作品をそのようなものと評価しているのだろうか。もしそうだとしたら、その評価の基準はいったい何なのだろうか。それとも、なぐさめついでにこの小説を送り出す側としての希望や願望を、それこそ大いなる期待を込めてそのまま述べたに過ぎないのだろうか。

だが、野口は大まじめだった。いったいに無口で、社内でも目立った存在ではなかったが、それだけに彼の発する言葉にはどことなく重みと信頼感があった。その点では長年営業の努力で培ってきた編集長や取締役の思惑などとはまったく異質の側面を持っていた。

「日本での評判などは、それこそアテにできないものが多いものですが、海外でのそれはまったく別物です」

最後に野口はそう言って、ようやく表情をゆるめた。

「今回の先生の作品が海外で好評を得たということは、それこそ国内で何万部、いや何十万部売れるよりもはるかに重い意味があります。近代小説がいつからこうした形態で発展してきたのか詳しいことはわかりませんが、少なくともその本家本元はやはり何といっても西欧諸国です。日本では明治以降まだ百五十年ほどしか経っていませんが、向こうはそのはるか以前、何百年もの歴史があります。彼らの鑑賞眼は本物です。人の意見など聞く耳を持ちません。作品が多くの国で評価を得たということは、それだけ多くの本物の眼が独自の判断で評価を下したということに外なりません。これは、もう秘かに自慢なさってもいいことだろうと思います」

「それでも……」と私は、野口に聞かざるを得なかった。

「あなたは、今回のこの結果を良かったと思ってらっしゃるの」

「結果はまだ出ていませんよ」

野口はなぜか、にんまりした。

「でも、先生にとっては一番良い結果だと思いますよ」

「部数が伸びなくても?」

「そんなものは、重役や編集長にお前らの努力が足りなかったからだと、文句を言ってやったらいいんですよ。いったい、どうしてくれるんだと。それより、それほど売れ行きが気になりますか、先生は」

そう真正面から問われると、私には返す言葉がなかったが、実際に野口の言う通りだとすると私はうれしかった。彼の断定口調は今に始まったことではなかったが、この場合は大いになぐさめとなった。彼に言わせると、今私たちが作家名を口にする時すぐさま脳裡に浮かぶような代表作でも、当初の人気の広まりは私の今回の作の足元にも及ばなかったそうで、そうであるならば、私が不平をもらしたり悩んだりすることと自体おこがましいことなのであった。

「それより先生、いかがなんですか」

と、野口は話題を転じた。

これらの会話はすべて打ち合わせや企画の相談を通じて、私の家や出版社やその近くの喫茶店などで交わされたものだったが、近頃では私はどちらかと言うと、こうした立ち入った話は担当の若い女性編集者よりも野口と交わすことの方がはるかに多かった。担当の女性編集者は性格も悪くなく、仕事も良くできたが、やはり会社側に立つ人間である以上編集長や取締役に代表される考えに近く、社内でも独立したような存在で、ある意味異端児と目され、独特の嗅覚をもって異彩を放つ野口などと比べると、少し物足りなさが残るのであった。

「ぽつぽつ次作などは考えていらっしゃるんですか。いや、決して営業なんかで言うんじゃないですが、私の予想では今回の作は相当評判を取ります。国内でも。でもそれはいいとして、そうなると当然また例の如く次作が期待されるようになる。日本人の悪いところなんですが、それはもういたし方ありません。

でも考えようによっては、ある意味これは先生にとって大いなるチャンスだとも思うんです。先生はデビュー作でそこそこ好評価を得て、次作でブレイクなさった。そして今回の作品で、その実力がいよいよ本物だという評価が下されようとしている。でも、ここが一番肝心なところです。つまり、いわばその時代の単なる流行作家で終わるか、高校の文学史の副教本に名を連ねるような作家になるかの、重大な瀬戸際なんです。いや、笑っちゃいけない。本当なんですよ。

ここで続いて一作、いや二作は欲しいかな。世間がそんなに先生の名と存在を忘れぬうちにお書きになれば、それでもう世間の評判は永遠に決まってしまうでしょう。文壇での地位も確固たるものになるに違いありません。でも、ここでまた以前のように足踏みしてしまえば、ちょっとしんどいことになるかも知れない。まあ、もちろんまた一からやり直しみたいなことには絶対になりませんが」

私はしばらく黙っていたが、もはや唯一信頼のおける相談役となった野口に対して、隠し通せるほどの勇気も分別も持ち合わせていなかった。私はついに、現在二編ほどの執筆構想があるのだと恐る恐る打ち明けた。そして、そのうちの一編はすでに執筆に取りかかっており、しかもその完成も間近なのだとつけ加えた。

「へえ、それはすごい」と、野口は素直に驚いた。「でも、どうして黙ってらしたんですか。ひょっとしてうち以外に浮気なさるつもりでも」

「ばかおっしゃい」

私はテーブルの紅茶のカップを手に取って、文字通りのお茶を濁したが、内心は穏やかではなかった。ついに言ってしまったのだった。場合によっては、生涯私だけの秘密として墓場まで持って行くべきだったかも知れぬ重要なことを、ついうかうかとしゃべってしまったのだ。

もちろん、野口は二編の内容を聞きたがった。

私はいろんな意味で支障の出ないように、ごく簡単にかいつまんでそのテーマを披露した。

「それは面白そうだ」と、野口は感心することしきりだった。

「でも、すごいですね、僕はもうすっかり見直しちゃいました。そこまで先生に才能がお有りだったとは。いや、失礼な言い草だとは重々承知なんですが」

つき詰めたところ、野口もやはり心底では私の才能に、ある意味疑いを抱いていた一人だった。前回と今回の成功で、すっかり確立したように見えた私の能力と才能に対する評価も、裏を返せばまだこうして半信半疑でいる人たちも結構いるのだ。これはもちろん、今までの成り行きと事の推移からして無理からぬところではあったが、私は改めて自分自身のうかつさを戒めると同時に、今更のように身のつまされる思いだった。

野口はさらに詳しい内容を聞きたがったが、私はあくまで構想の段階だからと笑って済ませた。私は明らかに後悔していた。完成間近と言った手前、それは明らかに矛盾していたが、野口はあまり気にしていないようだった。だが、こうしたことはすぐに編集部に伝わるのは間違いのないことだった。野口は信頼の置ける人物だとはいえ、最終的には何と言っても出版社側の人間だった。こういった話を聞いて、あくまで白を切り通す義務も義理もなかった。

だが冷静に考えてみると、こうしたやり取りの中に、この二編の作品に対する私の考えが正直に出たものと言えなくもなかった。つき詰めたところ、私の考えは野口に言われるまでもなく、今回の作品がある程度の成功を収めるという前提に立っての上だった。そして彼の言を待つまでもなく、そのおそらくはある程度の波乱を巻き起こすであろうこの問題作の周辺事情に適切に対応して行くと同時に、適当な時間の間隔を置いて発表されるであろうこれらの作品が、先頃の新聞の書評欄でどこかの大学の教授が評したように、「今、世界で最もその動向が注目され、おそらく何年か後には日本の文学そのものを方向づける可能性をもった」私自身の文学的方向性をも決定づけるものとなることは、もはや疑いのないことだった。

そして、私はすでにその回り始めた運命に少なからず寄与するであろう中編小説を二編も手中に収めているのだ。

考えてみると、これは恐ろしいことであった。予定調和的に、何年か先まですでに見通しが立ってしまっているのだ。余人にははかり知り得ない未来が、すでに定まっているのだ。だがこのあまり遠くない時間とはいえ、将来が決定づけられているという事実は、私に安心感をもたらさなかった。むしろ、不安は心の内に増幅して行くばかりだった。

人はその歩んで行く人生の一寸先さえわからぬゆえに面白く、意義深いものだという前提に立つならば、私の容易に予期できる将来などはまるで噛み終えたガムの残りかすのように味気ないはずであった。

私はそのほぼ確立した未来をどのようにして崩さず維持して行くかだけに腐心し、翻弄され、そしてあせりと徒労をくり返して行くしかないのだった。

「錯綜の庭」はその後地味ながら順調に部数を伸ばして行き、翌年の三月にはついにその年の上半期の「正木賞」の候補にまで上った。その人気のほどは空前のブームとなった前作「午後の風に乗って」ほどではなかったが、読者の口伝てに着実に広まりをみせ、その深まりは静かなブームとなってある種本物を感じさせた。「正木賞」の方は残念ながら僅差で逃すことになったが、私はあまり落胆を感じなかった。例によって、何日かは様々な思惑や期待を胸に秘めた人々で私の周辺は騒然と色めき立ったが、発表が終わってしまえば、まるで消え残りのたき火に一気に水を浴びせたように鎮静し、また元の平安へと回帰して行った。

その年の「正木賞」は、ある著名な政治家のまさにクロニクルともいうべき回顧録がさらって行き、これはこれで喧々諤々、この賞始まって以来という騒然とした話題を投げかけた。一説によると、この受賞は戦後政治を代表するこの政治家が、かつて顕彰の機会に恵まれなかったその埋め合わせともいうべきものなのだそうで、まるで文化勲章を別の形で追与したようなものだという。なるほど、そう言われてみればその要素もなくはなく、これから小説家として活躍する気構えも、その素養も持ち合わせてないとすれば、あながち的を射ていないということもなく、私は妙に納得させられたものであった。

野口などは落胆と義憤のあまりぐでんぐでんに酔って、私の家に乗り込んで、慰めともつかぬ悪態と毒舌をさんざん撒き散らして帰って行ったが、私にとってはどうでも良いことであった。そんなことよりも、私の本心はもうこれ以上私の作品で世間が騒いでほしくなかったのだった。

「正木賞」などという大それた賞をいただくというようなことにでもなれば、それこそ私は木に登るどころか、降りて行く梯子(はしご)もないビルの三階や四階にまで登らされて行くに違いないからであった。顕彰という観点からすれば、私はもう前作でアカデミー賞の候補になったことや、今回作の海外での受賞で十分過ぎるほど報われていた。これ以上の栄誉を望むことは、あってはならないことだった。

他人の作品を我が物として世を渡って行くという、かつて誰もが考えてみたこともない虚妄を現実の世界に投じた私は、言うならば悪魔と契約を結んだも同じことで、その行為は顕彰に価するかどうかなどという問題以前の、はるかに次元の異なった問題を孕んでいるからだった。

ところが、この「正木賞」の候補に上ったという事実は、思いがけない問題が惹起される契機ともなった。もうすでに今年度上期の「正木賞」も例の政治家の回顧録に決定し、一連の話題や喧騒もようやく収斂に向かおうとする時、ある一通の投書が新聞社に投じられたのだった。それは私の候補作「錯綜の庭」に一抹の疑義を呈するもので、一時期この新聞社を中心に相当話題になった。

その内容は、ズバリこの小説は明らかな盗作だと言うのである。

十九世紀のイギリスにH・I・マッケンジーとかいう当時初老の作家がいたそうで、この人の小説「大学の庭」にそっくりな話が出てくるというのである。主人公はとある地方の大学の生物学の教授で、腺病質的な一種の変質者で、幼児性愛の傾向ももちろんある。一時期近所の子供たちに不埒な行為をしかけた罪で囚われの身となって二年半の刑期を終え、田舎の大学で再び教鞭をとったがその性向に改善は見られず、ついには家庭も職も追われて流浪の旅をくり返した挙げ句、横死してしまうといった内容なのだった。

なるほど、これだけ読めば似ていないことはないが、私はすぐにこれは違うと思った。第一に、この投書によれば主人公は現実に罪を犯して、未だにその傾向性に引きずられて罪をくり返しているのだが、「私の」主人公はそうではない。なるほど過去に一時期そうした過ちを犯した経験は持つが、それはあくまではるか遠い若い頃の話であって、今はもうすっかり更生し、その罪の重さとその償い得ない過去の記憶にひたすら悩むのであって、現に何らかの刑罰を受けた経験も持たない。そしてそれと同時に、物語の実質的には知識人とその家庭の崩壊と再生を描いたものであり、単なる変質者の行状と懺悔を表したものとは本質的に異なる。

むしろ私を驚かせたのは、その投書に次のような内容の指摘がなされていたことである。すなわち、この作品の作者は断然百パーセント男性であるべきであって、女性の手によって書かれたなどということはまったく信じ難い。この作品の中には重要な「秘密の暴露」がいくつか見うけられるが、それらのほとんどは男性の生理的な、あるいはセクシャルな感覚抜きには記述し得ない内容である。男性が生涯妊娠と、それに続く女性の出産という神秘的な感覚に理解を示し得ないのと同じく、この自然界を二分する生物学上の摂理は、永遠に埋まるはずのない溝だと言うのである。そして、そうであらばこそ、この小説はまったくのまやかしで、盗作以外の何ものでもないと結論づけるのだった。

なるほど、この説には私自身ある程度うなずかざるを得なかった。一面ではまったくその通りである。

元来、小説家あるいは物語作者などというものは、時代、性別、年代、職業、階層などという障壁を乗り越えて、自由な発想と感性に従って縦横無尽に活躍するのを本分とすべきものだから、そこには性差といえども介入する余地はないはずである。そんなものがもしあるのだとしたら、かの有名な「嵐が丘」は存在し得なかったであろうし、「女の一生」は女性の名で発表せざるを得なかったに違いない。

だが、そうした著者の属性がまったく否定し得るかと言えば、あながちそうとも言えない。作品に滲み出てくる作者の個性というものは、もちろん無視し得ないものであり、それが作者の属する世界を基盤としていても何の不思議はないからである。むしろ、そうした属性に個性の添加があって、はじめてその作品に重みと奥行きが加わる場合だってないとは限らない。つまりはあの人だからこそ成し得た仕事、あるいはあの人だからこそ描き得た世界というものがあっても良いはずである。

こうした観点に立ってみると、投稿者の指摘はなかなか適確で、するどいものと言わざるを得ない。だが彼の指摘は一面では正しいが、一面ではまったく的を射ていない。つまり、その何とかいうイギリス人作家の小説を模したという部分ではまったく当たらないが、この小説（今回の「私の」小説）が男性にしか描き得ないものだという部分はまったく当たらなくもない。この小説の重要な根幹をなす倒錯した観念の世界などというものは、なるほど実際問題としてはそんなものなのかも知れない。

私は自分の置かれている立場を忘れて、妙に納得させられたものだった。

だが、問題は私が心配するほど大きくはならなかった。すでにその時点では私の「正木賞」の獲得はなくなってしまっていて、話題性自体に乏しく、私たちの側でも一切反論らしきものをしなかったため、自然に山火事が鎮火に向かうように終息してしまったのだった（後で知ったことだが、新聞社は「正木賞」の選考が終わるまでこの問題の公表を控えてくれたそうで、私は後日ささやかながら感謝の手紙をこの新聞社に書き送った)。

しかしながら、この問題が私の心の中に残した傷跡は決して小さくはなかった。私は改めて私の置かれている立場の脆弱性と危険性に思い至らざるを得なかった。そしてそれと同時に、これからもこうした問題が起こり得るであろうことを予測し、ある種の覚悟を決めざるを得なかった。だが、果してそのような覚悟を私が貫き通して行けるかについては、私ははなはだ自信がなかった。大それた罪を犯しながら、何を意志薄弱なと人は笑うかも知れなかったが、実際にそうだった。私は「鉄の女」でもなかったし、「鉄面皮を被った女」でもなかった。ごく平凡な、どこにでも居そうな普通の女だった。作家という職業にたまたま就いただけで、作家らしい冷徹な眼も、作家らしい不動の信念も何も持ち合わせてはいなかった。

実のところ、私は暴力が横行するシーンは、書くことはもとより読むことも嫌いであった。そして、濃厚なベッドシーンなどはもっと苦手だった。テレビを見ていて、血が飛び散る場面では顔をそむけたくなるし、アフリカの草原で小さな動物が大きな肉食獣などに追い詰められて倒されてしまう場面などは、誰が一緒に見ていようと、立ち上がってさっさとチャンネルを変えてしまう。

つまりは、そこいら辺を歩いている親の脛ばかり齧ってまともに勉強もしない、運動不足の女子高生や女子大生などと、内面構造は何ら変わるところはないのだった。

路上に転んだ幼い少女を助け起こして、その顔面から流れる鮮血に驚いて、思わずそれを突き放してしまうような女に、その少女を襲わせるような話を書かせること自体が無理な話なのだ。これはもう根本的に違う。根底から何かが間違ってしまっているのだ。だがその間違いによって、一人の女の人生が規定されてしまっているのだ。そして、生活そのものが成り立ってしまったのだ。

間違いは正されるべきだ。それは歴史が語りかけるまでもない。間違った判断と、間違った思想によって引き起こされた戦争は、その間違った方の敗北という形で是正されねばならない。間違った統治は、いずれはその被抑圧民の手によって淘汰されねばならない。たとえそれが原爆という悲惨な最終兵器によってでも、あるいはギロチンというおぞましい時代遅れの方法によってでもだ。それは何と言おうと、この人類がこの地球上に存在する以上は、物理学上の質量保存の法則のように多少の出入りにかかわらず、常に一定不変が貫き通されるのだ。

そうした意味からすれば、私のしたことの突出ぶりは際立っているといっても良かった。正義という数直線上に任意の点をとってみれば、私の立ち位置がどれほどその直線からかけ離れたものであるか、一目瞭然に違いなかった。そしてそれは、神の摂理などという迂遠なものではなく、人間が本来身に纏って世に出た、性善説的な正義感によって正されねばならないのだ。

　私はもう、何が何だかわからなくなった。私のしたことが果して何であったのか。何をしでかしてしまったのか。そしてそれが、私自身と私の周辺に何をもたらしたのか。どんな影響を与えたのか。私はこれからどこへ行くのか。私の将来はどうなるのか。私は果して、このままカラスを白鳥だなどと言いふらすような生活をどこまで続けて行けば良いのか。私に安穏は訪れるのか。何も知らない無邪気な少女時代のように、美しいものを見て素直に美しいと感ずる時代が再び蘇ることはあるのだろうか。

　いくら考えても私にはわからなかった。いや、考えれば考えるほどわからなくなった。このままでは気が狂う。ふと、私はそう思った。考えてみれば、これほど重いものを抱えて日々を過ごしているにもかかわらず、私は自身の精神に何ら変調の兆しが現れてこないのを不思議に思った。いや、それは違うかも知れない。精神の変調などというものは、身体と違って表面に現れてくることはないのかも知れない。その変調は当人が気づかないだけなのかも知れない。走っている物体から動く物体を見ても、そのスピードが同じなら止まっているように見えるのと同じように、精神を病んでいる者が自分を正常だと信じてみても、それは何の意味もなさないのかも知れない。

　そうだ、私はすでに精神に変調を来たしているのだ。気が狂うところまでは行かないが、その奥深い内面はすでに崩壊の過程をたどりつつあるのだ。私は作家という、本来が人間の情念や機微というものに敏感であるべき職業に就きながら、生来の鈍感と能天気という気質ゆえに、その変容がたまさか表に現れないだけなのだ。

助けて欲しい。誰か救って欲しい。私は生まれて初めて心から絶叫し、そして涙はとどまる処を知らなかった。

十三

野口と結婚したのは、そうした騒動も収まって、折れ線グラフなら平常値、病気なら寛解期に相当する、ある平穏な年であった。

私と野口は職業上のつき合いという一線を越え、いつしかお互いの存在を意識し合う関係になっていた。

野口は摑みどころのない男であったが、その本質は正直な男であった。そして、一面では誠実であった。私とおしゃべりをする時以外は無口で、ぶっきらぼうで、無愛想で、それこそ取りつく島もなかったが、彼を古くから知る人で、彼のことを悪く言う人はいなかった。元来が「おくて」な性質だそうで、初対面やあまり親しくない人に対しては気後れがするのだと言う。

私の母なども、当初仕事で野口が私の家を訪れた時には、

「なんやあの人、私らデブに対して何か偏見でも持っとんのやろか」

と、そのあまりに素っ気ない態度に、疑問の声を発したものだったが、やがて何度

か訪問が重なり、自然と顔を合わす機会が多くなってくると、徐々にその評価も上がり、親しさも増して、ついには締め切りに追われる私を一人家に残して、勝手に二人で夜の街に飲みに出て行くまでになった。

　当時は、酒を飲んで車を運転してもよかった時代で、（もちろんこれは、道路交通法が改訂になる前の世界をギャグ化した仲間内の冗談で、当時であろうと今であろうと絶対にあってはならないことだ）自車を営業兼用として会社に認められていた彼は何かと私たちにとっては便利で、もうほとんど一人では外出できない状態になっていた母にとっては、とりわけ重宝な存在なのだった。実際、母としても家庭内に男手が必要な以上に、一般世間並みに娘の将来を案じ、まだ車椅子で挙式に参加する心配のないうちに、との思案があったに違いない。無理を冒してでも私たちが〈そうなる〉ように仕向けたきらいが大いにあり、自然必然的に私たちは〈そうなって〉しまったのだった。そしてそうなってしまった初めての夜に、野口は私に結婚の申し込みをし、まだ興奮と余韻の醒めやらぬ私がそのまま承諾したというわけだった。

　これは、一面ではフェアなやり口ではなかったが、私は他人のアンフェアを口にする立場ではなかった。だが今から思うと、野口が私に結婚を申し込むのは相当に勇気の要ったことに違いなかった。私は当時すでに売れっ子作家としての評価が定着しつつあり、それに伴う収入もその地位にふさわしいものがあると考えられていたからだ。花形女流作家とその家に出入りする一介の企画編集社員。これはどう公平にとらえても、野口に有利とはいえなかった。ある意味、こうした状況は老資産家の財産目あてに、若いメイドや家政婦が近づいて行く構図と似てなくもないからだ。

だが、野口はそのような世間の風評や邪推はまったく気にならないようだった。ましてや悪意の流言などは論外である。むしろ、私の方が逆に先走ってジタバタと言い訳がましいことを口にして、顰蹙(ひんしゅく)をかったぐらいである。私はそんな彼の平然とした横顔を盗み見て、（これはとんでもないバカか、それとももとてつもない大物かどちらかだ）と、真剣に思ったものだった。

だが結局のところは、そのどちらとも判別はつかないまま、私たちの結婚生活は終了した。その約二年半後に、野口があえなく病死してしまったからだった。病名は末期の膵臓ガン。体調を崩して大学病院に入院し、病名が判明した時には病魔はすでに全身を襲い、ほとんど手のつけられない状態だった。

こうしてわずか四十三歳の若さで未亡人となった私は、再び人生スゴロクの振り出しの位置に戻され、フライングを理由に、出世コースのスタートラインに立たされたのだった。

例によって私は落ち込んだが、そのどうしようもない悲しみの中にもある種一筋の光明を見出していた。野口は幼い時に両親を亡くして祖父母の手で育てられ、その祖父母も亡くなってからはまさに天涯孤独の身といってよく、悲嘆のどん底の中でもそうした野口家側の人々と悲しみを分かち合う必要がないことは、私たちにとってはせめてもの救いだった。私たちはこの大きな不幸を、私たちだけのものとして噛みしめて行けばよいからであった。そして私たち母娘は、天から与えられたその宿命に従って、私たちの心の中だけに野口を生かし続けた。

人生とはおそろしいもので、一時他人と関りを持ち、それが自分の身内として溶け込んでからでも、一旦それが離脱してしまうと、また元のあり得べき状態となって機能して行くから不思議であった。

私と母とは再び水入らずの生活に戻り、それは以前にも増して波風の立たないものだった。だがその平穏は、はるかに豊かになった我が家の経済事情や生活基盤の拡大といった物理的な関係をここではいうのであって、私の心の中は平穏では済まされなかった。いや、平穏などとはとんでもない。その対極に位置していたのだった。

私は、野口とまがりなりにも夫婦となった生活を、何度もふり返ってみた。そして、そこにはあのなつかしい新婚生活の華やかさも、際立った楽しい思い出もなかったことに気づいた。もちろん、これは結婚してからすぐに野口の病名が判明し、その後の約二年という歳月がもっぱら闘病と看護に費やされたという事情ばかりではなかった。

看護という観点からすると、野口は究極の扱いやすい病人で、私たちの手をほとんどわずらわさなかった。中でも下の世話をされるのを何よりも嫌がり、最後まで自分の力で立とうとした。終末期にはその苦痛ははなはだしかったろうが、一言の弱音も漏らさなかった。逆に私の方が様々な悩みや苦しみを抱えて、彼の重いベッドに突っ伏して泣くようなあり様だった。

その大きな要因は何としても私の方にあった。と、今では私ははっきりと断言することができる。

私はある時――、（それは入院して半月も経たなかった頃と記憶している。私は一旦身も心も許した相手に、一時たりとも自分の秘密を隠し通せるほど強い人間ではないのだ）何かの突発的なキッカケを得て、すべてを野口に打ち明けたのだった。

野口はさすがに驚いて絶句した。そして、しばらくまじまじと私の顔を見つめた後に発した第一声が、

「すごいカミングアウトだね」であった。そして続けて、

「それはもう誰かに話した？　いや、僕以外に誰か知っている人はいる？」

と、これまでに見せたこともない真剣な眼差しでたずねた。

いや、いない。母さえ知らない、と私が答えると、

「そう、それは良かった」と、白蠟のような顔にかすかに安堵の色を滲ませた。そして長い間暗い病室の窓の外をながめて考えにふけった。

その病室の窓の外は、ほとんど手が届きそうなぐらいに隣のビルが迫っており、目に映るものといえば、そのビルの壁を縦横に伝う枯れた汚らしいツタと、かつてそこを寝ぐらにしていた野バトの白いフンに覆われた埃だらけの灰色の配管だけだった。それでなくとも気の重る闘病生活に、いくら何でもこれはひどいと病院側に抗議してみたが、あいにくとこの部屋以外に空きはなく、どの病室から見ても同じ風景だとの返事に、泣く泣くあきらめざるを得なかった。だが当の野口はそんなことにも一向平気な様子で、あまり明るく楽しそうな「シャバ」を見せられるよりはずっといいと笑うのだった。

長い間考えて、野口の出した答えはこうだった。

要するに、いま私はカミングアウトする必要はない。いや言い方を変えれば、してはいけないのだと言う。

「これはもう事柄の根幹が大き過ぎて、平凡な僕らの頭ではその影響をはかり知ることなんてとてもできない」

例えば、かつて著名な考古学者がある遺跡の発掘調査によって、古代史を書き換えるほどの重大な発見を次々と行った。それはまさしく、言葉通りに歴史を塗り替えるほどの貴重な発見で、これにより当代の学説は一変し、歴史書や高校の教科書の記述はあまねく書き改められることになった。

ところが、何年か時代を経て、この貴重な発掘、発見自体が虚構であることが判明した。そこで問題は一学界だけに止まらず、空前の社会問題にまで発展した。長い間その定説自体を礎に学説が発展し、学問が定着してきたものだから、その間に構築されてきたすべてのものが一挙に崩れ去ったのだった。

もちろんその当の学者本人は失脚し、地位も名声も失い、二度と学界はおろか人前にも出られなくなったことは当然であるが、その騒動が収束し新たな定説がうち立てられるには相当の年月が必要であった。

教科書、参考書は言うに及ばずあらゆる学術書、歴史書、図鑑類が書き換えられねばならなかった。発掘現場となった地元はその遺跡指定からはずされ、住民たちはその名誉も過去の栄光もすべてを一切合財失うことになった。

「この例を引き合いに出すのは、ちょっと極端すぎるかもしれないけど……」

だが、あながち的外れな例とも言えないかもしれない、と野口は言うのだった。

「ある意味、今回の件はその騒動に似てなくもないよね」

言われてみれば、なるほどと思う。文英賞を受賞した私のまったくのオリジナルであるデビュー作はよいとして、それ以降に発表した作品は（一、二の小品を除いて）

ことごとくがいわば見知らぬ男からの「借り物」なのだ。そしてそのうちの一作は、映画化されてアカデミー賞の候補にまでなり、一作は海外で圧倒的な支持を得て、その作者である私は「世界を動かす女性一〇〇人」に名前を連ね、「今、最も世界に名の知れた日本の五〇人」にまで選ばれてしまった。

この作品は地味ながらもその後順調に版を重ね、一昨年末には著名な新聞三社が共同で主催する「日本文化芸術大賞」を受賞するまでになった。聞くところによると、これは恒常的に開催される賞ではなく、何か特別な必要性に基づいて設けられるものだそうで、海外であれだけ評判をとった作品が国内で何の顕彰もないというのは、ある意味不公平というよりも文化的に恥ずべきことだと日本のメディアが考えたらしく（野口説）、ひょっとすると文部科学省、あるいは文化庁に代表される政府の意向が働いたきらいが無きにしもあらず（同）、というのだった。

「でも、良かったじゃないですか。これで、『正木賞』を逃した僕らのうっ憤を大いに晴らしてくれたわけですから」

と、結婚する前の野口は言ったが、当の私はその辺りの事情にうとく、あまり興味もなかった。だいたいに於いて、心に圧倒的なやましさを抱える私には、文字通り他人事のように思えて、素直に周囲の喜怒哀楽に同調する気になれないのだった。だからといって、何事もけなされるよりは褒められる方が嬉しいには違いなく、私の心はそうした両極の狭間に立って、まるで大地震の後余震がくり返されるように、グラグラと揺れ続けるのだった。

後続の、例の二編の中編小説はその後ほぼ一年おきに発表されたが、(何と、いろいろ煩悶にさいなまれながらも、私は周囲の圧力に屈して、結局のところまたも他人の作を自らのものとして世間に公表するといった愚をくり返したのだった。——しかも適当な間隔を見計らって、あくまでも私が呻吟苦闘しながら書き上げたという風にカモフラージュまでして)そのどちらもが私の作家的立場を不動のものにしたことは言うまでもないことだった。

十四

野口との結婚生活はわずか二年半で終わったが、過ぎ去ってみると、私にはまるで二十年もの長い年月をつれ添っていたような感覚が残った。さして広くもないマンションでの母との同居で、あまり新鮮な新婚生活とはいえなかったが、それでも私たちは満足だった。

母と同居することは、むしろ結婚前の野口から言いだしたことだった。当時ようやく六十代に達したばかりだった母は、外出こそ困難だったが、まだ十分一人で立ち居働きができ、日常の家事などは横着者の私などよりはよほど上手く何でもこなしたので、当然一人住まいをして私たちにマンションを明け渡そうと一人決めしていたのだが、この母の提案には野口自身が頑として頭を振らなかった。そんなことをするぐらいなら結婚しない方がましだとまで主張したので、私たちもようやくそれを受け入れざるを得なかった。

だが一人娘の幸せを願う反面、身近な自分自身の将来への不安にも直面した母は、さすがに嬉しそうだった。

　以前から気の合う二人だったが、これでますますその距離は縮まり、傍目にはまるで本当に血のつながった親子のように見えた。野口は幼い時から両親の愛情というものの記憶がなく、また母は母で男の子を育てた経験がなかったので、双方の感覚という面での違和感はむしろまったくなかった。お互いに下着同然の姿で部屋の間を行き来するのを何とも思わないらしく、見ているこちらがドギマギするぐらいだった。それでも母は二人に気を使って、可能な限り私たちが二人きりでいる時間をこしらえようとしたが、そんなものも不要だった。私たちは必要とあらばいつでも外出して外でイチャつく機会はいくらでも持てたからだ。

　だが、そうした気遣いやちょっとしたスリルを味わうのも、身体の不調を訴える野口の正式な病名が判明し、本格的な闘病生活に入るまでのわずかな一時期だった。野口の病は日に日に悪化し、医師の説明や顔色を読むまでもなく、私たちは早晩覚悟を決めざるを得なくなった。野口自身相貌は様変わりし、薬の副作用か病態によるものか、まるで地面の下に隠された牛蒡(ごぼう)をおもわせるような黒変とやつれの激しさに、私たちは「死」という概念以外のいかなる言葉も頭には浮かんでこなかったのだった。

　だが、晩年の野口は身体上のそうした衰えにもかかわらず、頭脳の冴えは相変わらずで、むしろ病を得てますますその働きに鋭敏さが加わり、私は驚くと同時に、嘆きの気持ちが一段と強くなって行くのだった。

「これは、もちろん改めて冷静に考えてみる必要がある」と、野口は言うのだった。

まるで「最後の一葉」の眺望にも似た、窓外の殺風景な灰色の壁に囲まれた病院の一室で、「根岸の床」のような重い夜具に包まれて、彼は言うのだった。

「いいかい、これから僕が言うことを、決してあだやおろそかに聞いちゃいけないぜ」

そう前置きして、彼は話しだした。

それはまだ大学病院に入院したばかりの頃で、私たちの意識の中にも、また周囲のどんな状況に照らしてみても、彼の死というものの匂いも影も感じることはできない時代だった。だが当時の野口自身がどうだったかというと、それははなはだおぼつかない。今になってふり返れば、彼はその入院した当座から、ある程度は自身の病態について達観していたようなふしがあり、それはある意味入院するはるか以前からの覚悟のようなものを引きずっていたというべきかも知れなかった。

現実に彼が語ったことを総合すれば、（おかしなことに、これらの言葉はそのいちいちを私がメモして書き残したものだ。野口同様、私にも何らかの覚悟や予感めいたものがあったためと思われるが、その構図はまるで言葉を発することも困難になった重病の老人に、口述筆記で遺言を書きとる態にも似て、はなはだ不適切ではあるが、それでも当時の私は真剣だった）彼の心配の種は、そのすべてが私自身の将来に関するものであり、それに尽きるといってもよかった。

だがそうしてみると、やはり野口は私たちの生活に於いて、将来的に彼の存在が失われた世界を想定していたわけで、そのことについてはもはや疑う余地はない。

「いろんな状況からみて……」

と、彼は切り出した。これは何か難しいことを話す時の、彼の口ぐせのようなものだったが、今回に限っていえば、その歯切れはいつものような明解さを失っていて、しかも次の句がなかなか出てこなかった。

「これはやはり、何といっても正常な状態じゃない。ということは――」

そこで再び彼は口をつぐんだ。上目遣いに細められた目があちこち病室中をさ迷い、それが容易に落ち着く先を得なかった。まばらな無精ひげの生えた口元が乾くのか、必要以上に唇をなめる。自分の意見を言う段に於いて、私はこの時ほど逡巡の色を浮かべた野口を見たのは、この時が初めてだった。

「――ということは？」

じれた私は先をうながしたが、心の中ではまったく別のことを考えていた。

（明日にでも、家から電気カミソリを持って来なくちゃ。でも、こんな六人もの患者が入院する大部屋で、そんなものを使うのは迷惑かしら。でもそれ以前に、ヒゲソリなんてどこにあったろうか。たとえあったとしても、私がそれを使って彼のヒゲを上手に剃ってあげることなんてできるかしら）

そこで、私は彼の身の回りのことにまるで無頓着だったことに、今さらのようにハタと気づいたのだった。

私たちが暮らしはじめたマンションは、幸いなことに経済的なゆとりを得てから買い替え移り住んだもので、母親同居といえども相当に広い間取りで、部屋数も多く、それぞれが好き勝手に一部屋を独占して使っていたが、私はかつて野口が書斎のように使っていたその部屋をよほどの用事がない限り訪れたことはなく、したがって、彼の持ち物がいったいどこにどのようにあるのかさえまったくわからないのだった。

「おかしなもので、世の中って、たいがいこういう風にできちゃってるんだよね。時間がある時は用事がないし、用事が多くて困る時には逆に時間がない。今回はまったく後者の方で、僕はつくづくそれを残念に思うよ」

私は彼がこう前置きした時、最初は何を言っているのかさっぱりわからなかった。

何を言っているのだろう、この人は。仮にもこうして入院生活を送っている以上、時間なんてそれこそ余るほどあるではないか。

だが、私はすぐに気づいた。野口が言う時間とは、そういう意味ではないのだ。彼が言う時間とは、これからいつまで私と暮らして行けるか知れぬ、はかない残りの人生のことを言っているのだった。

すなわち、彼の言葉を借りるなら、「ある意味、歴史的な一大汚点を残しかねない」これら一連の私の問題に関して、夫婦として一緒に対処して行ける、その残余の時間のことを言っているのだった。

そのことに気づくと、さすがの私も意気消沈せざるを得なかった。

ああ、本当に私は実に何ということに手を染めてしまったのだろうか。おろかにも、目先の仕事を糊塗するだけのために、あるいは、本来備わっていない才能を備わっているように見せかけるために、人々の期待を裏切らないために、そして、意味もない自尊心を満足させるだけのために、何ということをしでかしてきたのだろうか。そしてとどのつまりが、自分の犯してきた罪にさいなまれ、その未来に絶望しか見出せない状態に陥って、こうして平穏と安静を最優先されるべき重病人にすべての苦衷を打ちあけ、本来は鋭気を養わしてあげなければならない時期に果てしない心労を強いている。

ああ、私は何という女なのか。何とおろかで、罪深い人間であることか。

だが、野口の表情には私が心配していたほどの変化は現れなかった。さすがに一切合財を打ちあけた時には、あまりの事実の大きさとその異質さに驚きはかくさなかったが、一旦気持ちに整理がつき、全体を把握してしまうと、もう後は一切動じた気配は見せなかった。

「ひとつ、最初からゆっくりとやってみよう」

野口はそう言って、私にベッドの頭側のすぐ横に置いてある小さなタンスのような物入れから、ノートと鉛筆を取って来させた。

もちろん、これぐらいの作業は彼自身できないことはないのだが、その時はちょうどそちら側に点滴の管を通していて、身動きがおぼつかなかったのだ。ノートは何か営業用の日誌のようなもので、その余白部分に彼は日記ともメモともつかぬものをびっしりと書き連ねていた。

彼はそのプライベートの部分を隠すようにノートを裏返すと、最後尾の白紙のページを開け、その真ん中に「〇〇〇〇のしごと」と、私のペンネームを書いて、大きくそれをマルで囲んだ。そして左端の上部から順番に、私がこれまで世間に発表し、一応活字となって何らかの形で印刷された作品名を列挙して行った。そして本となって出版されたものは赤い四角で囲み、その中でも何らかの賞を受けたものは、その作品名の下や横に「△△賞受賞」と、四色のボールペンで色を変えて書き添えた。

そして、しばらくして書き終えた彼は、少し目から離して点検するようにながめた後、私にそっとそれを手渡して寄越した。

私はそれを見て、少なからず驚いた。そこに描かれていたものは、ある種の経済学の講義として、大学の黒板に書かれたものをそのまま写したもののようでもあり、また、「□□法」といった、私の知らない心理学の複雑な解析図表を表したもののようでもあった。

そして何より私の目を引いたのは、私がもうとっくにその存在すら忘れてしまっていた過去の短編や、出版社の依頼で書き送った旅行記のようなものもその作品群の中には含まれていて、これはもう驚くというよりも驚愕に価するといって良かった。しかもそれは細かな年月さえ書き込まれてはいなかったものの、ほぼ正しく発表年月順に並べられてあり、それはそれで驚くべきことだった。

私がそれを讃嘆の言葉とともに指摘すると、なぜか彼は抗ガン剤の副作用で血の気の失せた顔を一瞬赤らめて、

「バカだな、俺はこう見えても長年編集の仕事でメシを食ってきた男だぜ。それに、妻の仕事の内容を知らない男なんて、ロクな死に方はしない」と、笑いながら言った。

そんなものかと私は思ったが、なぜかその時は感心の反面、妙に心に引っかかるものが残った。

それはさておき、野口は点滴の管を腕に刺したままベッドを起こすと、さっそくそ

のノートに描いた図形をもとに検討を加えはじめた。図形はまったく見事というほど良くできていてわかり易かったが、それでも本人以外の手による欠陥や齟齬がいくつかあって、私は野口に問われるままにその空白を埋め、そして記憶の許す限り是正に努めた。それはある意味で刑事事件の尋問のための調書を取られているような感があったが、そうした経験のない私には結構面白くもあり、また新鮮でもあった。

その仕事は正確を期すために、何度か私が家へ帰って資料を調べたり、あるいは文英社その他の出版社に確認をとったりしたため意外と時間がかかり、完成を見たのは約半月後であったが、その頃にはかねてより希望していた個室に空きが出て、野口と私たちは最上階のナースセンターにほど近い病室へと移っていた。かねてより希望というのは多少語弊があって、もちろんそれは事実だったが、病状回復の思わしくない患者を個室に移して集中管理する、病院側の事情と必要性があったのもまた事実だった。

だがもちろん、野口と私たちにとっては有難いことには違いなかった。周囲が灰色のビルに囲まれた六人部屋では、どれほど公平に見ても重篤な患者が闘病生活を送るにはふさわしくなく、中には夜通し呻いたりわめいたりする患者もいて、安息と静養を要する野口にとっては決して良い環境とはいえなかったからだ。それでも野口は一言も不平めいた言葉を口に出さなかったが、さすがにゆったりと見晴らしの良い個室に移って来られたことはうれしかったに違いない。病態は依然として思わしくなかったが、無精ひげに囲まれた彼の口にもようやく白い歯が見えるようになった。

十五

　私たちがその作製された図をもとに検討したのは、（当初の私がそうであったように）やはり何といっても、作品の原稿を送り付けてきた男の正体であった。そして最終的に最も重要なことは、その男の意図するところが何処にあり、何を考え、何を望んでいるかであった。

　男の正体という点に関していえば、当初私が考えていた、「錯綜の庭」の主人公峯村（送られてきた原稿では高村）イコール作者という構図については、野口もまったく同感の意を表した。

「この小説の場合、その描かれている法律関係の知識の深さからいって、まずその方面の素人であることは考えられない」と、彼は言う。

「しかもそれは、卒業した大学の学部が法学部だったとか、法律関係の資格を目指して勉強していたとかのレベルじゃない」とまで断言するのだった。

　ここに描かれているのは、そうしたレベルの教養をいくら想像力で膨らませてみても到底およびもつかない、高度の専門的学問知識に基づいている。それはある意味大学院の細分化された研究課題にも匹敵するほどのものであって、小説の中で主人公とそのライバルが学会を舞台として対立する問題の核心は、専門家の間ですら議論の分かれるところで、未だに定説あるいは通説として定着するところまでは至っていない。

つまりは現在進行形で、一部の研究者の間でいま最もホットな論争を巻き起こしている問題なのだ。すなわち、定説にも通説にもまだなっていないものだから、当然教科書やテキストにも載っていない。ただ、そういった方面の意見の対立があるという記述がなされているだけで、初学者としては知りようがない。論争の双方の主人公にしてもまだ自著に表すまでには研究が煮詰まっておらず、ただ経過報告的に、「法律時報」なり「法律ジャーナル」なりの専門誌を舞台に意見を戦わせているだけなのだ。

「ということは、この作者が仮にその論争の双方の主人公のどちらでもないとすれば、おそらくその男はそのどちらかにごく近い位置に立つ者であるはずで、それはもう疑問を差し挟む余地のないところだと思う」

つまりは、この作者はある意味で、現在最も仲間内でホットな議論になりかかっている問題をあえてこの作品に取り上げ、そこであらためて自説を世に問おうとしたというのだ。そしてそれは作品中に巧妙にカムフラージュされていて、一般読者には決してわからない。ただ、その論争の相手やその周辺の人間には一目瞭然だ。

だが、もしそれが真実だとすると、それはフェアなやり方ではない。未だ斯界で白黒のつかない問題を、たとえ架空の世界の物語だとしても小説に表すということは、現在裁判で係争中の世間を揺るがす重大事件を、勝手に勝訴させたり敗訴させたりして一方的に結着をつけることと同じで、倫理的にも許されることではない。いくら創造の世界が好き勝手を許容するといっても、そこまで野放図であって良いわけはない。

そう野口は言うのだった。

「だが、そこが彼のずる賢いというか、頭の良いところだ――」

と、彼は続ける。

男は、おそらくは法律学者であろう。しかも高名であるかどうかは今はさておき、相当高度な知識を有し、最先端の学説をもその研究の守備範囲とするほどの〈碩学（せきがく）〉である。それはもう万に一つも間違いはない。だがそれと同時に、物心がついた頃から詩作や作文に興味を持ち、長年応募し続けた懸賞小説のことごとくに落選したとはいえ、七本もの長編小説を完成させるほどの物語作者としての素養も持っている。こうした部分社会の論争を、創造の世界に持ち込む愚にも疾うから気づいている。

だが彼は、ヘタをすれば己の身分や正体が露呈する危険を冒してまで、あえてその問題に言及せざるを得なかった。それは何故か。察するところ、この論争はおそらく男の側、あるいは男の属する側に不利な状況にあるに違いない。そして、おそらくは彼らの理論は本格的な論戦となる前に、大方の学界の主流からは遠ざけられる運命にあったに違いない。

こうした世界では、ある学説が一旦通説として定まってしまえば、その他の学説は「〇〇説」だとか「△△説」だとか個人的な意見として、あくまで参考として掲げられるだけで、主流となることはまずあり得ない。作者の男はその自説の運命を嘆き、悔しさのあまり、まったく別の世界で意趣返し的に展開を図ったものであろう。

「なるほどね」私はうなずいた。

ひとつ話を切っておかねば、滔々とまくし立てる野口の話がどこまで続くかわからない。肺の機能が衰えて、痰がからみ易くなっている彼は、話すという作業だけでも常人の何倍もの体力を消耗するからだ。

「でも、それだけではないという気もするんだけど……」

今度は私の番だった。久しぶりに議論らしきものになって興奮しかけた彼を、とにかく休ませねばならなかった。私は簡易テーブルから濃いお茶の入った吸い飲みを取って、野口に与えた。野口は二口、三口それを吸うと、すぐにいらないという風に首を振った。

　よく見れば、彼の顔はやせ細って昔の面影はなかった。顔の色もさっきのお茶ほどではないにしてもどす黒く沈殿し、薬の副作用とばかりは思えない艶のない肌をしていた。

　だがこうした変化は、こうして毎日彼の顔を身近に見ている私たちには気づきにくく、久しぶりに、あるいはたまさか昔の彼を知っている人たちが見れば、思わずあっと声を上げて驚くほどだったに違いない。そして、微細な変化に慣らされた私たちと違って、すぐにそう遠くない将来の予測にかられて、思わず息を飲み込んだに違いない。

「男がそういう立場の人間かも知れない、というあなたの意見はよくわかるわ。私もほとんどそれと同じことを考えていたんだもの。そして、彼が劣勢になりがちな自説をあの小説の中で展開して、そのうっ憤を晴らそうとした気持ちも理解できるわ。男の人って、多分にそういうところがありますものね。そんなに大したことじゃないのに変に意地になったり、ムキになったりして。俺の名誉がどうの、自尊心がどうのって」

「その典型が、俺だって言いたいんだろう」

　野口がこう茶々を入れるのを、私は首を振って制した。とにかく、今はこれ以上彼に語らせてはならなかった。肺の蠕動(ぜんどう)がゼイゼイ言っている以上、何はともあれ彼の口を休ませねばならなかった。

「そんなこと、言ってやしないわ。でもあの小説に関する限り、テーマはそれだけじゃないと思うの。いえ、本来のテーマからいえば、私はもっと別のところにあると思うわ」

野口はうなずいた。

いつしか彼は目を閉じており、自らの興奮を鎮めようとしているかに見えた。

「ねえ、大丈夫？　苦しい？」

野口は目を閉じたまま、かすかに首を振った。そして聞き取れぬぐらいの小さな声で、「続けて」と、言った。本来なら彼の体調を思って、私は話を止めるべきだったが、あえてその時は止めなかった。こうした重要な核心に迫る会話を交わす機会は、もはやあと何回も残されていないことにふと気づいたからだった。

「彼がこの小説を書こうとした、いえ書いた最も大きな要因は、やはり何といっても例の主人公が悩み続けた最大の問題だと思うの。そして、あえて極端な言い方をすれば、つきつめたところ、それに尽きると言ってもいいわ」

野口はうなずいた。

「私たちはこの小説の作者がどんな人物かって想像する時に、ついその身分だとか、属性だとかに目が行き勝ちだけど、それじゃあまりに不十分のような気がするの。そりゃあなたの言うように、そういったことがあったにしても、それはこの小説の中でもごく一部のことで、全体を被うテーマにはならない」

「つまりは、木を見るよりも先に森を見よってことだね」

「そんな単純なことじゃないわ」

　私は即座に否定して、すぐに後悔した。野口を休ませなくてはならないと思いながら、またしても議論になりそうな雲行きになりかけていたからだ。だが、そもそも最も休息と安寧を要する彼に、思い余って健常者が平穏な時に聞いても度肝を抜かれるような告解をしたのは、いったいどこの誰なのか。

「もしそうだとすると、この小説を理解するのはそう難しいことじゃないわ。この小説は一種の告白小説で、作者が若い、いえ、ひょっとして幼いころから背負ってきた、おぞましい負の記憶を一挙に吐き出したものといえるかも知れない。おそらく、彼はどこかの方面で成功した人物なのでしょう。それは先程あなたも指摘した通り。でも、そのことがすぐと短絡的に作中の世界と彼とを結びつけることにはならないと思うの。そりゃあなたの言う方向で検討して行けば、正しい答えに結びつくかも知れないわ。実際にそうして見て行くのが正当だと思わせるような記述がいくつもなされているし、逆にそう見て行かないと説明できない部分が少なからずある。

でも、それじゃ明治以降の日本の現代文学の上で、少しでも身辺の真実に近い記述があれば、それを即座に『私小説』だと言って切り捨てる視点とほとんど変わらないことになるわ。それではあまりにも短絡的過ぎるし、ものの本質を見誤ることになりそうな気がするの。いえ、ごめんなさいね、私は決してあなたに逆らうつもりはないのよ。それに、私にはそんな偉そうなことを言える資格はないわ。もとからが私が播いた種で、こうしてあなたにもとんだ迷惑をかけているんだから。

でも、そうであったにしても、私には何だか違うような気がするの。何て言ったらいいのかしらね。そう、うまくは言えないんだけど、やはり、それとこれとは違うような気がするのよ」

野口はじっと目を閉じて聞いていたが、やがて、うっすらとその目を開いた。そして何かを探すような視線を天井から私に移した。

あいにくと外は雨で風もきつかったが、完全自動の空調の効いている病室は暖かく、そして静かであった。開け放った廊下側の通路からかすかに糞便の匂いが漂って来るが、もはや慣れっこになっている私たちにはほとんど気にもならなかった。

「いちばん大事なことはね……」

野口はそう言うと、ふと口をつぐんだ。痩せこけた頬が少し膨らんで、私には何故だか彼が微笑んでいるように見えた。そう思うと、私は何だかうれしくなった。

「いちばん大事なことは？」

オウム返しに顔を近寄せる私には、もはや議論を封殺する気も失せていた。今はただ、このなつかしい人と、ひたすらなつかしいこの地上で、いつまでも話し続けたい気持ちでいっぱいだった。

「それは、何といっても君のことだ。おばかさんのね。何といってもそれがいちばん気にかかる」

「そう――」私はますます彼に顔を近づけた。

「おバカさんなのね、私って」

ほとんど接吻しそうな距離になった。ああ、昔は何度こうしてくっつくまでに顔を近寄せたり、離したりしたものだろう。だが思い返せば、それはさほど遠くない過去のことなのだ。そして私たちのつき合いなんて、本当にまだアッという間のわずかな時間の出来事に過ぎないのだ。しかも、それがまたアッという間に消え去ろうとしているのだ。

「ああ、おバカさんだ。おバカさんでなきゃ、とてもこんなことはできゃしないよ。でも、そこがまた君らしいところだ。僕は君からカミングアウトを受けた時からずっと思ってきたんだが、これはいかにもありそうなことだと、ある意味感心させられたよ。他の人には絶対に真似はできないってね」

「ねえ、それって肯定的な意味なの、それとも否定的な意味で？」

どっちでもないさ、と言って野口は少し頭を枕からずらした。それで、ようやく私もいく分か顔を遠ざけた。

「軽べつしてる？」

野口がまた目でお茶を欲しがったので、私は吸い飲みを取って二口、三口彼に与えた。

「前から思ってたんだけど、君って本当に返答しづらい質問の得意な人だね」

「あら、そうかしら。だったら、答えなきゃいいでしょうに」

「答えなきゃ怒るじゃないか。でもいいか、まあいいや。それよりこんな箴言っていうか、言葉を知ってる？　つまり、ここからは少し真面目な話になるんだけど。どこだか国の名は忘れたんだけど、西欧に『流れは、決して泉よりは高くはならない』って言葉があるんだ」

もちろん、私は知らないと答えた。たいていの場合がそうであるように、野口の博学と知識の広さには私はその足許にもおよばなかった。

「つまりは、何がしかの原因があってある物事が始まったとしても、その行きつく先、つまり、その結果は決してその原因を上回ることにはならないってこと。要するに、ある原因から生ずる結果は、その起因する原因にすべて規定されてしまうってことなんだ」

「あら、そんなことはないと思うわ」

　私はまたしても、即座に反論してしまった。

「ある原因があったとしても、それが時間の経過とともに、いえ、言葉を換えるなら、その扱いの仕方によっては、その原因をはるかに上回る結果が生ずるってことがないとも限らないわ。――例えば、うーん、うまい例が浮かばないけど――そう、例えばある子供が誰か近所のおばさんの紹介でソロバンを始めたとする。最初はそれこそロクに玉もはじけなかったその子が、ふたケタの足し算ができるようになり、引き算ができるようになり、やがては掛け算、割り算はいうにおろか見取り算にまで進み、最終的には何ケタもの暗算までこなすようになって、単独でソロバン塾まで開けるようになる。ねえ、これがその原因を上回る結果ってことにはならない？」

　野口がまたいく分か頬を膨らませた。この度は、その目までもが明らかに笑っていた。

「それは原因なんてものじゃない。あくまでも一種のキッカケだろ。僕が言ってるのはそんな単純なことじゃない。これは、ある意味でなぐさめみたいなものなんだ」

「なぐさめ？」

「そう。例えばある重大な、あるいは悲惨な結果が生じたとしよう。その結果に人は打ちのめされ、押しつぶされそうになって、ほとんど立ち上がれそうにもないほど落ち込んでも、そこには何かその結果を生じさせる原因がきっとあって、それを突きつめて行けば必ずその解法も見つかるって話なんだ。

つまりは、その結果を生じた裏には必ずそれを生じさせた要因があって、その総元締めみたいなものが原因というわけだ。その要因、いや原因はその人の心の内面にあるかも知れない。あるいはその行動にあるかも知れない。いやもっと遡ればその人の価値観、あるいは性格、もっとたどればその人の生き様そのものにあるかも知れない」

「つまりは、いずれにしても最後はすべては人間という言葉にかかってくるのね」

「そうだ」野口は満足げにうなずいた。

「これだけ高度に文明が発達してくると、ほとんどの事象を人間が制御できるようになる。気候変動も、自然の災害も、ひょっとすると天体の運行までも左右するほどになるかも知れない。だが、それは決して機械や器材が行うことじゃない。そこには必ず人間の知恵や頭脳が働いているはずなんだ。だとすると、すべての物事の原因は一に人間にかかってくることになる。

人間が考え、人が望むことによって、あらゆる事象が喚起される。それは決して神じゃない、仏でもない、イエス・キリストでもアラーの神でもない、すべてはこの小っぽけな、わずか二メートルにも足りないホモ・サピエンスが原因なんだ。人が原因となって成したことは、その原因となった人にしかその運命は決められないってことだ。『流れは、泉よりは高くはならない』ってのは、実はそういうことをいうんだ」

「よくわからないわ、私には。むずかし過ぎて」

「よくわかろうと、しないからさ」

野口は少しムッとした口調で、口をとがらせた。

「今回の君に生じた問題にだって、それはまったくうまく当てはまる。つまりふり返ってみれば、君が今抱えてこうして悩んでいる問題だって、元を正せば君の成功願望がその出発点だ。そして、それがここでいう『泉』にあたる。その結果として流れが生じ、君の作品は映画となり、海外に翻訳され、各種の賞を取り、そして今や中学生でさえ知らぬ者もないほどの有名人になった。

だが、その一見成功したかに見える結果は、決してその源流である『泉』を超えることはない。流れはいつか消えてしまう。たとえ流れ自体が大きくなって大河や湖となっても、その『泉』を被ってしまうなんてことは絶対にあり得ない。『泉』はいつまでも元の高みにあって、流れが大きくなるとそれにつれてそれを上回る高さに上昇し、流れが澱んで池や干潟になろうとしたら、『泉』はその真ん中に屹立する。

すなわち、どれだけ頑張ってみても、流れは『泉』を凌駕することはできない。逆方向に向かう反作用的なことは絶対に起きないんだ」

「つまり、それを私の場合にあてはめると、『泉』が男の成した仕事であって、それから以降私の成した仕事、つまり、『流れ』はどうあがいてみてもその『泉』には勝てないってことなのね」

「勝ち負けの問題じゃないさ」

そう言って、野口は急に咳き込んだ。いままで耳にしたことのない苦しそうな咳で、私はあわてて彼の背後に回って背骨の浮き出た背をなでた。

「ねえ、もう止めましょう。身体に良くないわ」

時計を見ると、もう五時を回っていた。もうじき夕食の時間で、私は家へ帰らねばならなかった。食事は誤嚥を恐れてか、固形物の少ないいかにも病人食じみたものだったが、野口はそれを食べる姿を人に見られることを嫌った。ましてや家人に介助を受けて食べさせられることを断然嫌がった。たとえ、それが妻という存在によってもだ。

私もそういう仕事は好まなかった。好みの問題ではなかったが、もとから不器用で、気の利かない私には不向きな仕事だった。そうした私の性格を知っていた野口は、排泄という重大な問題も含めて、私の世話を受けることを好まなかった。身体が動く限り何でも自分でやろうとし、それもかなわない時には、私がいる時でも平気でナースや介護人を呼んで、私にやらせようとはしなかった。

　私は私でそれに異を唱えるでもなく、家族であり妻でありながら、私はまるでたまたま見舞いにきた親戚のような顔をしていた。そうした時に、いかにも家族らしさを発揮して何くれと介護にいそしむのは、私の生来の天の邪鬼が許さなかった。

　私はそういった意味では悪い嫁だった。だが、良い悪いなどという判断は、もはや私が生きて行く段においては何の価値基準にもならなかった。そういった観点からすると、世間を欺き通した私などは、まったくあきれるほどその立場に正当性はなかった。

「残念なことに、僕らにはもうあまり時間が残っていない」

　また来るといって立ち上がりかけた私に、野口はそうポツリと言った。

「本来なら、何とかかんとかやって解決しちゃうんだけど、今回ばかりはそううまく行きそうにない」

「大丈夫よ、心配しないで」私は立ち止まって答えた。

「何とかやってみるわ、私一人でも。こう見えても、『戦後十指』と評されたほどの女よ。何とかなるわ」

「ありがとう」と、野口は言った。

「遠慮なく、縁起でもないことを言ってくれて」

十六

それから以降も、私たちは機会ある毎にこの問題について話し合った。野口が言うように、私たちに残されている時間は限られていた。そして、彼はそのことをとても残念がった。

野口の性格からして、この問題は何にも増して興味を抱いたに違いなく、その行く末に彼自身がどれほど関ることができるかわからぬことが、何といっても心残りな様子だった。

「カミングアウトなんて、とんでもない」と、まず彼は言うのだった。

「だって、考えてもみろよ。今ここで君がすべてを清算するつもりで正直に話したとして、いったい何の役に立つというんだ。誰が喜ぶというんだ。おそらく誰も喜びはしないよ。ほとんどの人が迷惑をこうむるだけで、戸惑いと混乱を引き起こすだけで、何も生産的なことにはなりゃしない。いや、それぐらいだったらいいが、とてもそんなものでは済まないだろう。

以前――これは前に君にも話したと思うが――有名な考古学者の歴史的発見がまったくの虚構だったという事実が判明して、世はあげて上を下への大騒ぎとなったことがあった。そして、その影響ははかり知れないものだった。教科書や参考書は書き換えなくちゃいけないし、年表は新たに作り直さなきゃならない。それよりも何よりも、その重大発見によって以降の学説が成り立ってきたわけだから、それを前提とした考古学、あるいは歴史学というそのもの自体を、根底から考え直さなければならなかった。

今回、君が深い考えもなしにカミングアウトなんかすると、これに匹敵する騒動が起きかねない。スキャンダルなんて生易しいもんじゃない。君が為した行為はすでにもう日本の文学の、いや文化の一部として定着しているし、芸術的な評価ももう動かし得ない。海外でのこともあるし、一に君の個人的な問題、あるいはその周辺の問題としてとらえるなんてことはできない」

「ちょっと、待って」とその時、私は思わず彼の言を制した。

「いま、何ておっしゃった？　深い考えもなしにですって？　私が、深い考えもなしに今回行動を起こそうと思ってるなんて、あなたはおっしゃるわけ？」

おっと、これは失言だったと、その時野口は素直にあやまった。

「だが、そういちいち力むなよ。僕にはもうそんな、君の揚げ足とりにいちいちつき合っている暇はないんだから」

　こんな具合で、私たちの議論は一向にうまく噛み合わなかったが、私にはよく彼の言うことがわかったし、彼の心配も理解できた。

　野口は何といっても、彼が亡きあと私の将来がどうなるかが不安であり、その動向が一に気になるのであった。それは、障害を抱えた子供を残して先立つ親のなげきにも似て、切実な問題であった。しかも、その先行きは誰よりも明晰な頭脳を持ち、その判断の現実家ぶりをうたわれた彼にしても、容易に予測や判断のつかないものであった。

「つくづく君は、とんでもないことに手を染めてしまったもんだね」

　議論や考えが行き詰まると、彼は時折そう言っては深いため息をついた。そして、その苦衷ぶりを目近にすると、それまで勢い良く議論を吹っかけていた私も、とたんに意気消沈してしまうのだった。

　言われるまでもなく、それは何十回、何百回と私が私自身に発した質問と嘆きに外ならなかった。

（本当に、私は何てことをしでかしてしまったのかしら）と。

「こうなれば、残された手は一つ」

　と、それでも私は、野口がいつかこう言って、したり顔の笑顔を向けるのを待っていた。だが、その言葉は容易に野口の口からは発せられなかった。それは、ほとんど解決の糸口さえつかめないような問題でも何食わぬ顔で挑戦し、そしてそのまま何となく、いつの間にか解法を得て戻ってくる、いつもの野口にしては珍しいことだった。

裏を返せば、今回私が抱えたこの問題は、ある噂によればほとんど一人で傾きかけた文英社の月刊誌事業を立ち返らせたほど才覚に満ち、また度胸も据わった野口にとっても手に余るほどの問題なのであった。

そして、ついに私たちはその解法を得ることなく、野口の死を迎えねばならなかったのである。

それは六月に入って間もない頃で、いつの間にか梅雨前線が形成されて、一部の南の地方に梅雨入り宣言が発表され、それがいつこの地方に到達してもおかしくないほどじめじめと蒸し暑い日だった。

夜の八時を少し回った頃病院から電話があって、とりあえずお越し願いたいと言う。それまでも何度か夜の電話がある度にいちいち胆を冷やしかけては、無関係の電話と知って、安堵に胸をなで下ろすといった対応をくり返してきた私たちだったが、さすがにその時はいやな予感が先行した。女性事務員のことさら冷静で落ち着き払った口調に、かえって事の重大さを感じ取ったのだった。

あわてて母を急かしてタクシーで駆けつけると、野口はすでに息を引き取ったあとだった。病室にはぽつねんと一人看護師が立っており、今主治医の先生に連絡をとったから、もうすぐ来るはずだと言う。聞けば、当直明けで午後から自宅に戻っているのだと言う。しばらくすると、いかにも臨時の交代要員といった若いインターンがやって来て、突然の容体の変化でほとんど手の施し様がなかったのだと、額に汗を浮かべてさかんに弁解がましいことを言った。

私たちは、何も文句を言わなかった。このインターンを責めてみたところで、今さら野口が生き返るわけでもなかったし、いずれこうした時が来るのはもはやだいぶ以前から覚悟していたことだからだ。ただ、それがいく分前倒しとなって、突然やって来ただけのことだった。

それから何日間かの喧騒とあわただしさは、親しい肉親を亡くした人なら誰でもが経験することでそう珍しいことでもなく、私たちもご多分にもれずその渦中に巻き込まれて野口の死を悲しんでいる暇などなかったが、それが過ぎてようやく落ち着きを取り戻すと、私たちを襲った喪失感と寂しさは尋常ではなく、私などは文字通りしばらくの間は寝込んで立ち上がれなかった。

それは、まったく思いもかけぬほど多くの各方面の著名人が参列するといった、華やかで大規模な葬儀の反動でももちろんあったが、何といっても最期の死に際に側に居てあげることができず、たった一人で彼を旅立たせてしまったという断腸の思いが大きかったことは否めない。

思えば、野口とはどんな夫婦が味わったこともないほど濃密な関係を築いたつもりだったが、（もちろん、それはフィジカルな部分だけではない）こうしていざ離れてしまうと、その濃密な記憶がそれほど多く残っていないことに気づかされて驚く。もちろんそれは、ついに二人の間に子を成し得なかったことと無縁ではないが、決してそれだけではなかった。その出会いから、最期となった死の床でむざと一人で行かせてしまったという結果の記憶まで、その濃淡には一種の差があって、時によると果して私たちが一緒に暮らした実質などあったか知らんと、疑いの気持ちすら湧き起こってくることがあるのだ。それは二人のつき合いというか、交流というか、その始まりの部分がまるで鮮明ではなく、どう思い返してもそのキッカケらしいものが見当たらなかったのも、その一因となっていることは間違いなかった。

人によると、出会った瞬間にあとあとの将来を暗示するような気に打たれて、しばし呆然と立ち尽くしたというようなことを聞いたりすることがあるが、少なくとも私にはそんな記憶はなかった。ただ何となく気づけば、マンションのダイニングテーブルの私の隣に彼が座を占めていて、そして一緒に談笑しながら母の手料理を食べていたのであった。

したがって、結納や挙式なども一切行われず、私は家に届いた納税通知書などの公的な書類によって、はじめて法律上夫婦になったという実態に気づかされたのだった。

そうしたあやふやな二人の記憶の中で、唯一印象的だったのは私たちが初めて接吻を交わした時のことで、この夜、もうほとんど恒例となった自宅のマンションで二人で談笑していた時、野口が急に改まった口調で、私が口から吐き出す煙草の煙を指して、

「ねえ、一度その煙を僕のと交換しませんか」

と、言ったのだった。

私は、ええいいわよと言って、テーブルの上にあった私の吸っていた煙草の箱を彼の方へ押しやって、すぐに気づいた。煙を交換するというのは、お互いの煙草を交換するというのではなく、その吐き出す紫煙を交換し合うという意味だった。そしてそれが交流、交接される場は、もちろんある一定の狭い一点に限られていた。

そうした記憶はさすがになつかしく、思い出すたびに私に新たな感傷を湧き起こさせたが、それ以外の日常的な記憶は日を増すごとに薄れて行って、いつしか私の脳裡に浮かぶのも稀になっていたのであった。

十七

そうした思いもあってか、私は葬儀から何カ月も経ったある日、ふと思いついたようにいまでは空き室となった彼の部屋を訪れた。

その部屋は六畳ほどの狭い洋室で、彼が亡くなって以来よほどのことがない限り出入りする者もなく、時折母が空気の入れ換えをするために窓を開け閉めする以外は掃除もやらで、そのまま手つかずの状態で放置されていた。

部屋はカーテンが閉め切ってあって薄暗く、煙草の匂いに何かが混ざり合ったような独特の香が漂っていた。その香は私にとってはことさら思い出深いもので、時折野口が何かの折にふと発する体臭そのものだった。

家具らしき物といえば窓のすぐ下に木製のベッドがあり、そのすぐ横に両サイドに引き出しのついた机と、部屋の中央にでんと据えられた大きなナラ材の丸テーブルぐらいなもので、本棚と呼ばれるようなものはなかった。というのも、一部屋を丸々図書室にしたような六畳の部屋が別にあり、ここに並べられた本棚に私たち二人の蔵書はことごとく収納せられていたからだった。洋服やその他の衣類はクロゼットに収められていて、一言でいえばよく片づけられた部屋、悪くいえば少し殺風景なほど味気ない部屋だった。

　私の部屋などは常にどこから手をつけたら良いかわからぬほどの乱雑ぶりで、外出する度にあちこちかき回し、引っ張り出し、そして次の外出までそのままの形状で保たれているのが常だった。

「何も書くテーマに困ることはないさ。君の次作のテーマは、『片づけたくても片づけられない女』で、しかもそれは延々と続くシリーズ物だ」

などと冗談とも本気ともつかぬことを、野口は言っては笑ったものだった。

だが、こうして改めて見回してみると、そこここに野口が長年愛用していたジッポのライターだの、今ではめったにお目にかかれない黒い旧式のペリカンの万年筆だのが置いてあって、そのなつかしさ、思い出の深さは一通りではない。その中には二人で旅行に行った土地で購った品物や、私がかつて何かのお祝いで彼にプレゼントした物まで混じっていて、私はしばらくその場を動けなかった。

　それらの品々はかつて私と野口が手を触れ、その土地土地の思い出に彩られ、そしてその時々の人々の思いや優しさが込められていた。だが、主のいなくなったこの部屋を含め、それら数多くの品々もやがてはどこかに移され、分散され、あるものは保存され、そしてあるものは打ち捨てられて、自然と落ち着く先が決まってしまうのだ。

私はその時、ふと何かの事件や事故で思いもよらず我が子を失くしてしまった両親が、何年か経った現在もいまだその子の思い出の漂う部屋や品々の処分や片づけをためらって、生前の状態のまま放置してあるというテレビの報道に接したことがあったことを思い出した。しかも場合によっては、いまだに突如「ただいま」と言って元気に帰宅した場合に備えて、その亡き子の分まで食事を用意して待っているのだという。

「何と、バカなことを……」と、当時頭をかすめた私は呪われるべきである。

当然あり得ないことに今さらのように気づいて、涙をこらえてその用意して並べた食事を片づける両親の気持ちこそ、この世で唯一絶対無二のものであるはずであった。どれほど高名な哲学者や宗教家が口を酸っぱくして説いても、その足許にも及ばぬ崇高な魂の発露であるはずなのであった。おろかにもあさましいことに、私はそうした事象や心理を扱うべき作家という立場にありながら、はじめてその時そのことに気づいたのであった。

私は片づけるでもなく、整理するでもなく、それらの品々をなつかしく手にとっては元あった位置へと戻して行ったが、一通りそれが済むと、やがていまだに他人の手が入るのを禁ずるように、何層にもジャケットやコートやシャツが垂れ下がったクロゼットへとその目を移した。それらの衣類は何年何カ月か前には確実に野口が袖を通し、足を通したものであるはずで、その存在感はまた小物類とは違った濃密さを漂わせていた。

そして、私は一通りそれらのなつかしい思い出に酔いながら、ふとクロゼットの奥の片隅に、一つの大きなダンボール箱が置かれているのに気づいた。それはちょうどミカン箱ぐらいの大きさで、閉じた上部は幅広の透明のテープで厳重に封印がしてあり、ご丁寧にも四隅の角という角にも同じくそのテープで密閉してあった。そして一見して中がギッシリと詰まっているらしく、その密閉した上部はかすかな膨らみをもっていた。

それは実際、私の細腕には余るほどの重量で、垂れさがる重い衣類を押しのけながらクロゼットから引き出すには、私は全身の力を使って床を滑らせなければならなかった。

部屋の中央まで引き出して改めてながめると、ダンボールは一部が変色し、相当年季の入ったものだということがわかった。箱はかつて洗剤か何かが入っていたらしい業務用のしっかりしたもので、隅には聞いたこともない化粧品のメーカー名が印刷してあった。

　その時、ふと私の頭は、野口の実家がその昔どこかで薬局を営んでいたと聞いたことがあるのを思い浮かべていた。とすれば、これはかつて実家が家業を営んでいた時代、つまりは野口が少年時代を過ごした頃の何かが詰まっていると推測するのが自然だった。


　私は、しばらくそのダンボール箱を前に思案した。

　もしそうであるとするならば、これは野口が私たちの処へ引っ越してくる前からの所有物で、しかもそれは彼が社会へ出てから一人暮らしをはじめて今日に至るまで、ずっと身辺離さず持ち続けていたものだということができる。つまり、彼が実家を離れてから幾度下宿やアパートを移り住んだかは知らぬが、その都度彼はこの身に余る荷物とともに転居し、移動してきたというわけだった。だとすれば、この中身はそれら野口の有象無象の思い出とともに、ついに結婚して新たに生活を一変させる段においてもついに捨て去ることのできなかった、彼にとってはそれこそかけがえのない貴重なものだということになる。

　いったい、それは何だろう。あの整理好きで、片づけのためならこちらがハッとするほど思い切って物を捨てることのできた、物的執着心のまったくといってよいほどない野口が、透明のセロテープがその下地と同化して変色するぐらいの、古いダンボールの荷物を何年もの間持ち続けていたとは。

ついに私は、長い逡巡の後、箱を開けてみることにした。野口亡きいま、その所有物はことごとく私に処分の権利があるはずであり、私は何といっても彼の妻、いや妻であった者なのだ。それは、小むずかしい法律の支配する範疇外のものであって、何よりも私は彼の正当な、しかも唯一の相続人なのだ。

十八

中身は思っていた通り、野口の少年時代を証明する数々の思い出の品だった。

そこには小学校、中学校時代の通知表、高校時代の成績表が、ただの一つの学期、学年もらすことなく収められていた。複数の校名があるのは何度か転校があった証拠で、小学校時代に二度、中学時代に一度それはあったことを物語っていた。その他には卒業文集、アルバム、幾枚かの図画、墨の跡が引きつれてゴワゴワになった習字の半紙類、計算ドリル、漢字練習帳、校内球技大会の表彰状、各種賞状、そして変色した年賀状や手紙、夏休みの友、絵日記、住所録などなど。

私はそれらの品々を引っ張り出しては、その分野ごとにまとめて並べて行ったが、いつしか興味にかられて詳しく読んだり見たりするうち、時の経つのを忘れてしまっていた。野口とほとんど年の違わぬ同年代の私が過ごした子供時代は、そこに描かれたり記録されたりしている背景や風景がほとんど重なり合っていて、そのなつかしさは思わず涙ぐんでしまうほどだった。それは戦後という一時代を脱した日本が、その負の遺産を清算し、無一文のどん底生活からようやく経済的な復興を果たして、様々な分野で自信を取り戻しはじめた頃のことで、その光明の一端が、生活水準の平均化を地方にも及ぼしはじめた背景に如実に表れていた。

　生活は豊かになり、家庭には電化製品が普及しはじめ、経済だけに止まらずすべてが右肩上がりの時代だった。働けば働いた分だけ収入が増え、今日の消費が明日にはそれに倍する貯蓄となって手元に残った。

　そんな時代だった。私たちが幼少期を過ごした時代は。だから、こうして野口の思い出の数々を見ても、暗さや将来に対する不安などどこを探しても見当たらない。図画や習字などの作品を見ても、文章を読んでも、それぞれの主張には清新の気に溢れ、希望に満ちている。スポーツ選手になりたいとも、社長になりたいとも、大金持ちになりたいとも、強く願えばある程度はそれがかなえられた時代で、そこには何ら反語的な疑問もシニカルな否定もなかった。

　そうした中で、私が特に注目し関心を寄せたのが、野口の作文のうまさだった。

　小学校四年時の文集「あけぼの」に、『濁流』という題の作文が野口秀一の名で載っていた。それは原稿用紙約四枚程度の短いものであったが、五年生や六年生など上級生を差し置いて巻頭に飾られたもので、今ではめったなことでお目にかかれぬ、わら半紙にガリ版刷りで印刷してあった。

作文の中味は、ある地方から転校してきたばかりの野口が都会の大きな学校に馴染めず、孤独な日々を送っていたが、ある日、下校途中に道端に捨てられていた仔犬を拾って帰り、その仔犬の成長とともに徐々に転校生の孤独が癒されて行くという事実を描いたものだったが、残念なことに、たまたまその秋に襲った大型台風で増水した川に仔犬が流され、必死で家人と追いかけたにもかかわらず、ついにはその濁流にのまれて姿を消してしまうといった内容だった。

これだけなら何ということない、ただの悲しい思い出を作文に綴っただけのものといえるが、何といっても私を驚かせたのは、この短い文章の中に編み込まれた見事な表現力であった。もちろん小学四年生の手に成るものだから、その語彙の乏しさと拙さは覆うべくもない。だがその話の進めようと、的確な感情表現はまさに巧妙という他はない。

特に仔犬が濁流の中を流されて行くシーンが圧巻で、その悲劇には思わず読者の涙を誘うが、あろうことか最後には何日か経って、また先の仔犬に酷似した仔犬がどこからともなく現れて、再び生活に光明が差し込むと同時に、読者にも一抹の安心感をも与えたのであった。この最後の二、三行で読む側の暗い心は一掃され、どことなく救われたような気持ちになる。つまりは、悲劇をそのまま悲劇に終わらせぬ気遣いがなされているわけであった。

　特に私の目と関心を引きつけたのは、そうした物語作者的な心遣いもさることながら、その『濁流』という題そのものであった。これは小学四年生の男の子がその作文に冠する題ではない。普通ならば当然『〇〇（仔犬の名）の思い出』だとか、『川に流された〇〇』だとかすべきところを、あえて客観的、包括的、あるいは象徴的な意味をもたせて『濁流』としているのである。すなわち、当時の野口はこの文章をいわゆる単なる作文とはとらえておらず、あくまで一個の物語、もしくは創作として考えていた節があると断ずれば、人は笑うであろうか。

　だが、私がこの短い文章から受けた印象は、決して生半可なものではない。それは少なくとも文章を書くことを生業とする者なら、おそらくは気づくに違いない。すなわち、この作文はある程度の事実を下地にはしながら、明らかな創作なのだ。そして、創作である以上、文章が読者に与える反応も十分に予測し、承知しているのだ。

　一言でいえば、これは子供らしくない所業である。少なくとも無邪気な、ワンパク盛りの小学四年生が為し得る業ではない。ちなみに、この掲載文の基となった本来の原稿がこの梱包の中にも収められていて、その最後のページに付された担任教師の朱書きの評価には、その作文に五重丸はくれながらも、「よく書けました。でも、いくつか創ったようなところが見うけられます。本当にあったことを正しく書くことに努力しましょう」と、その創作性を看破しているのだった。実際に日常での学校生活や暮らしぶりを知る教師としては、そうした矛盾には最も気づき易い立場にいたはずで、彼（あるいは彼女？）の冷静な判断は貴重である。

だが、この作文は文集の巻頭を飾るだけにはとどまらず、当時その評価は予想以上に高かったようで、およそ半年後には地元新聞社が主催する作文コンクールで見事全学年を通じた第二位を獲得している。つまりは、野口が五年生に上がってからの受賞ということになるわけだが、驚くべきは、その年月を経てすでにセピア色に変色した新聞の掲載作だ。

ここでは、あわれ台風の犠牲となった仔犬は、下流でたまたま増水の監視に回っていた市の職員に救助せられたことになっており、つまりは、後日生まれかわりのようにどこからともなく現れたよく似た仔犬の登場もない。すべてが美談とハッピーエンドに終わっているのだ。

これはいったいどうしたことだろう、と私は自身の目を疑わざるを得なかった。いったいこの変化は何なのだろう。一種の書き直しであり、いやもっと悪い言葉でいえば、「書き換え」がなされたといっても過言ではない。

いかに子供の作文とはいえ、この様なことが許されるのだろうか。というよりも、最終的に賞を与えその紙上に掲載した新聞社に罪はないとしても、当の学級担任や学校側は何も関与していないのだろうか。いや、そんなはずはあるまい。こうしたケースではその手続きにおいては必ず学校なり教育委員会なりを経過するはずで、もしそこに何らかの変節や誤謬があれば、それら関係者が気づかぬはずはない。

だとすれば、これらの書き直し、書き換えは彼らの承知の上でのこと、いやもっと穿った見方をすれば、この過程のどこかに彼らの意志が働いたと見るのが自然だった。

でも、なぜ？　当然の疑問だが、答えは簡単である。つまり、学校関係者はこの野口の作文を秀逸と認めながら、そのテーマの暗さが気になり、それが小学四年生の書く作文としてはふさわしくないと判断したのだろう。そして、最後につけ足しのように現れるハッピーエンドにそうした彼らの教育的配慮がなされたに違いない。だがもしそうだとすると、それは明らかに行き過ぎであり、逆の意味で反教育的措置といわざるを得ないであろう。そして、それらの配慮が周辺にもたらす影響は、決して小さくはなかったはずである。

その一番の被害者は、もちろん野口である。まだ年相応の思慮しか持たぬ野口少年は、何気なく書いた作文をまるで人質にとられたような格好で、思わぬ名誉や外聞を背負わされ、意にそわぬ書き直しを命じられ、そして一時この小さな部分社会の中で、少なからずほんろうされ揺さぶられたに違いなかった。

だが、よくよく考えてみると、この事件は私が想像をたくましくするほど複雑なものではないのかも知れない。つまりは野口少年自身がある時点で、自身の記憶違いを理由に、自ら書き直しを申し出たとしたらどうだろう。意外にこれはあり得そうなことである。そして、これなら教育的配慮などという鹿爪らしいものを振りかざすまでもなく、事なかれ主義の横溢する教育現場としては受け入れ易かったに違いない。

いずれにせよ、私の耳目を驚かせたのは、かつてそうした少なからぬ困難と苦渋を野口が経験したという事実であり、またそうした経験が成長して大人になって行く彼の原体験として、おそらく何らかの形で蓄積され、影響を与えたに違いない（性格を形づくったとまでは言い切れぬが）という厳然たる事実であった。

考えてみれば、これは大人になった野口が出版社という過酷な現場に職を得て、今度は逆に編集者の一員として様々な場面で原作者に書き直しや書き換えを命ずる立場になったことを思えば、私には単なるアイロニーとして済まされぬような気がしてならなかった。そこに特別深い意味を見出すのは、勘ぐりが過ぎるとのそしりを受けるかも知れなかったが、なぜかその印象は私をとらえて離さなかったのである。

十九

そうした視点に拘泥されたわけでもなかろうが、区分けして並べた図画の類の中に、野口が自分自身を描いたと思われる自画像のようなものが一点混じっているのを私は発見したが、これなどその印象という点からいうと、相当にインパクトを与えるものだった。

年代からすれば先の作文を書いた時の年齢に近い、おそらくは小学四、五年生あたりのものかと思われるが、全面をあざやかな緑で塗りつぶした空間を背景に、大きく口を開けて笑っている一人の少年が描かれている。

少年は服を着ていない。つまり、この絵で見る限り上半身は裸なのだ。それだけでも異様なのだが、もっと特徴的なのはその大きく開いた口元から覗く歯で、これには私でなくとも思わずギョッとさせられるに違いない。それらはことごとくが欠けたり変形したりと、まともな歯というものが一つもない。三角形や台形やひし形と様々に変形したこれらの歯は、茶色や黒でその先端がふち取られ、いわゆる虫歯の標本を並べたような格好になっているのだ。この異様さには顔をしかめたくなるというよりも、思わずそむけたくなる。一言でいえば、悪趣味の極みとも言えるものなのだ。

普通、この年代の子供ならこうした細部にはまったく無頓着が普通で、歯並びを描くにしても、いわゆるマンガチックそのものに横一本の線で済ませてしまうところだが、この絵はそうではない。あくまでその虫歯の口元を強調するかのように、実に細かいところまで描き込んである。

（何だろう、これは）私は思わず首を傾げざるを得なかった。

当時の彼は、この絵にあるように虫歯のオンパレードのような状態だったのだろうか。もちろん乳歯から永久歯への生え替りで、一時的にこれに近い状態があったとしても、これは少し異常である。私は、初めて出会った野口が、真っ白なきれいに生え揃った歯でにっこり笑いかけた記憶を呼びさましながら、もう一度首を傾げざるを得なかった。

さらに注目に値するのがその顔を画する輪郭線で、これは黒を基調とした濃い絵の具を何度も塗り重ねたためだと思われるが、一見してそれは頬髭とアゴ髭を両方同時に生やした顔としか見えず、これはこれで何とも異様な印象を見る者に与える。無雑作に描き下ろした頬からアゴにかけての線が、まるで海賊の黒ヒゲのようにしか見えないのだ。

（小学生が黒ヒゲ？）

私はその滑稽さに吹き出すよりも前に、そこに何か隠された意味があるのだろうかと、考えさせられてしまうのだった。

背景の濃い緑は黒板である。右隅に白い線で日にちと曜日が書き込まれ、その下に日番―本山、週番―野口とあるのですぐにそれとわかる。そして、その下に〈身体検査〉と書いてある。これで一部の疑問は氷解した。すなわちこの絵は、当日学校で身体検査か身体測定が行われ、そうした背景をもとに描かれた自画像なのだ。であるから野口少年が上半身裸で、しかも同時に行われた歯科検診のために大口を開いていても何の不思議もない。

だが、その事実判明がこの自画像の理不尽さをある程度は緩和する手だてとなるにしても、この絵のもつ不気味さ、異様さを払拭することにはならない。この絵は、そうした背景説明をもってしても説得できない、何か不思議な情緒をかもし出しているのだ。

それは何か。

私にはうまく説明できないが、それはかつて屈託のなさの代名詞であったような野口が、私たちには一度も見せたことのない、別の側面であると言わざるを得なかった。そしてこの絵の下端には、確認するまでもなく「銀賞」という紙が貼ってあって、先の作文と同じように何らかのコンクールに出品され、そしてどこかに掲示されたことを物語っているのだった。

こうしてみると、先の作文といい、今回の自画像といい、この時代の野口は相当風変りな少年だったようである。そしてその風変りは、とりも直さず別の言葉に置き換えることができる。それは「早熟」という二文字だ。そう、野口は「早熟」な少年だったのだ。例えば、文集に掲載せられた作文では誰もが感心するほどの描写力を示す一方で、その変更を余儀なくされると、いとも簡単に首肯してしまう。というのも、その作文なり書いた文章が読む人にどのような反応をもたらすかまで、すでに彼は十歳を超すか超さないかの年齢で理解しているからなのだ。どのような題材をどう書けば、大人たちが感心したりほめたたえたりするかを、自然と無意識のうちに感知する能力をもっているのだ。

そしてそれは、彼がその当時に於いても相当な読書経験の持ち主であったことを想像させる。というのも、文章が感動を与える与えないの境界を覚知するには、その本人が何度か実際にその本を読んで感動を得た経験が必要だからだ。

実際に、私は生前の野口から子供時代の話を聞いたことがあるが、暇さえあれば放課後小学校の図書室へ出入りして、本ばかりいじくっていたと言う。ついにはそれを担当の教師に見とがめられて図書委員会なる組織にむりやり放り込まれ、六年生の最終学年にはいつの間にかその全学組織の長たる委員長になっていたというのである。

　当時読んでいた本は「クオレ」だの「ちび君」だの、もちろんこの年代の読書好きの子供なら誰でもが手にしそうな他愛のないものだったが、とりわけその中でもヨハンナ・スピリの「ぼくたちの仲間」というシリーズがたいそうお気に入りだったそうで、これは後日例の私の出世作「午後の風に乗って」の装丁を企画した時に、その挿画をそのまま裏表紙に利用したことでもわかる。

　絵画の方では具体的なことはわからぬが、こちらの方面でもその非凡さは大いに評価されていたらしく、低学年から高学年まで校内コンクールに入賞したらしい、貼り紙つきのごわごわした大小様々の絵がほぼ全学年余さず残っていた。その中でも、先の自画像を除いてとりわけ私が気に入ったのは、どこだか知らぬが山の頂上から眼下に広がる港町を描いた一幅で、この絵など私が二科展だの二期展だのの審査員でもあったなら、必ず特別賞に推したであろうほど素晴らしい出来栄えの作品だった。

　おそらく展望台から見たであろうその風景画は、その左端に描いた一本の松の木を巧妙に基点として視界が流れるようにできてあり、遠くまで微細な部分を克明に描いてあるのは実際に見た目とは少しく違って、一種幻想的ですらある。

　見る人はまずそのミニチュア画を思わせる克明さに驚かされるが、その幻影がやがて左端の松の木を見ることによって、自然と現実に引き戻されることになるわけである。遠近法とも拡大図法とも違うその独特の描き方に、私はただもう一人感心させられたのだった。もちろん、これはこの年代の子供だからこそ描き得た一種のデフォルメともいえるが、何となく、どことなく、これは野口が幼い頭なりに考え出した、あるいはあみ出した彼独自の技法のような気がしてならなかった。

こうしてみると、野口の少年時代の影像がおぼろげながら浮かんでくる。学校の教室で行われた健康診断の自画像で見るかぎり、やせっぽちの彼はどちらかといえば腺病質で、神経過敏で、その反面子供にしては博学多識で、変な授業をすれば男の教師であろうとたちまちやり込めるやんちゃな一面があり、そのわりには教師の言うことには素直に従う側面ももっている。

人気があったかどうかはわからない。とくに女の子たちに対してはどうかと考えると、はなはだ疑問である。私自身の経験からしても、こうしたタイプの男の子は概して敬遠されがちで、どちらかというとスポーツマンタイプで、（少々頭の出来は良くなくとも）鷹揚な性格の方が好かれるようである。見た目も、そして実際につき合っても神経質そうな彼は、秘かにチョコレートを贈る対象には決してならなかったはずであった。

だが、そうして憶測をたくましくして行く私の目に、ふと、まったく思いもかけぬ一枚の写真がとまった。それは木製の粗末な額に収められた大学ノートほどの大きさのポートレートで、ダンボールの側面に背をむけてピッタリ貼りつくように立てかけてあったので今まで気づかなかったのだ。

写真は青い空を背景に一人の子供が写っており、その子が右手に身に余るほどの大きな茶色の楕円球のボールを抱えている。そして頭にはブカブカの赤いヘッドギアをつけ、身は赤黒の横縞の運動着を着ている。上半身だけで腰から下は写っていなかったが、一部覗いているのはどうやら黒い短パンのようだ。その、まだおそらく小学四、五年生と思われる年代の子供が、にこやかに笑いながら欠けた前歯を見せているのだ。

少年は、確認するまでもなく野口だった。

私は思わず窓辺へ寄って日の光にかざして見たが、何度見直してもそれは少年時代の野口だった。いったいこの写真は何だろう。右手に抱くように持つ楕円球は、明らかにラグビーボールである。そして、横縞の厚ぼったい運動着は、まぎれもなくラグビー選手が着るジャージーなのだ。

ラグビー？　ラグビー！　いったい何なの、それは？

私は被写体の少年野口が、野球やサッカーのユニフォームを着てにっこり笑っているのなら、これほど驚きはしなかっただろう。

だが、そこに写っている子供は、明らかにラグビースタイルの試合着を着用しているのであり、しかも、その胸にはしっかりと手に余るほどの大きさの茶褐色のラグビーボールを抱えているのだ。

背景はない。ただどこまでも透き通るような青空が広がっているばかりで、どの場所で、どのようなシチュエーションで撮ったかはわからない。だが、その空間の広がりは明らかにどこか広大なグランドのような場所には違いなく、決して家の近所やその辺りの空き地でないことは確かだ。

つまりこれは、まぎれもなくどこか試合会場のようなところで、彼の両親だか親戚だか、あるいはその行事に携わった大人たちのうちの誰かがその記念として撮影したものなのだ。そしてそのことは、写真の下端隅に、「第八回○○ライオンズクラブ招待ラグビースクール大会」と白抜きで刻印してあるので、ようやく判明したのだった。

「うーん」と、私はまたしても唸ってしまった。

だが今回の感心は、先の作文や自画像を発見した時の比ではなかった。ラグビーと聞いて思い起こされるのは言うまでもない、私が見知らぬ男から送りつけられた原稿をもとに稿を起こして作品として仕上げ、運良くそれが世間に認められて映画にまでなった私の出世作、「午後の風に乗って」である。

この小説で、ラグビーというスポーツの果す役割は甚大である。いや、というよりも登場人物の三人の少年のことごとくが中学校のラグビー部に入部し、そこでの様々な体験をもとに話が進行して行くわけだから、言い換えれば、ラグビーそのものが主役とさえ言ってよいほどだ。

そのラグビーというスポーツに野口が携わっていた。いったい、そんなことがあって良いのだろうか。そうしたことについて、生前野口から話を聞いたことはなかった。そう、ただの一度もなかったのである。これは、いったいどういうことだろうか。なぜ彼は、そのことを黙っていたのだろうか。なぜ、今まで一言も話さなかったのだろう。


私は、しばらく食い入るようにそのハガキ大サイズほどの写真を見つめた。

少年は野口の面影をよく残していた。見るからに利発そうで、いく分神経質そうなところは後年大人になった野口の特徴をよく表していた。左の眉のすぐ上のところに小さな傷があり、すれば、幼いころに転んでできたというあの古傷はこの年代より以前に生じたものらしかった。

私が「午後の風に乗って」の取材のために、近所の高校のラグビー部の練習を覗きに行ったり、ラグビースクールの試合を見に行ったりしたことは先にも述べた通りだが、その時の選手たちの着装と比べて、写真の少年は全体に一時代前という印象は否めなく、ボールもゴム製がほとんどとなった今では記念館にでも行かねばめったにお目にかかることのできない革製であり、その年月にふさわしい時代の変遷を感じさせる。おそらくこの写真の時代はその得点の計算方法も今とは違っていたに違いなく、トライ一つが四点、もしくは三点のころだったのではないかと思われる。

写真の野口は、日焼けしたその顔の黒さからしても、ジャージーのくたびれ方、あるいはヘッドギア（今はヘッドキャップというのだそうな）の擦り切れた状態から見ても、相当年季の入った様子がうかがえ、昨日今日の浅い経験ではないことを感じさせる。

だとすれば、その入部の初体験は幼稚園かあるいはもっと以前ということも考えられなくはない。すなわち彼、野口は、この写真にある小学校の中、高学年のころにはすでにことラグビーというスポーツに関してはある程度のベテランの部類に属し、そこから急な挫折を経ずに何年か続けたとすれば、その経験年数は相当な年月だということができる。

それなのに、生前私は一度も野口の口からこうした話を聞いたことはなかったのである。どうして彼は黙っていたのだろう。そもそも私が野口と親しく口を利くようになり、一緒に仕事をはじめたのは「午後の風に乗って」がそのキッカケであり、その作品に流れるバックボーンは隠すまでもなくラグビーというスポーツである。その作品を性格づけるほどの大きな役割を担うスポーツに長年携わっていながら、彼は一言もそれを漏らさなかったのである。普通なら慣れないスポーツ小説に手を染めて四苦八苦している私を見かねて、その内容の大意をそこなわぬ程度に（経験者として）助言してくれるのが当然であり、ことによれば専属のアドバイザー的な役割を果たしてくれても良かったはずである。

今から思えば、そうした助言やアドバイスがあるのとないのでは多くの意味で全然違ったものとなる。見知らぬ男の原稿をそっくり写し取ったとしても、その背景に流れる大きな要素を理解しているのといないのでは、物語の作者としての覚悟というものがまったく違ってくるのだ。

仕方なく、私は書店でラグビーに関する本を買い漁り、図書館で解説書を借り、そして地図を頼りにおぼろげながら各種試合会場や練習所を辿り歩いたのだった。だが、そうした苦労や努力は身近にそうした体験をした者がおらず、誰も適切な助言やアドバイスをしてくれる者がいないからであって、誰か身辺に経験者がいて、その方面の専門的な話をしてくれるのだったら、こうした努力や苦労は不要である。ズブの素人が必要性にかられて何か付け焼刃的な表面上の知識を習得するよりも、その経験者が実際に肌で感じた体験をもとに詳しく語って聞かせる方が、はるかに理解を得やすいのは当然である。

それはもちろん、野口にもわかっていたに違いない。

私はこの小説を、何の予告もなしに突然文英社に書き送ったわけではない。長い逡巡のあとに、ようやく男からの原稿を自分のものとして発表するといった苦衷の決意をかため、そのあらかたの内容をあらかじめ文英社には知らせておいたのである。その時点で、野口にはそのことがわかっていたはずである。

こうした場合、たとえ野口が私の直接の担当でなかったにしろ、自らのそうした体験をいっさい口にすることがなかったのは変である。いや、大いに不自然なことである。他人の仕事に余計な口を挟まぬのがこの業界の鉄則であったにしても、野口自身その出版に関してはまったくの無縁ではなかったはずである。いや、むしろその装丁を自分好みの外国の少年少女小説の挿絵からヒントを得て描かせたぐらいだから、その関与の度合いは相当に深いといわざるを得ない。

実際にそうした作業を通じて、自宅や編集室で私と野口は二人きりで話す機会も少なくはなかった。自分自身の過去を打ちあけるというような大げさなものではなくとも、かつて少年時代の一時期、これこれこうして自分もラグビーというスポーツに関係していたことがあったのだと、世間話の一端として話すぐらいのことがあってもよさそうなものである。

「先生、そこはちょっと違いますよ。実際のラグビーの試合ではそんなことはしませんｍ」


と、経験者としての体験をもとに、軽く笑って話してくれることがあってもよさそうなものである。

今となってはもはや知る術もないが、私はできることなら彼の墓を暴いてでも、あるいは仏壇の遺影を揺さぶってでも野口に問いかけてみたい気持ちでいっぱいだった。

「なぜ、あなたはそのことを黙っていたんですか。水臭いじゃありませんか。あなたって、いや私たちの仲なんて、そんなに薄っぺらなものだったんですか。そんなちっぽけなことを秘密めかして隠しておかねばならぬほど、あなたは私を信用しては……」

私はこの時、思わず何かにうたれたように心の口を閉ざした。そして、実際にその口を手で押さえた。

秘密？

その衝撃的な言葉は、瞬時にして私の全身を駆けめぐった。

秘密……　そう、いやそうなのだ。それは秘密なのだ。秘密だったのだ。少なくとも私には秘密にしておくべきことだったのだ。しかもそれは、消極的にしらを通すようなものではない。あくまで知られてはならないこととして、積極的に隠しおおす意図が働いているのだ。

　作品が扱う背景を知りながら、その背景に最も近い者が、あたかもその背景を避けるかのように話題にもせず、世間話として口に上すこともできずに、ただひたすら秘匿に徹する必要があったのだ。

　だが、その必要性とは何か。なぜ、何もかも洗いざらい打ちあけ合うのが当然の夫婦間ですら、隠蔽しておかねばならぬ必要があったのか。いったい、それほどの重大な事情とは何だったのか。


　野口の部屋の片隅で写真を手にうち震えていた私は、それでも懸命に自分を立て直そうとした。

（いや、そんなことはない。そんなことは、あってはならない）

私は、私の心の中で次第に明確な影となって現れてくるある考えを、必死で打ち消そうとした。これは早トチリなのだ。あわて者でおろかな私がよくやる、いつもの短絡なのだ。野口としても、あくまで秘匿しておくつもりはなかったのだ。ただいつとなく、何となく、話す機会に恵まれなかっただけなのだ。別段、覚悟の裡にあの世へまで持って行くほどの秘密でも何でもないのだ。ひねくれ者の彼のことだから、かえって話題性をもったことによって意図せぬ反発心が働いて、つい言いそびれてしまっただけなのだ。そしていつしか切り出す口実を失って、後出しの証文のようになるのを恐れたのだ。

だが、本当にそうだったのか。果して本当に彼は単に言いそびれて、あるいは言う機会を損ねて黙っていたのだろうか。いや、違う。いかに彼が四十代も目前の、さしたる女性としての魅力も持たぬ女と結婚するほどの変わり者であろうと、何気ない過去の体験をそのつれ合いに隠し通すほどひねくれた性格ではない。

ましてや、その内容はあえて秘匿する値打ちも見当たらない、単なる事実なのだ。どちらかと言えば男のくせにおしゃべりな部類に属する彼が、その傾向性に逆らってまで隠蔽しておく必要性はどこを探してもないのだ。

二十

　私はしばらくして、まるで夢遊病者のようにおぼつかない足取りで立ち上がった。部屋の灯りを消してもほとんど変わらぬぐらいに外は明るく、この季節によくある朝のうす曇りがようやく晴れ渡って行くのが感じられた。長い間人の手の及ばなかった領域をあちこちひっくり返して立ち昇った、ほこりのような空中の浮遊物が、窓から差し込む光にまるでダイヤモンドダストのように照らし出されるのを尻目に、私は野口の部屋を出た。

　そして向かった先は、私たち夫婦が共同で図書室として利用していた小部屋だった。ここには私たちがそれぞれ持ち込んだ本棚がいくつか並べられており、結婚してから増えた部分は新たに買い増した本棚や、特別に大工に頼んで造り付けた書架に収められていた。

　私ははやる心を抑えて、長い間足を向けたこともなかったその部屋のドアを開いた。

図書室といえば、まるで西欧の小説に出てくる貴族の館のように聞こえは良いが、実際のそれは六畳にも満たない変形した小部屋で、本来整理ダンスなどが置かれる多目的の収納スペースであったものを、私たち夫婦がそれぞれ手持ちの書籍や資料を持ちこんで、勝手に図書室と称したものだった。

したがって、不揃いの本棚に並べられた本の類も、その分量こそ相当なものがあったものの、決して蔵書と呼べるようなものではなく、世界文学全集の横には小学生向きの図鑑が並んでいたり、お料理の本が並んでいたり、野口の持ち込んだ古典文学全集の隣には文庫本が二段に重ねて横積みにされていたりした。私の本棚の一つにはあろうことか、少年少女向けのマンガ本がぎっしりと詰まっていて、ここだけはさすがに人目がはばかられて、薄いレースのカーテンが掛けられていた。

奥の一角にわずかなスペースがあり、ここにはデパートで見つけた民芸調のちょっとシックなテーブルと椅子が置いてある。何かの折、週刊誌などの企画で、「仕事場探訪」のような取材があった時に何かの役に立つだろうし、おびただしい蔵書類を背景にしてそのテーブルの前に座れば、いかにもそれらしいと判断したからだった。（ことほど左様に、私は仕事ができない作家にもかかわらず、こうしたことには誰よりもいち早く気を使うタイプなのだ）

そうした統一性のない蔵書類の中で、とりわけ一部異彩を放っている一角があった。それは野口が持ち込んだマホガニー製のクラシックな本棚で、部屋の南東の隅にまるで人目を避けるように置かれ、今回私が目指す目的物だった。

これまで述べてきたように、概して私には野口の所有物に対する関心が薄く、ほとんど見向きもしなかったのだが、この一角だけは不思議と印象に残っていて、今になってようやくそれがにわかに甦ってきたのだった。

それは本棚というよりも飾り棚に近く、正面には半透明のガラスがはめられていて、しかもその土台と同じ木製の桟によって細かく区切られ、中はもう一つよく見えない。だがその内容物が書籍であることは間違いなく、しかもそれはほとんどが灰色を基調とした函製本のようだ。

私が一度、二人一緒にこの部屋に入った時に聞けば、

「いや、何でもない。昔の教科書の類だ。ほとんど古本屋で買ったんだ」

と、答えたのを覚えている。私が教科書を古本屋で買うんですか、と驚くと、

「当たり前だ。サラッピンを買うヤツなんて、金持ちの女子学生しかいない。大学の講義なんてそれで十分なんだ。先生がそこに居る間は、毎年同じ教材をくり返し使うんだからね」

と、サラリと言ってのけたものだった。

ちなみに、野口はその大学名を聞けば、誰もが半歩から一歩下がってあらためて相

手の顔を見直すほどの、有名な超一流大学の出身だった。しかもあろうことか、法学部である。

そう、法学部なのであった。

ここの法学部といえば、それこそ政界、官界、産業界と、それだけでほとんど日本の上層部を牛耳るほどの、優秀な卒業生を数多く輩出するので有名なのだが、今はそんなことはどうでも良い。問題は野口の出身学部が法学部であったという事実で、しかもそのことは今の今まで私の頭の中からはスッポリと抜け落ちていたことであった。

（どうして、そんな重要なことを忘れていたのだろう）

思えば、概して野口は生前自分の出身大学の話をすることは稀で、そうしたことが話題に上ることさえ避ける傾向にあった。したがって、私自身そのことに関心が薄かったのはいたし方のないことだったが、今から思えばうかつな話には違いなかった。

ことほど左様に、私たちは一応恋愛結婚でありながら、私の野口に対する理解はそうした程度に過ぎず、全体的に見れば片務的、一方的なものだったと言うことができる。つまり、私が理解していた野口はその実体像の何割かであり、逆に野口は私のことを百パーセント、いや、例のカミングアウトを計算に入れるのなら百二十パーセント理解していたというべきであった。

だが、これは理不尽なことでも何でもなかった。野口と私とでは頭の構造はもとより、人間の質という面でも相当なひらきがあり、私は私なりのレベルの人間に対するの関心しか抱けなかったのに対し、野口はその本来の感受性で楽々とあらゆることにその関心と、興味と、理解を向けることができたというだけの話で、私に対する理解もその膨大な興味と探究心の一端に過ぎなかっただけなのであった。

だが、私には今さらそうした事実を悔んでみても仕方はなく、今日現在、そのことに気づかされただけでも一定の収穫があったとしなければならなかった。

私はしばらく呼吸を整えるようにその小さな本棚に向き合っていたが、やがて意を決して、まるで過去を封印したようなその戸を開いた。

目の前に現れた書籍の一群は、まるで書店の学術書売り場を再現したように整然と並べられて、背の高さによって揃えられ、いかにも几帳面な野口の蔵書らしい趣を呈していた。彼が言った通り、それらはほとんどが教科書の類らしかったが、中には私のか細い手には余るほどの肉厚の重厚なものもあり、どう見ても鞄の中に入れて持ち歩けるような代物ではなかった。

それらの学術書をながめているうちに、私はすぐにある重要なことに気づいて、思わず声を上げそうになった。というのは、これらぎっしりと並べられた法律関係の教科書や参考書の中でも、とりわけ「刑法」関係の書籍が多いという事実だった。しかもそれは圧倒的ともいえる量で、その比率は「刑事訴訟法」関連まで含めると、おそらく八割近くに達するほどであった。

私はむろん短大しか出ておらず、こうした四年制の（しかも超一流の）大学の法学部の専攻課程やカリキュラムのあり方など知る由もなかったが、そうした素人の目からしてもこの偏りは少し尋常ではないように思われた。

（野口は、ゼミで「刑法」を専攻していたのだろうか）

その考えはある意味正しいといえた。これだけ膨大な刑法関連の書籍や教科書は、そう考えないと説明のつくものではなかった。それは「刑法入門」からはじまり、「刑法概論」「刑法各論（上下）」へと続き、そして諸外国との比較論、果ては「今日の刑法の問題点」から「刑法の目指すもの」までおびただしい分量である。そしてことさら目を引くのが、それらを補完するように棚三段を使って並べられた、各年代ごとの圧倒的な量の「（刑法の）判例集」であった。

さらに目を巡らすと「司法試験短答問題集（上下）」があり、「司法試験記述問題集」へと続く。むろんこれは大学の法学部に入った学生ならば、誰もが一度はその将来の進路として目標に掲げると言われるものだから、今さら驚くにも当たらないが、私には何となく面はゆくもあり、また若干の違和感にもとらわれた。

（あの野口が？　司法試験？）

それはまったく患者が医者になるといった類の話であったが、当時の野口はおそらく真剣であったに違いない。私はその未知の進路へとまっすぐな視線をこらす、まだ学生らしい初々しさの残る野口の顔を想像して少し心がなごんだ。それは小、中学生時代の記念碑的な物品とは違って、少しは大人になりかけた彼の、若々しい香を引き継いでいるような気がしたからだった。

だが、次に目にした書物は、そうした私のほころびかけた口元を再び真一文字に結び直させるに十分なものだった。その書物の題名は「現代の刑法と未来（その課題点と発展を探る）」著者は難波幸義と青山信二。何とそれは、私たちが原稿を送りつけてきた男がもしその原作者ならと目星をつけた、我が国を代表する刑法学の第一人者とその宿命的なライバルの論争集なのであった。

これは戦後新刑法が施行せられて何周年か経過したのを記念して、当代の第一人者であった二人がその学界を二分する理論をはじめて紙上で闘わせた、あまり世間に例を見ない書籍の一つで、知る人ぞ知る、斯界に身を置く人々にもあまりその存在を知られていない、珍本ともいうべき書物なのであった。そしてそれは、例の「錯綜の庭」にも登場する主人公峯村とその論敵田島教授の確執のモデルとも重なり、私が作者の身分を類推する上での大いなる根拠ともなったものなのだ。

その本が、いま目の前にある……　いったいこれはどういうことか。

小説「錯綜の庭」にはこれに類似した話が出てくるのはすでに指摘した通りだ。主人公峯村は当時すでに学界での名声も確立した第一人者だったが、近年まったくの正反対の論を唱える田島らに論争を挑まれ、学界の意見も真っ二つに分かれる状態であったのを、特別に設けられた討論会でその新説を堂々としりぞけ、見事に丸く収めてしまうのだが、それとまったく同じことが、その論争の土俵を紙上に移したとはいえ、そのままそっくり掲げられているのだ。

もちろん、その主張は実際に行われた紙上での討論と、小説上の架空の論争とではその扱われたテーマや論点は微妙に違ってはいるが、その食い違っている点についても私は驚かざるを得なかった。なぜなら、その本来の大意を損なわない範囲でその差異に言及できるということは、その本来の大意によほど精通していなければできないことだからだ。

つまり、小説「錯綜の庭」の作者は学界を二分する双方の主張を深く理解できるほど「刑法」に詳しい人物であり、それは一応大学の法学部を卒業した「法学士」あたりのレベルではとうていないということだ。もちろんこうした根拠をもとに私はこの小説の原作者を主人公峯村とほぼ同一人物、つまりは難波教授と目星をつけていたのだが……　違う。

今、はっきりと断言することができる。それは違う。原作者は難波教授などではない。もっと身近な人物だ。いや、身近な人物だった者だ。

私は若い女の子がよくやるように、膝の内側を八の字に広げて、フローリングの上にペタリと座り込んだ。そして、「現代の刑法と未来…」をパラパラとめくって行った。

あちこちに赤線が引いてある。そしてそれは几帳面な野口には珍しい定規のあてていない線で、しかもサインペンであった。しかもよく見ると、それはことごとく青山教授の発言した箇所であり、難波教授の発言した部分についてはまったく見当たらなかった。

私はそのやや震えたような赤線の跡を目で追ううち、思わず涙があふれて止まらなくなった。それは生前野口が書き残したもののうち、今となっては最も身近で生々しい筆の跡だった。そして彼は、そのおぼつかない線を引くことによって様々な思いを巡らせ、そして苦悩を新たにして行ったに違いなかった。

そうした意味においては、私は今最もなつかしい物と対峙しているはずであった。

野口が法学部に入ったことは、その本来の希望であったかどうかはわからない。なぜなら、実際に入学した学部などは意外と本人の意にそわぬ二次的、あるいは三次的なものであることが少なくないからだ。そしてその彼が一通りの法学部での課程を終えて、最終的に文英社にその編集部員として就職したことが本来の希望であったかどうかすら、今では知る由もない。

だが、実際問題として彼は法学部に入学した。そして一通りの課程を経て、ある程度の法律知識を取得した。しかもそれは超という字のつく一流大学での厳しい査定の眼をくぐり抜けねばならず、そう生易しいものではない。さらに、彼がもし真剣に司法試験までをも目指していたのだとすると、その知識や見識はかなりな程度の高みにまで達していたと思わざるを得ない。

つまり、彼はトータルとして「現代の刑法と未来…」を苦もなく理解し得る知識を備え、さらにその論争の争点を深く識別することができ、最終的にはその争いに個人的にどちらに軍配を上げるかの高みにまで達したということだった。そしてその水準は様々な他の予備的知識をともなって、身内から溢れんばかりとなって、何らかの媒体を通して発表せざるを得ないほどの強い誘惑にかられるまでとなっていた。

ここまで来て、さすがに世事にうとい私にもはっと気づかされるものがあった。幼少期からのラグビー体験、そして題名の考案も含めて、自らの体験をある種の物語として紡ぎ出す才能。さらには豊富な法律知識をもとに論争を一つの重要なファクターとして定着させ、そしてそれを小説のテーマにまで高める能力。

だが、私の心の中にはこのおぞましい結論を否定する気持ちがひしひしと湧き立って行った。何を言うか。これらの事実なり傾向なりはあくまで状況証拠で、物的証拠などではないではないか。これらはある事実を類推する手立てとはなっても、それを証明する決定的な証拠にはならない。すなわち、憶測を補完する材料とはなり得ても、そのまま解を導き出す素因とはいえないのではないか。

しかし、その否定を否定する声もすぐまた聞こえてくるのだった。いやいや、ごまかしてはいけない。決定的な物的証拠はなくとも、状況証拠を積み重ねることによって、犯罪は立派に証明される。もちろん基本をなすのは物的証拠主義だけれど、状況証拠だけで裁判にかけられた例は過去にいくつもある。極端な場合は、ヘタな物的証拠より蓋然性の高い状況証拠の方が、証拠能力に優れていることだってないことはないのだ。

今回の場合、これだけ蓋然性の高い状況証拠が揃っているのだから、その証明は十分になされたといってよいのではないか。物的証拠がないというのも、「犯人」がその犯罪の発覚を恐れて十全にそれらを隠蔽し、隠しおおす強固な意図を持っていたからであって、かえってそのことが犯罪を立証する逆説的な証明となりはしないか。そして、そうした発覚を恐れ、身内を欺いてまでにこの犯罪を隠し通そうとする心理こそが、この犯罪の動機ともつながっているのではないか。

動機？　再反論に傾きかけた私の心を、この言葉がピシャリと打った。

そうだ、動機とはいったい何だろう。仮に、野口がこの大それた複雑な事犯の真犯人だとして、ここまで大胆にその企みをなし、そしてそれを実行に移そうという、そもそもの根源的な動機とはいったい何なのだろう。野口も一人の編集者だったのだから、出版とその周辺の文化には誰よりも詳しいはずで、また理解も浅くはないはずである。他人が作出した作品を（それが文学作品であるにしろないにしろ）まったく別の人物がその作者になりすまして、自己の作品として発表するということがどういうことかぐらいは、わかり過ぎるぐらいわかっているはずである。

創造や創作の世界に於いて、そのオリジナリティーの重要性と、たとえ国家権力が介入しようがそのオリジナリティーが侵され、損なわれることはあってはならないという大原則は、彼のような立場の人間こそがその肌身にしみて理解していることではないか。その独立性はたとえ将来どのような文明的発展を見ようが、あるいは文化的革新がなされようが、絶対的に保証されるものであるという峻厳で確固とした約束事は、彼のような業界に身を置く者こそが尊重し、守らねばならぬ基本中の基本なのではなかったのか。

今日、様々な機器や媒体の発展によって、新興国等によってもはや一種の文化といえるところまで模倣や海賊行為が一般化しているとはいえ、その最後の砦ともいうべきオリジナリティーの重要性を率先して声を大にして唱え、守って行くのが野口ら業界に身を置く者の務めではなかったのか。

そうした意味で、野口のなした行為は一種の背信行為で、むろんあってはならないことだが、ではもう一度遡ってその動機とはいったい何なのか。いったい何が彼をして、こういう起こり得る当然の結果を予測しながら為さしめたのか（ことわっておくが、もうお気づきのように、この問いかけは私自身の重大な犯罪への言及がなく、一方的で極めつけの無責任のように思われるだろうが、それについてはあえてこの場ではご容赦願いたい。そのことについては後でまた述べることにもなろうし、これまでにもさんざん述懐してきたつもりだ。もちろん私は、一義的にも二義的にも根本の原因は私自身の弱さと幼児的な怠惰にあるのは誰よりも自覚しており、すべての責任が自身に帰結することも承知している。しかし、私が自身の罪をこうした問いかけによって、野口に転嫁しようとしているわけではないことだけはどうかご理解いただきたい）。

動機という点からすれば、やはりまずまっ先に考慮されねばならぬのは、私という度し難いほど弱い存在だろう。

ふり返ってみれば約十二年前、もう何度か述べたように私は文英社の募集する小説の新人賞に応募してその賞を射止めた。そして初めて経験する文学的世界の独特の雰囲気にとまどいながらも有頂天となって、舞い上がっている私自身の姿を野口は見出したに違いない。

文英社の編集部の中でもとりわけやり手だった彼は、おそらくその新人賞にも何らかの形で関っていたに違いない。いや、後で知った編集部の貧弱なスタッフの陣容からすると、むしろ彼は積極的にそれに関っていたのかも知れない。

つまりは、選考過程の当初からその周辺の任に携わっていて、ひょっとすると膨大な数の応募原稿をまずはまともなものとそうでないものとを振り分ける一次選考あたりを担当していたのかも知れない。いや、彼の造詣の深さを考えれば、二次選考あるいは最終に近い三次選考ぐらいまでがその守備範囲だったのかも知れない。そうだとすると、当然私の応募作にも目を通す機会があったに違いない。そして最終選考まで残って、ついには大賞までもらうことになるわけだから、その時点に於いて私の作品は少なくとも悪い印象は彼に与えなかったはずだと言うことができる。

今、ここで例の男が最初に私に自作の原稿を送りつけてきた時に添えられていた、長い手紙を思い返してみる。

その中で彼は、あくまで文学賞が発表された号に掲載された私の作品の抜粋と、そのあと正式に出版された単行本を読み比べた感想として、当初危惧していた作品としての拙さが、後半を読み進むにつれそれを忘れさせるほどの面白い展開云々……とほめてくれているが、それはとりも直さず野口が一次選考、あるいは二次選考で私の作品を手にした時の彼の正直な感想だったのではなかっただろうか。

トータル的に見て、私の受賞作の抜粋に不満と疑問を抱いた読者が、あらためて書店で完成本を購入し、思いを新たにするということは、まったくないとは言えないだろうが、少し話ができ過ぎてはいないだろうか。それよりも、消去法的に膨大な分量の応募作を「ふるい」にかけて行った選者としての野口が、選考が深まるにつれ作品を読み込んで、いくつか好意的な発見があったと見る方がより自然なのではあるまいか。

つまり、彼がもしそのような過程で私の作品に接する機会があったとするならば、それはもはや必然を通り越して因縁ともいうべきものだろう。うがった見方をすれば、選考会議などの席で議論が戦わされる中、野口自身が私の作品を強固に推してくれたのかも知れない。独り善がりの着想と表現力の稚拙さに難色を示す他の編集部員を前にして、ひょっとすると野口一人が額に汗して私の作品を擁護してくれたのではあるまいか。そしてその野口の声の大きさと存在の大きさに引きずられるように、そのままずるずると厳しい選考に勝ち残ってきたのではないだろうか。そして、そのまま評価は既成作家たち本来の選考委員による最終選考まで推し進められて、何らかの重大な影響を及ぼしたとは考えられないだろうか。十分にありそうなことである。いや、こうして想像をたくましくして行くと、そうとしか考えられない。

過去にいくつか作品は完成させていたものの、私が本格的に新人賞なるものに応募したのはそれが初めてである。いわゆる賞取り競争と名の付くものであるならば、どの世界を考えてみても、初めての挑戦で成功を勝ちとるなどということはめったにないことである。たいていが二度、三度と門前払いを食らわされ、幾度か悔しい思いを経験したのち到達するのが普通である。

だとすると、私の場合などは例外中の例外というべきもので、よほどの神仏の加護か強力な推進者がいなければ不可能だったに違いない。そして、その強力な推進者が野口だったとはうがち過ぎた見方であろうか。

いや、考えられないことはない。十分にあり得そうな話である。変わり者の野口はこと仕事に関しては他人の意見になど耳を貸そうとはしない。自己の感性に絶対の信頼と自信を置く彼は、自分の思い通りに仕事を押し進め、そうでない場合はほとんど見向きもしない。だが、そうして成してきた仕事が人を納得させるに十分であったがために、そのやり方はこの熾烈で過酷とされる業界内でも通用してきたのだ。

そうした彼からすると、（もし以上のような推論が正しいとするならば）その時私の作品を推して強引に受賞までもってきたのは、彼にしてみれば珍しい失敗例だったということができるだろう。なぜなら、独特の感性と閃きをもって見出したはずの原石が、すぐと何百何千とある平凡な河原の石と変わらぬことに気づかされたわけだから。

野口はその後、その受賞にふさわしい仕事を私が成し得なかったことについて、おそらくほぞを噛む思いだったろう。切歯扼腕、はがゆさにジリジリする思いだったに違いない。めったとない見込み違いの悔しさに、思わず頭を抱え込んだに違いない。

だが、究極の自信家で、かつ自惚れ屋であった彼は、それぐらいでくじける男ではなかった。すぐに反省から立ち直ると、彼は善後策を講じ、そして実行に移したのだった。

二十一

その講じた善後策というのが、私に自分の書いた未発表の原稿を送り付け、それをそのまま私の名で発表させることだった。彼がこうした作品を書いて、あちこちの文学賞に応募し出したのがいつの頃かはわからない。だが諸般の事情を顧みて、ここ二、三年というつい最近のことでないことは確かだ。原稿に添えられた、七つの長編の完成云々の手紙は多少割り引いて考えてみても、いくつか作品を完成し、そのつど条件に合う募集に何度か応じたことは、間違いのないことと思われる。

一般的には違和感をまぬがれないところだが、賞を主催する出版社の編集者が、自社以外の出版社の主催する文学賞に応募したとしても、何ら不思議はない。雑誌や書籍の編集という特殊な仕事に携わっている者が、その経験や知識を活かして自ら小説を書き、そのまま定着して作家になる、などということもそう珍しいことではない。むしろ系統からすると、自然なことと言わざるを得ない。

ただ野口自身からすれば、自身がどっぷりと浸かっている出版の世界で、その商品ともいうべき作品を、その立場を違えて作成する側に立つということに、多少の違和感と抵抗を感じていたことはあったかも知れない。商品としての作品を評価し、吟味する立場の人間がそれを作出し、逆に評価される側に立つことに、ある種の矛盾のようなものを感じていたのかも知れない。

元来がナルシストで、自信家であった彼は、そうした過程を経なければ作品を評価されない現在の出版業界の仕組みに、逆説的な不満と憤懣を抱いていたのかも知れなかった。野口の性格からすれば、十分あり得そうなことである。だが現実の問題として、このプロセスは避けては通れないものであり、しかも公平という観点からみても、この方法が作家として世に出て行くには最も堅実で確実な方法なのであった。

もちろん、現実は甘くない。いくら舌先の感覚が人より優れていようとも、利き酒をする側と、杜氏（とうじ）を勉励して清酒を醸造する側とでは根本的に違う。何度か他社の文学賞に応募し、そしてそのことごとくに敗れた。このことは野口にとっては大変にショックなことだったに違いない。と同時に、それからの人生に大きな影響を及ぼしたに違いない。

本来選ぶ側の人間が、他者の選考とはいえその選に漏れたということは、彼にとっては他人が想像する以上に不名誉なことで、とうてい人に話せることではなかった。それは小学校の教師が、水泳の授業中に自ら児童たちの目の前でおぼれるに等しいことで、とても容認できるものではなかった。

したがって、彼が小説を書き、他社の文学賞に応募するなどということは、絶対に秘密にしなければならなかった。ましてや、その応募した作品が一次や二次の選考にも通らなかった、などということは絶対他人に、とりわけ文英社の同僚たちには知られてはならなかった。人一倍自尊心の強い彼は、それだけは何としても避けて通らねばならなかった。だが一方で、創作意欲はおとろえることはなく、作品は次々と完成する。そしてその完成した作品を世に問いたいと思うのは人情である。

こうして彼は、その創作意欲と秘密厳守の間に立たされて、深く悩むことになる。もちろん、そこには成功願望がなかったとはいえないが、今はそのことはさて置く。

こうして自らジレンマに陥った彼だが、やがて一つのチャンスが訪れる。長年培ってきた創作技術は、その頃にはある意味で頂点に達していて、そこで完成したのが例の、「午後の風に乗って」であった。

この完成した作品を前にして、彼は深々と吐息をついた。何という〈傑作〉であることか。何と出来の良い作品であることか。

そのまぎれもない印象は、何度読み返しても変わらない。いや、読み返せば読み返すほど、その感動はますます深まり、余韻は胸を打つ。自分は何という素晴らしい作品を書いたことか。そしてそのような作品を書いた自分は、何たる天才であることか。

彼の脳裡にはその時、何年か先に文英社版として改訂される予定の「日本文学全集」の最新巻に、その題名と彼自身の作者名が付け加えられている様子がありありと浮かんだ。そしてその目には、過去ことごとく門前払いを食った七作品もの長編小説が見事に復活を果たし、あろうことか、それらを中心に彼自身の個人全集が編まれて、函製本となって書店に並んでいる姿までが見えたのだった。

だが、その稀有の〈傑作〉は、しばらく彼の手元に留め置かれることとなる。本来なら今すぐにでも現在募集中のどこかの文学賞に応募して、その真価を問うべきなのだろうが、（彼の立場を利用すれば、条件の合いそうなそれらの賞を調べあげることなど容易いことだ）彼はそうしなかった。

それは何故か。一言で言えば、彼には自信がなかったのである。作品は完成した。そしてそれは長年この業界に身を置き、そうした作品に数多く接する立場の彼からしても、見事な出来栄えであった。自分自らの創造物という究極の身びいきを差し引いても、それを補って余りある魅力がその作品にはあった。何度読み返してもそれは面白く、何度読み返しても新たな感動が甦ってくる。

その作品を評価するにあたって、おそらく彼は可能な限り冷静になろうとしたに違いない。贔屓（ひいき）の引き倒しになることを恐れて、できるだけ客観的な立場に立とうとしたに違いない。それは彼の長年のキャリアと職業意識から当然のことといえたが、それでもその作品の価値に変わるところはなかった。だが、そうして厳密な再評価を下しても、彼には自信がなかったのである。そのまま何らかの文学賞に応募して、その作品を手離すことができなかったのだ。

これは、一見大いなる矛盾のようにも思えるが、私には何となく理解できるような気がした。こうした場合、作品の作者というものは、絶対とは言わぬまでも、相当な自信を有していることはまぎれもない事実だ。私自身の場合もそうであったが、第一ある程度の自信がなければ、最初から応募しようなどとは考えない。そこそこの自信なり自負があるからこそ、この目の中に入れても痛くないほどに可愛い我が作品を、他人の評価に委ねてみようかと思うのだ。

そして、まるで私立中学の受験会場で待機する母親のように、期待と不安の入り混じった心境でその結果と結末を待ちわびるのだ。もちろん、そこには負け戦覚悟などというものはない。たとえそれが小学生の作文に毛を生やしたほどのものであっても、いつか自分の名が受賞者リストに載り、そのまま世間の称賛を勝ち取る様を思い浮かべているのだ。

前にも述べたと思うが、芸術作品などというものは他人の目に触れ、その鑑賞に供され、そしてそこに何らかの評価や判断が下されてこそ、芸術作品としての値打ちがあるのだ。人の目にも触れず、他人の評価も受けず、鑑賞の機会すらないとすれば、それがどんなに価値の高いものであっても、芸術作品としては何の値打もない。つまるところ、どんな山麓や丘の上に眠っている歴史上の貴重な埋蔵物もそれが発見され、しかるべき機関によって鑑定され、そしてその社会的、歴史的、普遍的な意義が認められるまではただの木石やガラクタに過ぎない。あくまで人々の前に提出され、その手に取られて鑑賞されてこそ、その物の真の価値が判明するのだ。

したがって、いくら作者が自負しようが、力んで心の中で叫ぼうが、それが世に出ないうちは何の証明にもならない。ただあわれな作者が、自分一人を満足させるだけのために作出した、「悲しき玩具」に他ならない。

もちろん、こうした芸術領域に深く携わってきた野口が、そのことをわからぬはずはなかった。だが、そうした理解があったにもかかわらず、野口には踏ん切りがつかなかった。思い切って作品を手離すことができなかったのだ。

それは何故か。まずもって考えられることは、その表出された小説の出来栄えがあまりにも良過ぎたということだ。それは、作者である野口自身が驚くほどだ。何度か完成したその小説を読み返してみて、その都度彼はこの作品を自分が書いたとは、にわかに信じられない思いだった。

その時点では、まだ彼の目は曇ってはいない。長年培ってきた職業的鑑賞眼は、いささかもおとろえることはない。たとえそれが最も個人的に大恩ある人の作品であろうと、良いものは良い、悪いものは悪いとはっきり判別することができる。そしてどれほど重大なしがらみがあろうと、そのことを公言する勇気にも欠けるところはない（むしろ、そうした一般人がやりにくいことを、いとも簡単にやってのけるのが彼の真骨頂なのだ）。

だがそうした彼でさえ、この時は迷いに迷い、悩みに悩んだ。一言でいえば、彼はこの作品が果して自分以外に正当に評価し、判断してもらえるだろうかと思ったのであった。果してこの作品をきちんと読みこなし、正確に理解できる者がいるのだろうかと。もちろんこれは、彼のような職業と立場にある者にはあるまじき究極のうぬぼれであり、偏狭極まる見方であるが、思わぬ作品の出来栄えにあくまで目のくらんでいた彼は、そうした本質的なことにも一切気づかなかったのだった。

それでも野口は、何度か当時募集中の文学賞に応募しようと考えた。何度も言うように、彼ほどこうした方面の手続きや問題に詳しい者はない。いつの時代でも、どの分野でも、作品は発表というプロセスを経て世に出るものであり、その作者としての名声も定まって行くものだということも、決して忘れてはいない。

人の目が恐い、他人の下す評価が恐ろしいといっていつまでも逡巡躊躇するのは、小学生にも劣る愚かな行為だということも重々承知している。

だが結局のところ、彼は最後の決心がつかぬまま、ずるずると一日延ばしに作品を手元に置き続けることになる。彼としては自身の評価に傷がつくことよりも、自分の下した評価——つまりは決して身びいきではない、正当な自らの鑑賞眼もが否定されることを恐れたのだった。

それはとりも直さず、たまたま突発事故のように生まれた自分の作品に対する度し難いほどの愛着と思い入れであったが、もちろん彼はそのことにも気づいている。そして気づきながらも、それをどうすることもできない深いジレンマに陥ってしまっていたのだ。

二十二

だが、そうこうするうちに、彼は一つの素晴らしいアイデアを思いついた。

彼の勤務する文英社は、長年「文英賞」なる文学賞を主催している。それは回を重ねて三十回を超える、日本でもそこそこに権威があると認められる文学賞で、受賞者の中にはすでに大御所と呼ばれる大家から、今一番の売れっ子ともてはやされる若手の作家まで数多くを輩出して来たが、近年その大賞を受賞した中で気になる存在があった。

その女性作家はいかにも素人っぽく、その受賞した作品というのも、「どうして、これが」と疑いを抱かせるほどの素人っぽい作品だった。だが一次選考からその任に携わっていた野口は、この作品を強力に引き上げ推し進めて行った当事者の一人だった。一度は応募作の不出来に今回は大賞は見送り、佳作でお茶を濁そうとするその場の空気を、賞の伝統と格式を盾に頑として譲らなかったのであった。そしてそれはむろん社の上層部の意見でもあった。

だが、そう力説する彼の心は複雑そのものだった（こんなのが受賞するぐらいなら、俺の「午後の風に乗って」なら十回ぐらい受賞しても良さそうなものだ）。

正直、野口はこの時そう思ったに違いない。そして、自分が今回のような不出来の作が受賞するような、ある意味でめったにないチャンスをみすみす逃してしまったことを、深く後悔したに違いない。

だが……　翻って、彼はこうも考えてみた。もし、たとえ今回この文英賞に応募していたとしても、万が一落選していたらどうだろう。この不出来な受賞作より劣ると判断された事実に、果して自分は耐えられるだろうか。

彼は自分の性格からして、決してそれには耐えることはできないだろうと思った。一次、二次の選考委員の見識のなさを呪い、（それはとりも直さず、彼が日頃一緒に仕事をする仲間なのだ）最終選考に携わった作家たちの無責任さをなげくに違いなかった。それだけにとどまらず、世の理不尽さと人生の不条理に悩み、しばらくは彼の本業である出版関係の仕事にさえ、立ち向かう勇気を失う事態に陥らないとも限らなかった。

彼の心境は複雑だった。何年に一度というチャンスを逃したという喪失感と、うかつに手を染めて自尊心を傷つけられずに済んだという安堵感。この接点を見出すのは容易ではなく、その両極にはさまれて、彼の心は揺れに揺れた。

だがその時、ふと何気なく思いついたのが、受賞作を書いた私の存在だった。

公平に見て、彼はこの作者はこれ以上はもう伸びないだろうと思った。それは、彼本来の職業意識から発する確信に近い考えだった。もちろん根拠などというものはない。ただ彼の長年の編集者としての勘と、その一方で自らも少なからぬ数の作品を書き上げた、「作家」としての経験がそう断を下すのだ。

彼の長い経験からすると、作家の潜在的能力なども案外見えてしまうものなのだ。そしてそれは、めったなことで外れることはなかった（つい身近な例としては、「芥川賞」まで獲った男性作家が、その後伸び悩んだ挙句大衆小説へと転向し、その初の時代小説の中時代小説の中で梢に茂る木の葉のことを幼児語的に「葉っぱ」と書いて、大いに顰蹙と失笑を買った例などがある）。

そうしてみると、今回の受賞作の作者はどうひいき目に見ても失格であった。

なるほど、受賞作はそこそこに人眼を引く部分はあるが、そこからさらに発展して行く要素は見当たらない。ある程度のレベルには達しているのだが、次回同じ程度のレベルの作品を物せるかどうかはわからない。ある意味で、作者は現時点での能力を出し尽くした感があって、それはもう彼女の固有に持つ能力をはるかに超えてしまっている。

つまり、何かのきっかけで好条件が重なって、大観衆の前で日本記録を更新して優勝できたとしても、それが次の大会で、さらにそれを上回る好記録を生み出せるかどうかはわからない。いや、同じレベルの記録が出せるとも限らない。そもそも練習の時でさえ、その記録に近いものが達成できるかどうかさえわからない。

概ねそうした分析に大きくはずれることはない、と彼は確信していた。そして、時としてこうして新星のごとく出現した期待のアスリートが、競技会や練習の場で思わぬ事故に遭遇して、以降の競技者人生にピリオドを打つようなアクシデントに見舞われないとも限らないことも。

野口はそうした可能性を秘めた私のことが、特に気になったのかも知れない。受賞記念パーティーの席で、慣れない着物姿で汗だくでマスコミのインタビューに応対する私を見て、彼はふと、不吉な予感めいたものにうたれたのかも知れなかった。そして、以後ずっとその感覚は彼の脳裡を離れることはなかった。

何故とならば、以降の展開はまったく彼の予想通りに推移したからだ。私はその後、数々の競技会へ出場する機会は与えられたが、（常日頃の練習嫌いのせいもあって）新人戦での記録突破どころか、並の平凡な記録にも届かず、ヘタをすると記録にも残らないような一次予選での敗退をくり返すことになったからだ。

そうした私の苦衷の足跡を、彼はつぶさに見てきたはずである。野口が私にこうした表面的な事案とは別に、ある意味で特別な感情を抱くようになったのがいつかはわからない。だが、そうした事情とは別に、後日私と野口は夫婦となって一緒に暮らすことになるのだから、この時点である程度の関心を寄せていたことも十分考えられることであって、それにまったく気づかなかった私も、それはそれで迂闊な話だ。

だがそれはさておき、野口はその時点で一つの重大なアイデアを思いついた。

そのアイデアがいつ頃、どのようにして浮かび上がってきたかはいまではもう知る由もないが、それは彼としてはまったくうまい思い付きだった。二つの懸念と心配を一挙に、しかも同時に解決してしまうすばらしい考えだった。

そして、野口はそれを実行に移した。その頃彼は文英社内での職掌の変更があって、文芸部門をも担当することになっていたから、事を起こすにはうってつけだった。当時、書けない新人作家としての私の噂は編集部内でも定着しつつあり、直接の担当ではないにしろ、彼にもその責任の一端が背負わされる格好にもなっていた。

彼が私に送りつけてきた原稿と手紙は、そうした動向を見きわめた上でのタイミングを見はからったものだった。以前と違って、直接私と接する機会も多くなった彼は、暗黒の霧中を彷徨するような私の姿に、その決意を確たるものにまで高め、そして実行を急いだのであった。

結局のところ、彼のはかりごとはものの見事に成功した。

当初計画を実行に移した段階での彼は、それでも若干の不安を抱えていた。原稿と手紙を送りつけたまでは良いが、果して肝腎要の当の私が、彼の思惑通りに動くかどうか不安だったのである。だが、彼には確信があった。私が逡巡し、悩み、惑うことは計算済みのことだった。しかし、最終的には自分の予測通りに動く。そう彼は信じて疑わなかった。それほど私が当時追い詰められ、困難を抱えていたことを、彼は誰にもまして十分に承知していたのだ。

だがそうと決め、実行に移したものの、彼の心底は複雑だった。予測が適中し、計画が予定通り動き出したは良いが、そうなるとあの不世出の名作が、完全に自らの手を離れてしまうことになるのである。子供の頃のほのかな憧れに端を発し、不惑の齢を重ねる年齢となった今でも持ち続けている作家志望の夢を、自ら放棄しなければならなくなるのである。これからどれだけあの小説の評判が高まろうと、評価が上がろうと、その作者が自分であるとは一切主張できなくなるのであった。

だが、自分は一旦あの作品を手離そうとした男だ。最終的には作家になることさえあきらめた男なのだ。様々な事情と感情にほんろうされて、一切合財を放棄してしまった男なのだ。作品が惜しいと思うなら、それが正当に評価され、世に出て行く手助けをすれば良い。そして本当にその作品が素晴らしいのであれば、その評価は作品自体が受ければ良いのだ。作品自体が称揚されればそれ自体がすでに名誉なことで、それ以上何を望むことがあろうか。

とにもかくにも、計画は動き出した。あとはこの計画が順調に遂行されるよう、最終的に調節して行けばよいのだ。

ああ、それにしても野口は何という恐ろしい計画を思いついたのだろうか。そして、いかに切羽詰まったとはいえ、何と私はそうした普通社会ではあり得ないシナリオにまんまと乗せられ、行動に移してしまったのか。人が天から与えられた個有の資質を欺き、他人になりすますなどという、大胆で卑劣な犯罪をどうして犯してしまったのか。

二十三

もちろん、私に野口を責める資格などない。

こうしてふり返ってみると、その計画を含めて、野口の行動は首尾一貫している。そしてその背後を貫いているものは、善意以外の何ものでもない。私に対する誠実以外の何ものでもない。責めを負うべきは、良い歳をした大人となってさえ幼児性を脱却できずに、少女趣味的な願望やあこがれを、人生の永遠の理想として信じて疑うことのなかった私なのだ。人のなすべきこととしての苦労や努力を厭い、手の届きそうもない成功と栄光を安易に達成させようとした私なのだ。

だが、その野口にはもう一つの計画があった。そしてそれは当初から予定されていたものではなく、一つの計画を全うするために発生した二次的なものであった。そしてそれは、彼がひたすら信じて疑わない最高芸術としての作品を手離す喪失感を埋め、しかもそれが思惑通り世上での評判を得て、成功を勝ち得たとしても、その無限の喜びを主体性を失うことなく味わうことができるといった画期的なものだった。

つまり彼は、彼自身としては作品の作者たる地位や誉れは手離すかわりに、いわゆる代理所有という形で、その有効性を保持し続けるといった方法だった。それはつまり、野口と私が結婚するという形をとることによって、私の存在もろともその作品を所有するといったやり方であった。これは発想という点からいえば、民法でいうところの「占有改訂」だとか、「代理占有」だとか、あるいは「夫婦共有財産」等といった問題にもつながってくるかも知れないが、もちろんいかに当時の野口が法律に詳しくとも、そこまで考えていたかどうかはわからない。

彼としては、あくまでこうした方法をとることによって、この私生児のような愛すべき存在でありながら、しかも扱いに窮する自作を包括的に所持し得ると考えたのであった。さすれば、現実には作品は自らの手を離れたとはいえ、その成長ぶりや活躍はすぐ近くで見ることができ、肌で感じ取ることができる。つまり、私生児としての成長ぶりは、その継母に養育を委ねた後も、十分身近で観察することができるというわけだった。

もちろん、こうした解釈がすべてに於いて正しいとはいえないことはわかっている。そんな穿った見方をすれば、あたら四十代半ばで、まだまだこちらの世界に未練を残しながら、断腸の思いであの世に旅立った野口に、顔向けできないことも十分に承知の上なのだ。

だが、これらの憶測は百パーセントとは言えなくとも、大方において間違いはないだろうと思われる。そうでなければ解釈のつかないことが多いし、もし仮にそうだとするならば説明のつくことが多すぎる。野口が（今からふり返れば）ほぼ強引とも思われる態様で私に接近し、そしてそのまま強引に私との結婚にまで突き進んだのも、考えてみれば作者のすり替えを決意した私が、運良く世上の評判を勝ち取って著名人の仲間入りを果たすとするならば（それはまた野口が最終的には望んだことでもある）、そうなってからの結婚の申し込みは世間に様々な誤解や邪推を引き起こすばかりではなく、肝腎の私の純粋な気持ちをも揺るがすことになりかねないとの懸念があってのことなのだ。

そしてさらに穿った見方をすれば、このすり替えによって私は作家としての名声を確立し、一人立ちを果たすことになるわけだが、その過程に於いて、彼は大なり小なり適切なアドバイスを私に与えることによって、ほとんど確定的にその作品の価値を高めることに成功したのだった。彼は当時ようやく増えつつあった講演会での私の原稿の推敲をし、書店でのサイン会での読者との対応の仕方を教え、そして海外での受賞の際には夫としての資格で同行し、通訳まで務めた。

すべては自分の作品を擁護し、その価値と評判を世間に広めるためなのであった。

自身の手によるものでありながら、自身の名で発表することをあきらめ、しかしその作品に異常な執着と責任を持つ彼が、その最後の手段としてとった、作品と共に生き、歩み、そして運命を共にする唯一の方法だったのだ。

だがこうして見てくると、すべてはうまく解釈と説明が成り立ったように思えるが、一つだけ疑問が残る。それは、このようにして周到に計画され、実行に移され、そしてそれを補強する工作までがなされて成就したこれら一連の犯行が、成功裡に終結したのだとすると、どこかの時点で野口はこの顚末を私に漏らすことがあっても良さそうなものである。一つの行為がなされ、それがもはや動かし難い事実として定着してしまったのならば、それをあえて隠し通す意義は薄れて来る。いや、むしろ今度は隠し通すことの方がむずかしく、実際の「犯行」そのものより多くのエネルギーと労力を費やさねばならないことになる。それは考えただけでも気の遠くなる、そして、気の滅入る仕事であったに違いない。

私たちは、まがりなりにも夫婦である。夫婦間に隠しごとは良くないなどと、愚かなことを今さら私は言うのではない。そして、そのことについて泣きごとを言うつもりもない。だが、一般的な素朴な疑問として、野口はこの莫大な心理的負担を果たして本当に自分一人で背負って行くつもりだったのだろうか。一つ誤れば身の破滅、一切合財を失うような危険を、たった一人で担って行くつもりだったのだろうか。

むろん、そういった場合もまったくないとはいえない。仮に夫婦間の倫理に反することが行われて、例えば世に言う「隠し子」などが存在した場合には充分あり得る話として考えられなくもないが、私たちのケースではそのようなものではない。一つの「犯罪」に二人が加担し、さらにそれが時間とともに加重して行くといった、特殊なケースなのだ。しかも、それぞれが互いに共同正犯が成立するのに、一方がその相手の犯情をも認識し得ず、その存在すら知らぬといった、きわめて稀なケースなのだ。

そう考えるならば、野口が秘密をあくまで秘密として、墓場まで一人で背負って行こうと決意した意図がもう一つよくわからない。秘密であれ荷物であれ、一人で担うよりはたとえ一方がどれほどの非力であろうと、二人で担う方が楽であるのは言うまでもない。事実関係が動かし難いものになった現在、かたくなにそうして行かねばならぬ理由は、もはやまったくと言ってよいほど見当たらないのだ。

だが、その理由はあった。

そして、その理由こそがこの一連の問題を単純化させない、大いなる元凶ともなるべきものなのだ。

ここまでのプロセスで、私は野口が今回の問題で隠れた主役であることを突きとめた。それはふとしたことがキッカケであったが、物事を単純化し、整理して考えるのに大いに役立った。すなわち、彼——野口はかつて読書好き（特に文学系統の）の少年であり、それが成長とともに次第に作家志望にまで高められたこと。幼少からラグビースクールで活躍した経験があり、その方面での経験や知識が豊富であったこと。大学では法科を選び、その超一流のアカデミックな雰囲気の中で、司法試験を目指すほど法律上の知識が豊富で、中でもとりわけ刑法関係に詳しく、最新の論争にも精通していたこと。そして、望んだことかどうかはわからないが、出版関連の会社に就職し、企画担当の編集部員となり、自社の主催する文学賞とも深く関りを持ち、当然受賞作家の行く末や浮沈にも大いに関心を寄せられる立場と地位にもあった。

こうした蓋然性の高い状況証拠の積み重ねに、野口が真犯人ではないという反証をどこに示し得ようか。

非論理的な頭脳構成と、少女趣味的な思考方法しか持ち合わせていない駆け出しの女流作家が、ここまで到達しただけでも、私は自負してよいであろう。変人とまで言われた野口が、その明晰な頭脳を最大限駆使してまで秘匿に意を費やし、隠蔽に努めた事柄なのだ。それが永遠の証として、この地上から消し去られる前に真相を明らかにし得たことは、当事者である私にとっては、（これからは、その不名誉な社会的名称をたった一人で背負って行かねばならぬ身としては）決して小さなことではなかった。

こうして考えてゆくと、私たちは最後に残された、ある問題に目を投じないわけにはゆかない。そして、その問題こそが今回こうした前代未聞の、おろかにも切実な事件へと発展する元凶ともなったことを考え合わせると、もはや避けては通れない。

その問題は際限もなく大きく、深く、まるで岩だらけの山道を四苦八苦して登った山頂に、突如として出現した湖沼のような印象を与える。周囲は鬱蒼とした木立に囲まれ、暗い水面がひたひたと押し寄せる水辺には見通しがきかぬほど丈高い葦が群生している。まるで油を流したようにさざ波さえ立たぬ湖面はなめらかで、いくらのぞき込んでも小魚一匹泳ぐ姿も見ることはできない。周辺に人影はなく、小鳥のさえずりさえ聞こえることもない。

この隔絶された地に位置する一角は、普通の地図には載っていない。それがどれほど詳しい山岳地図であろうと、その痕跡らしいわずかな変化としても描かれてはいないのだ。

つまり、それは人の意識の中で、とりわけある特殊な傾向性と性癖を有する者にしか見えない、一種の別天地なのだ。

そこでは一般常識などというものは通用しない。等高線のわずかな変化としても表れないその最果ての地は、普通の社会生活を送っている者には隔絶した負の世界なのだ。私たちが目に見える物質の世界に居るとしたら、そこはまさに反物質の世界なのだ。

幼児性愛という、おぞましい世界。私たちが「錯綜の庭」で見聞きした現実は、まさしくそういった負の世界を代表する現場での出来事なのだ。

今一度小説をふり返ってみれば、そこに描かれているのはわが国を代表するほど高名な法学者である主人公峯村と、その家族と家庭の崩壊と再生を描いたものであるが、目を凝らすと、その底流には峯村に生来つきまとう変質者としての意識が、地下水のように音もなく流れていることに気づく。

その流れは決して速くはなく、まるで止まっているように見えるが、静止しているわけではなく、そのかすかな濁りやわずかに含まれる浮遊物の動きによって、あるかなきかの流動性を保っている。そしてその流れは時としてにわかに動き出し、速度を速め、時には自らがその速度に抗し切れずに地表近くにまで駆け上り、場合によってはその弱い部分を突き崩し、亀裂を押し広げ、やがては地表へと湧出する。そして、一旦湧出した地下水は周辺を汚し、泥濘と化し、最後には干からびて地割れとなって、収束に向かうまでその止まるところを知らない。

その湧出のきっかけとなるのが、一人で小学校を下校する女児であったり、郊外の公園で一人遊ぶ幼女であったり、時としては川原を声を掛け合って一列縦隊に駈け過ぎて行く近所の女子中学生であったりするが、もちろんこうした場面のすべてに地下水脈が反応するわけではない。その確率は低く、千に一つ、あるいは万に一つの可能性しか有しないものだが、確実にあったことだけは事実である。そしてその行為がたとえ万に一つ、千に一つであろうと、現実に起きたという事実だけで十分であり、そのことが何より重要なことなのである。

幸いなことに、小説ではその事実は一度しか報じられていない。しかもそれは、主人公峯村がこうして小説の主人公に擬せられるほどの人格や地位を確立するはるか以前の出来事であり、つまりは、本能の支配からまだ完全に脱却するにはほど遠い、若年ゆえの未熟さに満ちた時代の行為だったということだ。

だが、そこには若年ゆえの未熟という言い訳は通用しない。そうした言い訳が通用するのはまっとうな尋常の世界であり、こうした重大犯罪にも繋がりかねない異常世界では、表層に出現するありとあらゆる事象を考察の対象としなければ、その全体像に迫ることはできないからだ。しかも、その全体像はそうした細心の検証をもってしても容易に把握し得ない。輪郭はぼやけ、境界線は茫洋として判然としない。事実は混沌とし、その証明は困難を極める。

こうして見て行くと、私たちは一様にある素朴な疑問に到達する。それは、この小説が一部から続く友愛と犠牲の精神に導かれ、やがて困難と忍従の支配する大人の世界へと分け入り、そこでの目を見張るような葛藤と努力の末、崩壊しかかった家族や家庭を再生し、あわせて自身の社会的成功や貢献を通してその人生的意義を問いかけるものだとしたら、何も特別に取ってつけたように、主人公の性癖に「幼児性愛」などという特殊なファクターを投入しなくともよいように思える。

　そうしたものを導入しなくとも、この重厚長大な物語は十分過ぎるほど面白く、考えさせられることを多々含んでおり、そして様々に興味深い問題点に満ちている。人々の出会いと別れは多様で、ある意味叙情的でもあり、また叙事詩的でもある。何もこうした雄渾な物語に、とりわけ複雑な味のするスパイスを投じなくともよさそうなものである。

　だが、野口はあえてそこにこの複雑で、解釈の困難な問題を投入したのである。

　それは、何故か。答えは簡単である。それは野口がこの複雑で錯綜する長大な物語を書く、これがそもそもの目的だったからである。つまりこの小説は、戦後の混乱期を経て高度経済成長がもたらす様々な社会生活における問題点の出現や、それに伴う人間と社会の間に生ずる軋轢（あつれき）とその変遷。そして、その基盤となる家族の崩壊とその救済……　などという面妖なテーマを扱ったものではなく、一にこの解決の端緒も見出せないような、個人的な意識の世界に重きを置いているからである。

　この意識の底流に流れるものは重いだけでなく、確固としたものである。その深さははかり知れなく深く、その広さは杳としてその行き着く処さえ知れない。

つまるところ、一言で言うならば、野口もかつてはそうした傾向と性癖に支配される、立派な「有資格者」であったという事実である。そしてその傾向と性癖は、彼が成人して立派に大人として社会生活を営むようになってからも何ら変わるところはなかった。その態様は強固で、これが私と結婚するまで、いや、結婚してからも（その強弱に多少の波はあったにせよ）、決して消え去ることはなかった。

つまりは、私と十分に精神的にも肉体的にも満ち足りた結婚生活を送りながら、その一番最後の肝腎なところで、不具合を内包する連結器のように、繋がり切れない部分があったということだった。これを通俗小説風に表現するならば、交合の最初から肉体的な繋がりの別部分で当の相手以外の存在を意識し、そしてその絶頂期にはその意識下の他者に向かって解放されるといった表現になろうかと思うが、その表現も決して正しくはない。なぜなら、こうした場合その他者の存在というものは個別に特定されたものではなく、あくまでイメージとしてしか成立し得ないからだ。つまりは、その性愛の対象となるのは、あくまで現在その体躯の下に押さえつけている生きた物体ではなく、その意識下にある別のイメージなのである。

だが、こうした生活に日常は何ら異を唱えない。このような精神の二重構造は、特殊限定的な場面を想定しなくとも、歴史的にも過去往往として出現し、人類の生活全般に彩りとアクセントを加えてきたからだ。そしてそれは人類が初めてリンゴを齧った時から、愛情と欲情が無理なく並立するという神の摂理によって、保証せられてきたといっても過言ではない。妾や側室の存在、あるいは不義密通、極端なところではカミングアウトする前のニューハーフが、十分に普通の結婚生活を果たし、何人もの子を成した例を見るまでもなく、その事実と現象は不思議でも何でもないのである。

だが、こうした精神の二重構造に、ふくよかな大団円は決して訪れることはない。よしんばそれが訪れたとしても、それは虚構のものでしかない。どれほど世間を欺き、家族を欺き、そしてその周辺世界を欺き通したとしても、自分自らを欺くことは絶対にできない。たとえそれができたとしても、それは自らの死を迎えるか、もしくはついに精神の破綻を来たして忘我の状態になるしかないが、それだとて果たしてアテになるかどうかはわからない。

死後の世界――。そのはかない未踏の将来にまで心配は及ぶのだ。肉体は滅んでも魂は生き残るといった俗言があるが、果してどうなのか。それがもし真実だとしたら、彼自身の場合はどうなのか。どうなってしまうのか。

なるほど、彼自身はこの世では刑罰を受けるようなことはなかった。懲役に服するというようなこともなかった。だがそれは、犯した罪が幸いにも発覚しなかったというだけで、それがなかったという証明にはならない。罪が犯され、犯行が実行されたという事実なら、証拠を云々する以前に、他ならぬ自分が一番よく知っている。苦労して証拠を保全しなくとも、自分の胸、ほら、ここに聞けばよい。

今、幸いにもと言ったが、罪の発覚がなされなかったことが、果して本当に幸いなことだろうか。幸いというのは、どのような基準の上に成り立っているのだろうか。なるほど、犯した罪の発覚をまぬがれ、人生を全うできたとすれば、その犯した本人にとっては幸いなことには違いない。だが、そのことが罪がなかったという証明には決してならない。それは社会機構上の制裁という変化として具現化しなかったというだけで、その不存在を保証するものではない。

人間が社会生活上制定した「きまり」という網に引っかからなかっただけで、その潮流に乗って回遊する魚の群から脱落しかかった一匹の魚は、今でも立派に泳ぎ回っているのである。時には群から離れて海底の岩や流木に傷つきながら、機を見ては群に戻り、何食わぬ顔をして遊泳を続けるのである。そして場合によっては、群の信頼を得て先頭に立ち、リーダーとして一方のグループを率いていたりもするのである。

そうした意味からすると、社会的な「きまり」や「法」といったものは相対的なものであって、決して絶対的なものではない。「法」はそれがあらゆる規範の総体としての体裁を備え、そしてそれが正当な手続きを経て適用されてこそ、その存在価値がある。ある部分では通用し、他の部分には適用されないとなると、もはやそれは「法」ではない。微罪でつかまる者もいれば、重罪でもまぬかれる者がいるというのは正常な状態とはいえない。したがって、法がその網の中にとり込めなかったからといって、規範に反する行為が免罪されたわけではない。むしろ悲しいのは、そうした規範の網に掛からなかった行為と、その主体の行く末だ。うまく課税を免れたといっても、それでうす汚れた資金が洗浄されたわけではないのと同じで、罪に問われなかったというだけで、犯した罪が免責されたわけではない。神ならぬ人の造った齟齬や、誤謬や、ほころびに満ちた法という名のスコップの先にかからなかっただけで、その汚れた土塊は未だ目に見える形であちこち地表に散らばっているのだ。

野口が、結局のところ自らの手で作品を発表し得なかったのは、かかる事情があったからに違いない。つまり、彼は自分が過去に犯した罪の深さを自覚すればするほど、それをその本人の手によって公表するということに本源的な違和感を覚えたのであろう。その反省と悔恨が真剣であればあるだけ、その公表という行為に意義を見出せなくなって行ったに違いない。あるいは逆説的に、その行為が罪の上にさらなる罪を重ねることになるのを危惧したに違いない。罪を悔いる必死の思いが、その行為の正当性に大きな疑問を投げかけたに違いないのだ。

だが、そうした思いの反面、一旦湧き起こった事実の公表の有意義性を、彼は捨て去ることはできなかった。それは彼が長年法的精神に接してきたばかりでなく、物心がついた頃から常に手の届く周辺にあった、文学という一芸術ジャンルに於ける価値をも考慮に入れたからだった。

出来上がった作品を読み返した彼は、今さらのようにその出来ばえに感心した。まるで自分が書いたとは思えぬその冷静な語り口調と思想の広がりに、感動すら覚えたのであった。

こうした場合、(つまりは、過去何度も私が犯したように——作者がうぬぼれのあまり、自作に感動するようなこと)大方その作品は大した値打ちもないのが普通だが、今回ばかりは違っていた。何度読み返しても、何度点検をし直しても、その都度新たな感動があり、そして新たな発見がある。話の展開は速く、深く、扱われたテーマにも軽薄に堕するところはない。各エピソードへの切り口は鋭く、時宜を違わず交わされる会話は秀逸である。各章の底流に流れる思想は柔軟で、押しつけがましいところはなく、観察眼の鋭さと包摂に満ちている。

ああ、こうした小説に何年に一度と出会えただけで幸福である。それは僥倖というよりも、ほとんど奇跡に近いことだ。その小説が書かれた時代より前に生きた人々は決してその幸運にも恵まれず、その奇跡にも立ち会うことはできなかったのだ。そして、その神業のような仕事を成し遂げたのは、他ならぬ自分なのだ。誰でもない、この机上の原稿を前に煙草をくゆらしながら、物思いにふけっている自分自身なのだ。

過去幾度となく文学賞に応募しては落選の憂き目に遭い、もはや文学で身を立てることなど疾うの昔にあきらめたこの自分なのだ。

　そう考えると、彼は一切合財が恐ろしくなった。こうした世にも稀な精神の苦悩が一度も世間の人々の目に触れることなく、感知されることなく、そして認識されずに捨て去られることが恐ろしく、その存在すら意識の端にさえ上らぬことが恐ろしかった。そしてそのことが何ら意識の表出として世に現れることなく、つまりは何もなかったこととして、平穏な歴史の流れに埋没してしまうことが恐ろしかった。

　これは、人の頭が造り出したことではない。人間の頭脳によって、まったくの無から唐突に生じたものではない。高邁な思想の一環として、経験から紡ぎ出されたものでもない。すべては実際にあったことなのだ。実際にある種の有形力を伴ってそれは出現し、そしてそれは、少なくとも当事者間の意識の上には克明な印象となって残っているることとなのだ。その意識が時間の経過とともに次第に薄れ、消え去ることはあっても、歴史という容器に加えられたひずみは（それがどんなに微細で、とるに足らないものであっても）決して消え去ることはないのだ。

「流れは決して泉より高くはならない」それはまさしく、こうした場合のこうした情況を言うのだ。一度地表に溢れ出た水源は乾き切った大地を黒々と染めて流れ、それが自然と再び大地に吸収されるまで止まることはないのだ。しかもそれは、どんな時であっても低みへと流れ、逆流して水源を覆い尽くすことなどあり得ない。流れは常に一定で、一方的で、結果が原因を追い越すことなど決してないのだ。

そうした意味合いからすると、これは最後のチャンスなのかも知れない。一度走り出した流れは、たしかに源泉を覆い尽くすことはできないかも知れない。後戻りしても、過去の流れには決して追いつけないのかも知れない。だが、奔流となって溢れ出た洪水の爪跡を、少しでも修復することはできないだろうか。流れる水は引き戻せなくとも、少なくともその水をせき止めて、その傷跡を癒すことはできないのだろうか。

ここへ来て、野口は一つの希望の灯りを見出したのだった。

いや、それはできるかも知れない。可能であるかも知れない。たまさか生まれたこの鬼子のような小説を利用すれば、ある程度は成し遂げられるかも知れない。歴史上まれに見る卑劣な犯罪者である自分にも、まだ魂の救済の途は残されているのかも知れない。事実を冷静に見つめ直す視点を維持して、そこへ逃げ込もうとする愚さえ犯さなければ、まだ道は完全に閉ざされてはいないに違いない。

だが、そう決断してからも、彼は容易に行動には踏み切れなかった。最後の最後で、どうしても自分の名で公表する決心がつかなかったのである。

そうした彼の心を、彼自身嘲笑わざるを得なかった。ここまできて踏み出せないでいる自分自身が情けなく、そして呪わしかった。いったい、この期に及んで恋々躊躇するのは、どうした心の動きなのだろうか。

だが、真剣な逡巡と煩悶の結果、彼はようやく自身の心の動揺を認めざるを得なかった。その変節はもちろん納得のゆくものではなかったが、それが自分の心の中に湧き起こったものである以上、是認せざるを得なかったのであった。

こうして、問題は再び元へ戻ってしまったかに見えた。ところがあるキッカケを得て、物事は百八十度違った方向へと動き出した。それは、これまでの疑問や懸念を根底から打ち払う、画期的な思いつきだった。つらつら考えてみると、こうした躊躇や煩悶は彼の意識の底に、いくら払っても払い切れない彼自身の成功願望が大きく横たわっていたからだった。それは並の努力では到底消し去ることのできない、何年もの間に溜まり積もった船底のカキ殻のように強固だった。だがふとある時、彼は気がついたのだった。

(そうだ、どうしてもそのカキ殻を落とせないのなら、もうそんなに無理をする必要はない。いっそのこと、船ごと取り替えてしまえばいいんだ)

こうして苦心と努力の末に、ようやく船を乗り換えることに成功した野口は、おそるおそるまだ誰も見たことのない新天地へと船出した。その行き着く先には暗黒の大陸が待つか、それとも黄金の国が出現するか、まったく予測のつかない旅だった。しかも海図も羅針盤もなく、ただ経験と長年のカンだけが頼りのおぼつかない航海であったが、たった一人で船を操る船長兼、水夫兼、一等航海士の彼自身の意気込みだけは盛んだった。船主こそ交替したとはいえ、何尋もの広大な未知の海にただの一度でも漕ぎ出せたという事実そのことが、彼にとっては何にもまして意義のあることだったからである。

船長としての彼の腕は確かで、ある意味老練でさえあった。これまで幾度も近海を航海した経験がものを言い、航海はそのすべり出しから順調だった。彼の航海は行く先々で称賛を浴び、その船主の名を高らしめるに絶大な力を発揮した。そして、すべての航海を終えて戻って来た時、その積荷を満載した船の名は誰一人として知らぬ者はいなかった。

だが、よく見るとその船の船底には恐るべき禁制品の猛毒が積まれていた。そして人々は積荷のリストによってそのことには気づいていたが、あえてそれに異を唱えようとはしなかった。他の積荷の価値の高さもさることながら、船自体の軽快さとその類まれな雄姿に目を奪われたからであった。

こうしてまんまと思惑通りに事を運んだ彼は、さぞかし満足だったに違いない。船は何度か暴風雨に遭いながらも何とかそれをしのぎ、時ならぬ海賊に襲われそうになった時にも、何とかそれをかわして生き延びることができた。

だがそうした結果を嘲笑うかのような伏線を、人知れず神は用意していたのだった。つまりは野口自身の病である。さすがの野口もこれにはこたえたに違いない。病状は見た目ほどには軽くない。それは誰に言われることなくとも、彼自身が一番よく知っている。

彼はこの時、運命のはかなさを呪っただろうか。そしてそのいたずらな仕打ちの残酷さを嘆いただろうか。答えは否である。彼の思考回路にはそもそも運命などというあやふやな概念は存在しなかったのである。命運はあっても、運命などというものはない。もしあったとしても、それはあくまで後付けの概念であって、おろか者の考えることだ。自分は性の悪い犯罪者ではあったけれど、決しておろか者などではない。

ただ自分にあるのは、結局のところ「やはり、流れは泉より高くはならなかった」の思いだけなのだ。そして、つまるところはそれに尽きるのだ。私が病床の野口にいよいよ思い余ってカミングアウトした時、野口は有効な手だてを講じ得なかった。これは、海図も羅針盤もなしに世界の荒海を乗り越えてきた彼としては珍しいことだった。

病床にあることは理由にはならない。自負と自信が煙草をくゆらして歩いているような常日頃の彼を見ていた私は、この時、強い違和感を覚えたものだが、その感覚も今ではよく理解できるような気がするのだ。さすがの野口も、自己の命運が尽きかけているという自覚に加えて、自身が工作した計画の一方に破綻の兆しが見えたことに動揺したに違いなかった。

だが彼は、ついに有効な手だてを講ずることなく、旅立って行ってしまった。しかも、たった一人で。過去何度と栄光と称賛を満載して戻った巨大な帆船の船長としてではなく、今にも沈みそうな、朽ちかけた一艘の手漕ぎボートで。出帆間際に母船に国籍詐称の疑惑が浮上し、その解決の糸口さえ見出せぬまま。そして、数々の戦果や栄誉が一瞬の裡に消え去る恐れと不安を残したまま。

それでも、立ち去った者はまだ幸せである。後事に憂いを残しながらも、まだ託す者がいるからである。だが、託そうにも託す者がいない者はどうなるのだ。後を任せたと言って、その場から走り去れない者はどうなる。もうこれ以上は舞台に立っていられないと言って、幕の内に逃げ込めない者はどうなるのだ。すなわち——この私はどうなるのだ。

私の罪は深い。そんなことはわかっている。そして過去も現在も未来も、すべての責任は私一人にあるということもわかっている。死んだ野口に罪はない。一から十までが私の罪であり、私一人の責任なのだ。だが、本当にそうなのか。すべてが私一人が悪く、私の責任で、私一人がその罪障を背負って生きて行かねばならないのか。

　いや、もうよそう。こんなことは何度繰り返してもわからぬことなのだ。そして結論の出ないことなのだ。事実があって、結果が生じて、それが現在も連綿と続いている。そのことが今は問題なのだ。結果は中間地点のもので、最終のものではない。今、唯一確かなことはそのことなのだ。結論はまだ出ていない。そう、結着はまだついていないのだ。

　共同正犯の首謀者的存在は消え去ったが、犯罪事実自体が消滅したわけではない。犯罪自体は有効に、連綿として、現在進行形で続いているのだ。共同正犯としての野口はいなくなってしまったが、彼の離脱は『中止犯』を構成しない。『中止犯』が成立するためには、「……その犯罪行為からの離脱、あるいは真摯な制止によって、犯罪行為そのものの中止がなされること……」が必要で、現状ではその要件は満たされていないのだ。

　犯罪の中止がなされること――それはすなわち私が、これらの世間の耳目をそば立てた小説群の作者であるという事実を否定し、その真の作者名を改めて社会へと向けて公表することに外ならなかった。それは、これまでも何度となく私自身の脳裡に浮かび、胸に去来する思いだったが、ついに今日まで実行するに至らなかった。それはやはり、何といっても私がこれらの（世間的にもその評判が確立した）作品群の作者であるという地位を手離したくないという思いもさることながら、つまるところ、この作品群の真実の作者をついに特定し得なかった、ということの方が大きかったように思える。

「やむにやまれず、私は自分が書いたものではない小説の作者になりすます、という重罪を犯してしまいました」

と、私が加罰を覚悟で自首してみたところで、そのなりすましの相手の正体がわからぬ以上は、犯罪を構成し得ないのである。これはいうならば、誰かが人を殺しましたと名乗り出ても、その殺害された人物が特定されず、しかもその遺体さえ上がらぬとあっては、殺人にも何もならないのと同じことなのであった。

だが私は、ことここに至って、はっきりとこれらの作品群の作者を知ったのだ。そしてそれは、もはやどの方向から検討し直しても動かし難いものだった。俗に死人に口なしとはいうが、私はもう死人に語らせることもなく、事実を証明することができるのだ。生前饒舌を得意とした本人の口を借りるまでもなく、あるいはその自由奔放な詭弁に惑わされることなく、私は見事にそれを証明してみせることができるのだ。

それはある意味「おごそかな告解」ともいうべきもので、自らの破滅を代償に、時代の誤謬と無秩序を回復せしめようとする者にとって、何よりも重要なことなのだ。

真の作者が今は亡き夫であったという冷厳な事実は、世間がそれをどう受け止めようが、どう批判し、判断しようが、私にとってはかけがえのないことなのであった。

夫亡きあとに隠し子の存在が判明した時、世間一般には残された妻はどのような反応を示すのだろうか。我を忘れ、とち狂い、狂乱の巷にののしりわめくのだろうか。それとも、その事実は一過性のものと判断し、忘れ去ろうとするのだろうか。むろん、これは特殊な仮題で、今回のケースに当てはまるかどうかはわからぬが、私には同じことのように思えてならなかった。

要するに、亡夫が生前最も身近な存在であるはずの妻にも打ち明けられぬほどの秘密を抱えて、それをついには世間に公表することなく死んでしまったというくくりで、構図的にはまったく同じなのであった。だが私の場合少し違っているのは、その夫の生前の不祥事に、（意識的にか無意識的にか）かなりの部分に於いて関りがあったという事実で、ある意味別の言葉で言うならば、片棒を担いだといってもよいほどの状況があったということだ。

さらに突き詰めて言えば、隠し子が発覚したケースならば、どれほどの狂乱や騒乱が出来しようが、（認知や相続などのややこしい法律関係を除けば）ある一定の時期が来れば収まるべきところに収まり、あとに残るのは感情的な問題だけということになりそうだが、今回のケースでは良きにつけ悪しきにつけ、残された妻はその隠し子とこれからも何十年と、(場合によっては、死ぬまで)つき合って行かねばならないことだった。そして、このことが何よりも一番重要なことであった。

それは夫が生前成した行為に、残された妻である私が何らかの責任を取るといった単純な話ではなかった。残念なことに、夫の残した優秀な隠し子と私は生前からの懇意の仲で、もはや切っても切れない濃密な関係にあった。どこの誰だかわからぬ孤児を養子にし、その子のお陰で養母としての栄誉や称賛を浴びてきたと信じて疑わなかった私は、それが夫が生前どこかの誰かに産ませた子と知ったわけだが、そのことを私はどう評価してよいやら惑うばかりなのだ。

こうしてふり返ってみると、野口が自分自ら書いた小説を、まるで株式の名義変更のように私に振り替えたのは、恐るべきことだったと言わざるを得ない。そしてその名義変更を(いかに当時、切羽詰まった状況にあったとはいえ)、棚からぼた餅式に我が物として受け取った私の行為も、信じ難い行為だったと言わざるを得ない。

だが、もはや私にあれこれ考えているゆとりはなかった。状況に合致しているかどうかわからぬ比喩をもて遊んでいる場合でもなかった。

先にも述べた通り、私たちの犯罪は継続していた。その犯情は共犯者の一人が離脱したからといって、自然と終息に向かうような性質のものではなかった。私は相変わらず現代の日本文学を代表する女流作家として国内外で尊重されており、しかもその地位と名誉は年々確固としたものになりつつあった。一時期凋落と停滞が叫ばれた純文学の世界で、私の周辺世界だけが妙に明るく、その明るさを慕うように様々な人々が集まって来ていた。

一昨年から私はそうした関係で生じた知人の一人に請われて、ある女子大で特命教授の地位を得るようになっていた。非常勤ながら私には一個の個室が与えられ、在室している間は大勢の人々がひきも切らず出入りした。野口が死んでからというもの一切小説を書かなくなっていた私は、（だが、ふり返って、私が書いた小説などというものは、いったいどこに存在しているのだろうか）仕事といえばほとんどこちらに軸足が移っていると言ってもよく、たまたま行った授業を元にして書いた社会評論的なエッセーが好評で、もはや完全に社会学的評論家としての名の方が通り易くなってしまっていた。

したがって、私には過去の犯罪に対する自覚とそうしょっちゅう向き合うという機会は徐々に薄まりつつあったが、それでもまったくなくなったというわけではなく、時たま突如として華やかな過去の栄光に話題が転じた時などに私が示す狼狽や慌て様は、我ながら滑稽を通り越して情けなくなるほどだった。地方の小さな女子大の学生にとって、様々な分野で名の通った私の存在は、ステータスシンボル的な意味合いも含めて、仰ぎ見るほどの眩しさに満ちたものであったらしく、私の周辺には常にそうしたミーハー的な学生が集まったり出入りをくり返したりしていた。

そうした中で、私はふとしたきっかけが元で一人の女子学生と懇意になり、その親しさが拡張するまま同性愛的な恋に陥ってしまった。その娘はその地方都市では知らぬ者のないある有名な医療法人の理事長の一人娘であったが、なぜこんな地方の女子大にと思うほどの才気煥発（さいきかんぱつ）な美人で、出会った時から関係性の暗示を予感させるようなタイプの女の子だった。

その当時、あらゆる意味で内心の瓦解と苦闘していた私は、その崩落を食い止めるよすがにするように、またたく間にその娘にのめり込んで行った。私はあらゆる権威と地位を利用して、娘を呼び出しては密会をくり返した。もちろん同性愛的恋愛とはいっても、元からそうした素養や傾向性のない私たちがいわゆる深い関係に陥ったわけではなく、せいぜいが手を握り合ったり抱擁を交わし合う程度の他愛のないものだったが、私はそれで大いに満足で、他面そうしたことがなかった分だけ私の恋は真剣だった。

だが、こうした変則的な関係が長く保たれる道理はなく、当然のごとく、突如として別れは訪れた。ご多分にもれず先方の娘さんに彼氏ができたためで、あろうことか私は恩師として正式に相手方の青年を紹介され、そして一年後には周囲を火の海に燃え尽くすほどの嫉妬を胸に隠しながら、結婚披露宴で主賓としてあいさつまでしたのだった。さらにその一年後には二人の間に一粒種の女の赤ちゃんが誕生し、私の手元には私がお祝いに贈った産着に包まれた赤子を中に、睦まじく笑いかける二人の写真が残っているのだった。

こうして私は、再び孤独の世界へと戻って行った。思えば野口が死んで以来、不安と焦燥を抱えながらも何とかその孤独を糊塗してきた私だったが、この度の傷の深さは想像以上のものだった。その脱力感と喪失感は野口の死の比ではなく、私は今さらのように娘に対する私の思い入れの深さに驚くのだった。

だが、その愛の深さが誰をも損なわないことも私にはわかっていた。その一方的な愛は見ようによっては慈愛ともとれる表層を呈しており、私はここでもまた私自身と世間双方を巧みにだまし続けたのだった（それは、娘が私を平気で結婚披露宴に呼び、スピーチまでさせたことにも表れていた。何と私は、二人の間に生じた一時的な恋愛感情を娘の一方的な好意と決めつけ、それをそのまま相手側に認識させるといった、狡猾な手法をさえ成功させたのだった）。

しかし、そうした手法の成功に私が満足感と安心を得たかというと、それはまったくの逆であった。私はますます孤立感を深め、もはや作家でありながら、人と人との間の純粋な感情の交流に於いてさえ自身の正当性を保持し得ないという事実に、絶望感さえ覚えるほどだった。そうして冷静に現実を見直してみると、こうした孤独や絶望感が過去幾多の作家の創作への原動力となり、実際にそれらは数々の名作となって残されてきたことに思い至るのだったが、それを私自身の身に則して考えてみた時、まったくそれが私には当てはまらないことに暗澹たる気持ちにならざるを得なかった。

　だが、ふり返れば野口はそれを成し遂げたのである。孤独と絶望の淵に立ち、罪の意識にさいなまれ、怯えながらも七編もの長編小説を完成させ、そのうち少なくとも四本の作品を成功に導き、それを世に残したのであった。

　ひるがえって、私は何をしたか。何を成し得たか。私はこのまま小さな成功で得た、取るに足らぬ名声を保持し続けるために、どこまでも世を欺き、歴史を欺き、そして自分自身をも欺き続けて行かねばならぬのか。いつか自分の嘘が発覚するのをおそれ、まるで映画の逃亡者のように人目を避け、華やかな現実とは裏腹の葛藤と自己欺瞞の路地裏を、まるで泥棒猫のように痩せさらばえて、おどおどと逃げ続けねばならないのか。殺人の罪を犯した重罪人のように、人の話し声に怯え、通りすがりの人々の視線を警戒し、遠くにパトカーの赤色灯が見えただけで、その日の計画や目的を変更しなければならないのか。

今一度、冷静になって考えてみよう。もはや心の中で流す涙とて涸れ果てた私は、セミの抜け殻のようになっていた私の魂をようやく鞭打った。私にはともかく本源的に一人になる時間が必要だったが、周囲は騒々しく、どこを探しても魂の休まる場所とてなかった。

そしてようやくその場所として選んだのが、淡路島のほぼ中央部に位置する保養地の一つで、五年前に私はここに避暑を目的とした別荘を建てていた。

ちょっとした高台に建つそのログハウス風建築を模した別荘は、瀬戸内海がすぐ目の下に広がり、背後がすぐ小高い丘に面していて、まるで大昔にその辺りを荒らし回っていた水軍の根城のような格好をしていた。その別荘を購（あがな）う時、母は、「なんや避暑やったら、上高地辺りにしたらええのに」と、難くせをつけたが、「ああそうか、避寒という手もあるなあ」と大笑いした。実際に行ってみると、そこは淡路でありながら真夏でも意外と涼しく、冬は温暖で、掘り出し物の一つであった。ご多分にもれず、最初の一、二年は足繁く通ったものの、ここ二、三年は年に一、二度換気と掃除を兼ねて顔を出す程度になっていたが、大学が夏休みに入ったのを契機に、久しぶりに長逗留してみようと思い立ったのであった。

二十四

その出立の朝、ちょっとしたハプニングがあって、私たち母娘は思わぬ同行者と道連れになることになった。海峡を渡る橋の手前のパーキングエリアで休憩していると、時ならぬ愁嘆場に出くわした。

大学に入り立てぐらいの三人の少年が、隣り合わせた喫茶店の席でさかんになじり合ったり、なぐさめ合ったりしてはため息をついている。聞くとはなしに聞いていると、どうやら彼らは何かの研修合宿に参加する予定だったのが、日程を間違ったらしく、本隊はすでに二日前に出発したあとだったらしい。リーダー格の少年が、ガイドを去年のをそのまま取り替えずにいたがために起こった、取り返しのつかないミスだった。

よくあることだが、私は少年たちの置かれた状況に同情した。彼らの目的はとあるボランティアサークルの研修に参加することだったが、もちろん研修だけが目的でないことは明白だった。そこで繰り広げられるキャンプや集いを通じて、大いにあり余る青春のエネルギーを発散させ、同じ志を持つ仲間との連帯を深めると同時に、あわよくば大いにその同好の士の輪を広げようというものに違いなかった（もちろん、そこには見知らぬ女の子たちとお近づきになれるという、貴重なメリットもある）。

それがちょっとしたミスで、一瞬のうちに霧消してしまったのである。事情を知った私たちが同情を寄せたのは当然であった。

「ねえ、君たち。どうも大変そうな事情らしいけど、よかったらうちへ来てキャンプしない？　今さらそんな荷物を抱えて、ノコノコ家へ帰れたもんでもないでしょうし。もちろん、食糧その他は各自自前だけど」

気がつけば、いち早く私の意図を察した母が制するのを無視して、私は彼らに近づいていた。

三人は一様にけげんそうな顔を見合わせたが、私たちに他意のないことを知ると、すぐに話に乗ってきた。彼らとしても、予定していた三日間の空白を何かで埋められることは、有難いことには違いなかった。

私たちは早速彼らの荷物を車に積み込むと、意気軒昂（いきけんこう）と出発した。学生たちは京都のとある私立大学のクラスメイトで、どの一人をとっても警戒心のかけらも抱かせない、屈託のない連中だった。少しでも恩に報いるつもりか、三人交互に私と運転を替ってくれて、お陰で私たち母娘は、運転手と使い走り付きの車で、ゆったりと目的地まで旅することができたのである。

三日間はあっという間に過ぎた。私たちはここで海水浴をし、（もちろん、実際に海に入ったのは彼らだけだ）ボート遊びやベラ釣りをし、夜にはささやかなパーティーを開き、そして深夜遅くまでマージャン卓を囲い合った。最後の夜には浜辺に出て、文字通り打ち上げ花火に興じたが、ここでちょっとしたハプニングというか、面白いことがあり、私たちの短い夏休みに貴重な思い出を残した。

三人のうちの一人が誤って花火の筒を逆さに持ち、それがまるでロケット弾のように暗い海に向かって飛んで行き、見ていた母がのたうち回って笑い転げたことで、ために彼らは、私たちを喜ばそうと、今度は競ってロケット弾を逆さに持って走り回るはめになった。あとになって考えると、危険きわまりないことだが、その時の私たちにとってはこれ以上にない面白い遊びだった。

こうして彼らが去って行ってしまうと、私たちも予定を早めて帰ることにした。これからが本当の静養になるはずだったが、三人のいなくなってしまったあとの別荘に、もはや私たちは何の魅力も感じなくなってしまっていた。

思い返すと、とんだハプニングから生じた一夏の出来事だったが、私にとっては貴重な体験だった。一言で言えば、私は遠い過去に置き忘れてきた何かを取り戻したような気がしたのだった。それは、人が人として生きて行くにはなくてはならないものだった。屈託のない笑顔、邪気のないしぐさ、そして本能むき出しの食欲。それらはどんな表現をもってしてでも書き表せない、本源的なものだった（私は作家でありながら、またしてもこの心的風景を的確な言葉で言い表し得ない）。それは私が過ぎ越しの人生をふり返る契機ともなり、またその評価の基準ともなった。

　こうしてみると、過ちだらけだった私の半生だが、私がその判断を下す基準点というものがそもそもあいまいだった。私が過去悩み苦しんできたのは、すべからく自分の築いてきた、いや、到達した立場や地位や名誉が失われるという立脚点から出発したもので、その出発点自体がそもそもあいまいそのものだった。私が自分の犯した罪をおそれ、その露見や発覚をおそれたのは、その罪自体の非規範性におそれをなしたのではなく、あくまでその罪を犯した主体としての自分対規範という構図に於いてであった。

　わかりやすく言えば、スーパーで万引きをした私はその万引き自体の罪深さを自覚したのではなく、警備員に連行される私自身の姿や、倉庫の隅の狭い店長室でテーブルの上に置かれた盗品を前に、好奇と嫌悪の入り交じった目で見下ろされている、自身の姿を想像したからに外ならなかった。つまり、主眼はあくまで自分自身であって、その犯した罪にはなかった。言い換えるならば、人を害する目的でナイフで相手を突き刺しながら、もっぱらその関心はいかにその返り血を浴びずに済むかに腐心するようなものであった。

私は今はっきりと悟ったのだった。それではいけなかったのだ。このままで人生を終わってはならないのだ。私がこの貴い、短い人生を、他人の意志によってねじ曲げられたまま全うしてはならないのだ。その影響の大きさと混乱の深さを理由に、墓場の向こうにまで秘密を背負って行ってはならないのだ。

近ごろ眠れぬ夜に、私の脳裡に浮かぶ印象的なシーンがある。それはごく最近映画にまでなった、有名な外国人作家による長編小説の一場面で、私はこの場面が心に浮かぶ度に必ずといってよいほど涙を流した。実際に映画の方は見ていないので、何とも説明のしように窮するのだが、その分自分の記憶の中でつくり上げた映像の方が、より鮮明な印象となって残っているのかも知れなかった。

物語は、多感な少女時代を過ごした女性作家が、その過去の事実や記憶とともに、功成り名遂げた後その思い出の人々に迎えられて、故郷で誕生日だか何かの記念すべき日を祝ってもらうシーンなのだが、その会はかつてとある事情でしばらく同居することとなった従姉弟たちの子や孫が催してくれたもので、問題児だった従姉弟たちもすでに老境に入り、このなつかしい邸宅で、（この邸宅も今ではその価値を損なわぬ範囲で、ホテルとなって生まれかわっている）著名人となった女性を心から誇らしげに迎えてくれるのだった。

圧巻は、かつてこの女性が当時従姉弟たちを指導してやらそうとした、幼い自分の頭で創作した未完の寸劇を、その口上の一言一句まで寸分違わず彼らの幼い孫たちが再演してくれたことで、この古き良き時代のなつかしい思い出とともに、今は孤独な老嬢となり果てた女性の心情を察するに余りあるものがあり、読者の涙を誘うのだが、もちろん私の目から溢れ出た涙も止まるところを知らなかった。女性はかつて、少女時代にあいまいな記憶をたよりに、姉の恋人を無実の罪に落とし入れたという苦い過去があり、それがこうして功なり名遂げた著名な作家となった現在でも、ひそかに彼女の内心をトラウマとなって苦しめているのである。

私がこの小説に魅かれたわけは、その主人公の女性と私が、罪の意識を抱えながら生きて行く女流作家という、本来的な境遇が似通っていることもさることながら、最も肝腎なことは、その罪障を償ったかどうかにかかわらず、作中の主人公である老女流作家がこうして（その罪も許されて）おだやかな最晩年を迎えたことにあり、ひるがえって、私の場合はどうなのだろうかという素朴な疑問であった。

私には果たして、このようなすべてが克服されるようなおだやかで、気の休まるような晩年は来るのだろうか。罪は罪として残りながらも、こうした西欧キリスト教的な許しの宣下は、果して下るのだろうか。すべてを捨象してそぎ落とした後に、真の魂の救済は訪れるのだろうか。仕事上の決済は別として、心から罪深い私を認め、その存在を祝福してくれる人々は現れるのだろうか。

その疑問はしかし、私には否定的な予感しかもたらさなかった。では、『罪と罰』はどうか。『マノン・レスコー』はどうか。『椿姫』の場合はどうなのか。

（何をバカなことを……）止まるところを知らない私の涙は、さらにその援軍を増やして、息苦しさは増して行くばかりだった。

二十五

ついに、私は決心した。

このまま放置しておいてはならなかった。このまま放置しておけば、私は狂死するしかなかった。精神に破綻を来たし、自分が誰かもわからず、他人が誰かもわからず、自分と他人がどういった関係であるかも覚知し得ないままに、混沌とした死を迎えねばならなかった。

私はそれは嫌であった。私は自分を見失いたくはなかった。年老いて認知症にかかって、忘我のうちにこの世を去るのはいたし方のないこととして、そうではなく、現世に自分の犯した罪の深さに心がさいなまれて、徐々に変調の兆しを呈して行くのが恐ろしかった。神の罰を受けるのなら、いっそのことそれはアッという間に、私の存在をこの世から消し去ってしまうほどのものであって欲しかった。

自殺を考えたこともある。それは何度も。だが自分の犯した罪の始末もつけ得ない私に、そんな大それたことができるはずもなかった。

神の存在はわからなかった。私は私なりにその存在を信じてはいたが、もともと不確かなそのイメージは、何か事あるごとに便宜的に心に呼びさまして、つかの間の祈りを捧げるといった以上には何のなぐさめにもならなかった。そうした意味では、私に神はなかった。少なくとも原罪を告解して、その罪深さをいくらかでも軽減できるという意味では存在しなかった。

そうであるならば、残された道はただ一つ。自分で自分に結着をつけるしかなかった。それはもちろん、自死を意味するのではない。先にも述べた通り、私にはそれほどの覚悟も度胸もない。そしてそんなことをしても、真に結着をつけたことにはならない。問題は問題のまま永遠に残り、それが露見した時の騒動の大きさははかり知れない。それは一に相続その他の権利関係を複雑にするだけにとどまらず、確立した歴史上の事実を根底からくつがえしてしまうからだ。

例えば、あの膨大な量の名作を残したウイリアム・シェークスピアが偽作者としたらどうだろう。これはもう空前の騒動を巻き起こし、その影響の甚大さははかり知れないが、たとえそうだとしても、これはこれで最終的には何となく落ち着く先が見えるような気がする。なぜかというと、この場合はあまりにも大昔の話すぎて、今さら作者が違っていたからといってどうしようもないからだ。極端な話、今までほ乳類だと思っていたイルカがやはり魚類でしたというに等しい類の話で、次回から発行する図鑑や学術書をその前提で順次書き改めて行けば良いだけの話で、シェークスピアの場合でもこれはこれでそれに準じた取り扱いをする外なく、現実の問題としては人々の頭の中にインプットされたその作者名を、「誰か」と個別に書き換えてもらうしかないのである。

だが、私の場合はそうは行かない。私は現にまだ生きて活動している存在であり、その影響は現実的である。各出版社は私の版権を所有しており、それは複雑でかつ多岐に亘る。私の自宅には各賞でいただいた記念品や栄誉の証がいっぱいだし、その中にはむろん外国のものも含まれている。下世話を覚悟でいえば、私はそれらの作品で稼いだお金でマンションを買い、そして淡路に別荘まで持った。それらの処置は、あるいは処分はいったいどうしたら良いのだろう。どうなるのだろう。考えるだけで冷や汗は止まるところを知らないが、私はそれらの問題を一つとして避けては通れない。

野口が生きていればどうしたろうか。だが、もはや私はそのことを軽々に持ち出すことはできない。つきつめてみれば、彼が「死んでくれた」お陰で私は真実を摑むことができたのである。本当のことを知ったのである。あの頭脳明晰を謳われた野口が、どれほど困難な難問でも最終的には何らかの解法を見つけてくぐり抜けてきた野口が、最後に見せた苦悩と戸惑いはまぎれもなく本物だったのである。

　彼は、私がまさかカミングアウトしようなどとは夢にも思ってはいなかった。しかも、自分が生きるか死ぬかの重要な瀬戸際である。考えてみれば、私は罪深いことをしたものだ。何事もなければ「笑って」死んで行けたものを、ついに押し寄せる不安の波に耐え切れなくなった私の告白によって、とてつもなく大きな宿題を背負わされてあの世へと旅立つことになってしまったのだから。

　だが今の私は、その野口に対してももはや罪の意識にかられることはない。元はといえば野口の身勝手な自意識に端を発したものであり、それが私の自意識を巻き込んで事件は成立し、さらにはその野口の離脱によって真相が明らかとなり、そしてまた事件は振り出しに戻ろうとしている。まるでぐるぐる回りの三角論法だが、その負のサークルには誰かがどこかで終止符を打たねばならない。でなければ、一向に元の泉の高さに達しないその流れは、紆余曲折の果てに何の関係もない美田をも泥水で被い尽すおそれがあるからだ。

　そんなことがあってはならなかった。それだけは絶対に避けなければならなかった。過去にどれほどの罪深い行いをしようが、最後には遠い親戚が集まって、その罪の癒しに手を貸してくれるのは、あくまで小説の上での話であって、現実にはあり得ない。現実に予定されているのは、人と社会をだまし続けることによってのうのうと満ち足りた生活を送りながら、一向に平静と安穏を与えられず、ギリギリと歯嚙みしながら自身の生まれてきたことにも呪詛の言葉を吐き続け、痩せさらばえた胸もあらわに髪ふり乱してのたうち回る、山姥のような醜い姿なのだ。

私は立ち上がった。

実際にその古びた、夜来の驟雨（しゅうう）が染み込んで表面だけが乾いた、ささくれ立った木製のベンチから立ち上がったのである。

場所はS山の中腹。私が居るのは山岳ケーブルの終着点でもあり、また裏山を一跨ぎして走る、小高い山麓へと続くロープウェーの始発駅でもあった。ここから登山道を右へたどると展望台へと続く脇道に出、そこからさらに数十メートル登った高台にちょっとした休憩所があり、その奥まったベンチに私は腰かけていたのだった。吹きっさらしに湿った木製のベンチは日を浴びても冷たく、何枚ハンケチを敷いても水の上がって来そうな気配に、ついに我慢がならなくなったのだった。

私の眼前には、まるで宙に浮かぶように水平線が拡がっていた。海は灰色がかっていたが、内海特有のまったりとして波もうねりもない海面に、傾きかけた太陽の光を浴びた部分だけが幾層にもかすかにほの明るかった。雨の降る心配はもはやなかったが、ところどころ日の差す雲間には次々と新しい形態の層が押し寄せては去って行き、はるか上層でおびただしい大気の流れが交錯し、干渉し合っているのを感じさせた。

眼を転ずると、水平線のはるか下には画面一杯に古びた港が開けていた。灰色の海面を大小無数の船が行き交い、まるで氷山を思わせる微動もしない巨大な沖合の貨物船の間を、近海の漁船と思われる軽快な小型船が後部に白い航跡を残して、勝ち誇るように通り過ぎて行った。

眼下の山裾から広がる市街地はすでに夕刻への準備にとりかかっており、チラホラと街灯や軒灯が点灯し始めていたが、今日が日曜日ということもあってビル街の点灯はまばらで、夜景の美しさで有名なこの港町としては少し物足りなかった。絵面を真横に切り分けて走る高速道路は片側車線が渋滞していて、その交差する対比の面白さはいつまで見ていても飽きなかった。

（そうか……）しばらくその風景に見とれているうち、私はふと重要なことに気づいて、さっき折りたたんでバッグにしまったばかりの一枚の紙片を再び取り出した。

やはりそうだった。目の前に広げた、野口が少年時代に描いた図画には眼下の高速道路は描かれてはいなかった。替りに描かれているのは、細密な区画の街並みをところどころ見え隠れして走る一本の灰色の直線道路で、すれば、高速道路はこの絵から何年か後にこの道路の上に通されたものだということがわかる。ことほど左様に、この絵と現実に眼下に広がる風景とは様々な面で違いがあったが、基本的な構図に変化はなく、この絵が現在私が立っているこの荒れた砂地の山腹から見下ろした港町の風景を描いたものであることに、何ら疑いを差し挟む余地はなかった。

野口の絵にある海岸線沿いに建つ二つの球形のガスタンクも今はなく、替りに今は背の高いビルが建っており、町の中央を南北に走る鉄塔の送電線も、同じように幾棟かのビル群にとって替えられていた。だが、近代化の波もその辺りで止まったと見え、下町とおぼしき周辺には絵にある火の見やぐらが残っており、小学校だか中学校だかの運動場も、規模にいくらかの縮小の跡は見えながら、基本的には何ら変化はなかった。

こうして見ると、少年野口の描いた図画はまったく見事というほかはなかった。私は今日の現在、八方手を尽くして野口が少年時代を過ごしたという町を探しあて、とある人の協力を得て、この今では訪れる人影もない展望台の跡地に立っているのだった。

描かれている街並みは海岸近くへ行っても明るくはっきりとしていて、まるで西欧の城塞都市の内側を描いたもののように見る者には感じられる。ところどころに散歩する人々や走って行く子供たちが描かれているが、どれもがまったく遠近感を無視して、周囲の建物との不釣り合いもはなはだしい。今はなき海岸線近くのガスタンクのそばに描かれた黒い猫（それとも、犬？）などは、その大きさからするとまるで都市を襲う怪獣としか見えない大きさだ。つまり遠近感も、物の大小の比較もまるで度外視した描き方なのだが、それが結構面白いのである。

むろん、これは子供が実際に見たものと頭に浮かんだものをないまぜにしたもので、他愛のないものには違いなかったが、私にはその他愛のなさに少しひっかかるものが残るのだった。眼を転ずれば、その詳細さは少し異常なほどである。極端な例をいえば、何十軒何百軒の家屋の一軒一軒の屋根瓦はその一枚一枚が丹念に描き込まれてあり、そのうちの一軒などは二階の一室の柱時計まで描いてある。しかもその時刻まで正確に読み取れるのだ。時刻は三時二十分。この時刻が仮にこの絵が描かれた時間だとすれば、（その季節は定かではないが）教師に引率されて、遠足を兼ねた写生行に出かけた小学五年生の生徒たちが、引き上げるには最適の時間である。

彼らは、この私が今座っているベンチのすぐ前の手洗い場でパレットや絵筆を洗い、ワイワイガヤガヤと喧騒と笑声と怒声に包まれながらも、そそくさとこの展望台を下りて行ったに違いない。

絵をもう一度よく見ると、左端に太い木が一本描かれている。それが今、こうして私が直に左手で触れている松の古木である。その存在感は圧倒的である。だが野口は、その存在感のある松の古木を、この絵の中ではあまり重要視していないように見える。太い線でしっかりとは描いているのだが、なぜか心はここにあらずといった感じで、そのザラついた幹の触感も、実際に目撃するほどの感覚は呼び起こさない。
　これは、遠景をあれだけ詳細に写し取った少年野口にしては不思議なことである。あのこだわりの技術を持つ野口なら、この目の前の対象物にもっと興味と関心をはらってもよさそうなものである。だが、彼はあえて、まるで意図したようにそれをなさなかった。それはなぜか。思うに、この絵はこうして眼前にその対象としての風景を見ながら、あくまで野口の頭の中に浮かんだ空想の世界を描いたもので、それに尽きるからであった。したがって、最も身近で現実的な松の木を、あえてないがしろにするような態度に出たのだ。

　私はようやく松の木から離れて、古びたベンチに戻って帰り支度をはじめた。誰もいないベンチには、ぽつねんとデジタルカメラが一つ置かれている。あの絵と同じ構図の風景を、あの絵が描かれた場所に立って写すつもりで、私が家から持ってきたものだった。だが、私は結局その写真を撮らなかった。もはやそうする必要はなかったからである。私が写真に撮っておこうと思ったのは、なぜだか私にもよくわからない。ただ、今日こうして絵の描かれた場所を特定することができて、その場に立ち、そして実際の風景と絵を見比べているうち、すっかりとその気が失せてしまったのであった。

私の目的は、あの絵が描かれた場所を探し当てることであり、そしてその場から風景を眺めることにあった。それはとりもなおさず、時代を遡って小学五年生の野口に会うためであり、その空想豊かな少年時代の感覚に触れるためでもあった。そして、私は十分にその目的を達した。私は小学五年生の野口に会い、まだ幼いながら、頭の内部だけは十分に大人だった野口と会話した。その印象は予測した通りのものであり、かけがえのないものだった。そのかけがえのない印象を、単なる風景写真として残しておくことに、私は少なからず違和感を感じたのだった。否、むしろ嫌悪感さえ覚えたのであった。

私は、来た道をゆっくりと下って行った。ある程度の苦労は覚悟していたものの、普段と変わらぬ軽装だった私は、上りよりも下りの山道の方がより難渋することにすぐに気づいた。足許は夏のサンダルのままで、よくまあこれでこんな処まで来たものだと苦笑せざるをえなかった。私の足はすぐに痛んだ。だがその痛みは、ある重大な決心によってすぐさまとるに足らないものと替ってしまった。

重いはずの足取りは、いつの時代のことかと思うぐらい軽く、心の中はさらにそれより軽かった。荒れた展望台で芽生えた決心は、朽ちかけた丸太で形ばかり整えられた山道を、石や落ち葉に足元をとられながら行くうち、強固な決意へと変わっていった。その決意は傷だらけの素足をさらに軽くし、いつしか平坦な舗装道へと山道が変わり、鬱蒼とした周囲の群落が夕餉（ゆうげ）の支度をし始めた山裾の家屋の軒先へと変化し始めたことを、心残りに感ずるほどだった。

それから私は、しばらく暮れなずむ町を歩いて、ようやく私鉄の駅へとたどり着いた。駅に近づくにつれ徐々に人も車も増えて行ったが、全体の印象としては静かなたたずまいの港町だった。駅は帰宅する人々で結構混み合っていたが、私の暮らす大都市の喧騒ぶりとは比べ物にならなかった。行き交う人々やすれ違った女学生などが、私をふり返ってヒソヒソ話に顔を寄せ合うようなこともなかった。

電車の背もたれに身を委ねると、さすがに慣れない山行の疲れが一度に全身に押し寄せたが、頭は冴えて行くばかりだった。展望台から下山する時に、ふいに私を襲った一つの決心は、もはや動かし難いものになっていた。

（やはり、公表しよう）

私は心の中で、声にしてつぶやいた。

そうだ、正されるべきは、どんなことがあっても正されるべきなのだ。ボタンを掛け違えたなら掛け直せばよく、裏表を間違えて着てしまったのなら、思い切って脱いで着直せばよいのだ。それが公衆の面前であろうと、眼前であろうと一向かまわない。着心地の悪いまま、世間にその裏表を覚られぬよう、腕や小物で隠しながら街を歩くよりは、どれだけ晴れやかな気でいられるかわからない。ポケットが内向きに付いていることの発覚を恐れて、暑いのを我慢して重ね着をする必要などないのだ。世間の目をはばかって、夜だけ外出する気遣いなどもはや一切無用なのだ。

今日、はじめて私はそれを悟った。あれは野口のものなのだ。誰が何と言おうが、野口の作品なのだ。彼が自身の才能の乏しさをなげきながらも、粒々辛苦最後の最後につかみ取った、魂の結晶なのだ。不幸にも志半ばに倒れ、もがき苦しみながら、最後に伸ばした指先の下にあったものなのだ。

これは返すべきものだ。正しく、その権利ある者にきちんと返してやるべきものなのだ。未来がどのようなものであるか、などはもはや関係ない。そんなことは、正義が正しく行われることに比べれば何の障害にもならない。正当なことが、正当な手続きによってなされることに比べれば屁でもない。

ひょっとすると、私は何らかの罪に問われることになるかも知れない。そんなこともう今ではどうでもよい。私のしてきたことが何らかの法に触れ、それが罪を形成するものであるならば、私はそれに従うばかりだ。世間はスキャンダルの渦に巻き込まれ、上を下への大騒ぎとなるだろうが、そんなことだってもはやどうだって良いのだ。ただ、老いた母親のことが心配だったが、それも何とかなるに違いない。彼女だって、つき詰めて言うならば、私とこの野口の作品のお陰で、他では味わえないような色んな良い目をしてきているのだから。いよいよいざとなれば、マンションと淡路の別荘を売って、どこか適当な施設で余生を送れば良い。むしろあの人なら、その方が性に合っているかも知れない。

財産は失うだろう。それはもう、目に見えて確かなことだ。だが、財産といってもたかが知れている。それは世間一般にいう、資産とも呼べないものだ。先にも述べた通り、私には自宅のマンションと淡路の別荘ぐらいしか目ぼしい財産はない。あとわずかばかりの預金があるが、これだって当座食うに困らぬぐらいのものである。残りはほとんどが寄付金やら、何らかの基金の出資金として消えてしまっている。

考えてみれば、私は心の隅に今日あることを予測して、自分でも気づかぬうちに資産の圧縮をはかってきたのかも知れない。だが、それは正しくも正解だった。失うものが少ないということは、過ちを正す上での重要な側面支援となる。しがらみのない生活というものは、実行された決意に余計なブレを生じさせないことに役立つ。

だがそうした中で、海外で生じた数々の栄誉を思うと、さすがに心が折れそうになったが、それも私はひたすら謝り重ねて、許しを請う外はない。一時日本の文学というものに対して信用失墜が起こり、失望感に包まれるだろうが、それもいたし方ない。それでも、少なくとも出典の齟齬はあっても、あくまでこれらの作品は、（野口秀一という）まぎれもない日本人作家が書いたものとして強弁し、かつ、なんとかそれを認めてもらうしかない。それでだめなら、矢でも鉄砲でも持ってきてもらって、裸でマナ板に寝そべる私をどうとでも好きに料理してもらうしかなかった。

上りの普通電車の片隅にようやく座を占めて、暮れなずむ車窓の風景に目を走らせながら、私はますます自分の心が軽くなって行くのを感じていた。それは、私が生まれてきてからこの方、一度も味わったことのない感覚だった。まるで何年も不安に思い続けた身体の不調が、精密検査の末に何事もなかったと知った時の喜び。長年心の中で葛藤をくり返してきた親友との仲直り。そのどれとも似てまた微妙に違う、心の底から虚脱するような絶対の安心感。

なぜ私は、今の今までこんな簡単なことを実行に移さなかったのだろう。どうしてこれほど土壇場に追いつめられるまで、決心が着かなかったのだろう。一度決心さえ着いてしまえばどういうことはないのに。見よ、この夕陽の明るいことを。見よ、この人々の邪気のない笑顔を。見よ、そこに漂う正当な空気の清浄なことを。

様々な場面が想像された。私は、最初に誰に言うべきなのだろう。誰に対して告白すべきなのだろう。文英社の編集長なのだろうか。それとも、最近私の作品を一手に引き受けて、最も親しくつき合いはじめたS出版社の社長なのだろうか。それとも、数年前スキャンダルに巻き込まれそうになって以来、陰に陽に私の味方となって応援の声を惜しまなかった、A新聞の学芸部のデスクであろうか。

いや……　私の口元には自然と笑みがこみ上げてきた。

そんなこと――　決まっているではないか。母親だ。母だ。お母さんだ。おふくろだ。この人に言わなくて、何としよう。この人に知らせずに、どうなるというのだ。それは、苦衷を打ちあけるなどというのではない。また、相談を持ちかけるというのでもない。そんな時代はもうとっくに過ぎている。私は、私をこの世に送り出した大いなる存在として、また良きにつけ悪しきにつけ、これから運命を共にしなければならない必然の存在としての彼女に、実際のあるがままをそのまま伝えるだけなのだ。

母は驚くに違いなかった。びっくりするに違いなかった。だが、「かわずが出ても驚かず」を地で行く彼女は、すぐに立ち直るに違いなかった。いや、ひょっとすれば、そもそも当座から立ち直らねばならぬほどの崩れも、くじけも示さないかも知れなかった。

「何言うてんねん、この子は。またそんなテンゴ言うて」

と、ほとんど動揺すら見せないかも知れなかった。だがもちろん、一応の心配をするには違いなかった。むろん、自分に対してではない。この私に対してである。もうすぐ五十に手の届きそうな年齢に達しながら、いまだに確固とした将来と生活を見出せないでいる、この私に対してなのである。

　彼女は自分に対しての心配など、はじめから持ってはいない。私が幼い時に父と離婚してから、二人だけの生活なら何とかなると思って暮らしてきたし、実際に何とかかんとか、やってきたのであった。お金のない時はないでそれなりの暮らしぶりをし、ある時はあったでまたそれなりの生活を送ってきたのである。今さら明日から無一文の生活だと言われて、動揺を見せるような人ではなかった。

「アホやな。どうしてもあかんのやったら、もう一度競馬場の近くにアパートでも借りて、『イタコ』の手伝いでもして暮らしたらええんや。あれであんた、結構稼ぐんやで。あの人ら」

　そう言って、すぐにでも引っ越しの準備に取りかかろうとするかも知れなかった。そう強がりを言ってでも、私をなぐさめてくれるに違いなかった。一時、「王侯貴族」のような夢の生活を実現してくれた娘を、自慢や誇りに思うことはあっても、決して非難するはずはなかった。だが、私は悲しかった。情けなかった。老いた母に、そんな強がりを言わせる私が情けなかった。「王侯貴族」のまま、海外にも名の知れた有名な作家の母としての名誉を冠したまま、あの世へと旅立たせてやれない私が心底歯痒かった。

　だが、だからといって、私は決心を変えるわけにはゆかなかった。決意を揺るがすわけにはゆかなかった。

二時間近くも二本の私鉄の各駅停車に揺られて、（私は、帰路はどちらも急行や特急は使わなかった。もはやこれからの人生で、時間を節約しなければならない理由はどこにもなかったからだ）ようやくたどり着いた最寄り駅から自宅までのわずかな道すがらも、様々なことを考えながら歩いた。道はとっぷりと暮れて、人通りも少なかったが、今の私には気にもならなかった。一度、目の前で三角関係のもつれか、三匹の猫がすさまじい騒動を起こして路地裏へと消え去ったが、彼らが行ってしまうと辺りは人影もなく、私は一人ぽっちとなったが、それでも一向平気だった。

頭に浮かぶのは野口のことだけだった。だが、不思議と彼の顔は浮かばなかった。頭を去来するのはイメージだけで、私はそのイメージに語りかけ、そしてそれで十分満足だった。野口は何も語らなかった。いや、私が語らせなかったのだ。

私はいつしか涙を流していた。そしてその涙が乾かぬうちに、ふとある重大な考えにたどり着いた。それは、今の今まで右顧左眄（うこさべん）しながら、一度も私の脳裡に浮かんだことのない考えだった。いや、というよりも、こうして長年の懸案を、すべての苦悩の元を、あらゆる錯誤の元凶を、一挙に解消する決意をなした今だからこそ浮かんだ考えに違いなかった。

（野口のために、本を作ろう）

元来が、野口が書いた作品である。その貴重な作品を、彼の手に返してやるのに誰はばかることがあろう。「午後の風に乗って」も「錯綜の庭」もその他の作品も、印刷も装丁も一からし直してもらって、そこに野口秀一の著者名を刻むのだ。決して私の名ではない、彼自身の名を冠するのだ。私家版としてでも良い。自費出版にしてもらってもかまわない。これから先は、明日のこともどうなるかわからない。混乱が生じてしまってからではもう遅い。そんなことができるのは今しかない。今やらなければ、永遠に野口の本の出版などできなくなるかも知れないのだ。

ほんの数冊で良い。それぞれ数冊ずつで良いのだ。私はそのでき上がった本を、野口の名を冠した本を、仏壇の野口の位牌の前に供えるのだ。墓場へ持って行って、その墓石の前に積むのだ。いや、何なら墓地を管理する施設に頼み込んで、納骨ならぬ納本をしてもらっても良い。どこか私が今までに関係したことのない自費出版の専門業者に頼んで、それらの本を作ってもらうのだ。余分に生じた冊数は、そのまままたどこかの業者に頼んで処分してもらう。

費用ならいくらかかってもかまわない。いやむしろ、普通に製本するよりもはるかにコストはかかるだろうが、そんなことも今ではどうでも良い。ただ、私は何としてもそれを成し遂げなければならない。一からすべてを御破算にして、人生をやり直す決意の象徴として、私は何としてでもそれをやり遂げなければならないのだ。

駅から自宅までは約一キロ。時間にしておよそ十数分の距離だったが、私はひたすら家路を急いだ。険しい山道を往復した疲れはさすがにあったが、新たな目的を抱えた私の足取りは軽かった。胸の中では内密に自費出版の業者を紹介してくれそうな、出版関係の人々の顔を思い浮かべていた。協力を惜しまない人は何人もいたが、私が自費出版社を探していることに深く疑義を挟むことなく、しかも秘密を守り通せる人はあまり多くはなかった。

私の足はさらに急いだ。

そうだ、母には今夜言ってしまおう。野口の育った故里を訪れて、野口のために本を作るという考えの浮かんだ今日こそが、その絶好の機会なのだ。しばらく考えてからというのでは遅い。どのみち言わねばならぬものなら、一日でも一時間でも早いほうが良い。優柔不断を地で行く私のような性格の女は、ある程度思いつきに近いスピードで行動しなければ物事は先に進まない。

おそらくは後悔するに違いないが、それはもう織り込み済みだ。後悔先に立たずというが、私の場合は後悔はもう立ってしまっている。だが、後悔が先に立ったということで、正当な行為が妨げられるようなことがあってはならない。そのようなことにでもなれば、先に立つ後悔よりももっとひどい後悔に苦しむことになるに違いない。

そして、そのあとの後悔ほど苦しいものはないに違いないのだ。

川沿いの道を橋とは反対側の三叉路を左へ折れると、黒い森影の上に背伸びしてこちらを見下ろしているような、私たちの白いマンションが見える。その白鳥が今まさに飛び立たんとするような孤高の姿も、近ごろ雨後のタケノコのように出現した周辺の大小様々なマンションや高層住宅のお陰で、いつしか逃げ遅れた灰色の鵞鳥のように見えるが、それはいたし方のない事だった。十年もの歳月は社会をも人をも一変させるが、それはこうした堅牢な建築物も例外ではなかった。

窓に明かりが灯っている。母の部屋だ。遠く黒い木立の上に浮かぶその明かりは、なぜか近辺の窓に灯がなく、まるで地獄の迎え火のように私の目には映った。

突如、私の足が止まった。

違う、何かが違う。

それは、もちろん母の身に関してのことではない。母の身の上に変化はない。それはいつも通りに、こうして明かりの灯った部屋の窓を見れば歴然だ。不規則に灯りの消えた近隣の部屋と比べても、むしろ安心感さえ漂う。

だが違う。やはり何かが大きく違っているのだ。それは現実に見る風景や景色のことではない。今日見てきた、様々な情景や景観でもない。そうした目に見える事実ではない。もっと奥深いもの。私の心の奥底にあるもの。見えそうで見えぬ、なぜだか得体の知れぬ領域。幅広いもの。奥の深いもの。どれほど目を凝らそうとも見えぬ、はるかなるもの。その深遠な世界にひそむ何かが私に訴えかけるのだ。〈それは違う〉と。

違う？　間違っている？　いったい何が、どこが違うというの？

だが、その違いの感覚は私の心を強くとらえて、容易に離そうとはしなかった。そしてそれは、終に私に息苦しささえ覚えさせるほどだった。違う。違う。全然間違っている。私のしてきたこと、私の考え、私の推測、私の判断、私の結論、すべてが間違っている。根本的に間違っている。根底から違っているのだ。

私はマンションの敷地内に踏み入りながら、しばらく一歩も前に進めなかった。そしてようやく一階のエントランスに達した私は、そのままそこに置いてあった来客用のソファに腰を下ろすのがやっとだった。灯を落としたフロアに人影はなく、裏の中庭へと続く非常口を示す青白いサインランプだけが目にしみるように明るかった。

ベンチ――。革張りのフロアソファ――。今日私は同じような構造物に二度腰を下ろしたが、それらの感触にはおびただしい違いがある。そして、その違いに匹敵するような違いを、私は今感覚として摑みかけているのだ。

この違和感は何なのだろうか。このすさまじいまでの圧倒的な不安は、いったいどこから押し寄せてくるのだろうか。冷や汗が流れた。あぶら汗も出た。だが、混濁に深まり行く不安の発作は、一向に収まる気配はなかった。

ついに、私は知ってしまったのだった。宇宙創成の秘密を。創造の原理を。宇宙が何で成り立っていて、私たちの天体と私たち自身がなぜ存在しているかということを。果てしない私たちの宇宙の、さらにその向こうに何が存在しているかということを。私たちの宇宙が誕生した瞬間、そのすぐ前に何が存在していたかということを。

私は立ち上がった。

船酔いのような頭の中の揺らぎはまだ続いていたが、足許は意外としっかりとしていた。そしてそのことが、私に足を一歩前に踏み出させる原動力となった。エレベーターに近づくと、それは音もなく開き、中から一人の男が出てきた。青いつなぎのような服を着て、同じ色の帽子を被ったその若い男は、私の前を通り過ぎる時、軽く頭を下げた。何ということない儀礼的な、職業柄の習慣的な意味のない一礼だったが、宇宙創成の秘密を嗅ぎ取ってしまった私には、ひどく意味のあることのように思えた。

エレベーターを降りると、私の足取りはさらに確たるものになっていた。私は誇らかに、むしろそれを確かめるようにサンダルの靴音を鳴らして歩いた。

ドアの前に立ち、ドアホンのチャイムを鳴らすと、しばらく経ってから母が出た。下肢の悪い彼女は、奥の部屋から玄関フロアに達するまでにある程度の時間を要するのだった。母は時間の早い風呂を使ったのか、パジャマの上にガウンを羽織り、頭には白いバスタオルをターバンのように巻いていた。

彼女は部屋の鍵も持たずに出た私を軽くなじった。そして、夕食はもう済んだのかといささか不機嫌に尋ねた。私は何も答えなかった。これから重大な告解をする段においていて、くだらぬ会話でその機先を制されることを恐れたからだった。開け放たれた廊下の奥からは、明るい光とともに生活感にあふれた暖気と、スープか何かを煮込んだような夕食の匂いが押し寄せてくる。

きつく結んだサンダルの紐を解こうと、三和土（たたき）に後ろ向きにしゃがみ込んだ私の脳裡に、近ごろ母がぞっこん信奉し始めたテレビの料理番組の、今売り出し中の若手料理家の顔が浮かんだ。その料理家は、甘いマスクと小じゃれた会話で世の奥様方の耳目を一人占めにする勢いで、著作物も多く、一流タレントに負けぬ人気を誇っていた。お陰で、私はそのレシピの実験台となって、二日ずつ同じ料理を食べさせられる羽目に陥っているのだった。

どう切り出すべきだろうかと、私はサンダルの紐を解きながら考えた。単刀直入に言うべきだろうか。それとも落ち着いて対面しながら、ことの発端から諄々と説き起こすべきなのだろうか。

どこをどう結んであるのか、サンダルの紐は容易に解けなかった。私は、背後から黙ってそれを見つめている母の視線を感じた。常日頃の彼女なら、こうした場面では舌打ちを鳴らすのももったいないとばかりに、そそくさと奥へと引き返すのが普通だった。

私は妙に圧力と圧迫を背に感じながらも、ようやく悪戦苦闘したサンダルの紐を解き放って立ち上がった。ふり向いて対峙した母は、二段に高いフロアに居る分だけ私とそう目線の高さが変わらなかった。その顔は何だか普段よりも少し青ざめて見えた。いく分ゆがんでいるようにも思えた。

彼女はゆっくりと、私の視線を誘うように猪首を後方へと巡らした。そして、宅配便の兄ちゃんに会わなかったかと尋ねた。私は一瞬首を振りかけたが、すぐに止めた。エレベーターの前ですれ違った、上下青いつなぎの制服を着た若い男の姿がすぐに思い出された。

私は母の向けた視線の先に、おそるおそる顔を向けた。作りつけの木製の靴入れの中央に、去年旅先で買った青い陶器の一輪差しが置いてあり、その横に、厚さ三セン